A GRANDE LOJA DE SONHOS

A GRANDE LOJA DE SONHOS
Em busca dos frequentadores perdidos

Miye Lee

Tradução
LUIS GIRÃO

Esta obra foi publicada originalmente em coreano com o título
달러구트 꿈 백화점 2 – 단골손님을 찾습니다 *(Dalleoguteu kkum baekwajeom 2).*
© 2021, Miye Lee
© 2024, Editora WMF Martins Fontes Ltda., São Paulo, para a presente edição.
Esta edição foi publicada por acordo com a Sam & Parkers, Co., Ltd. c/o KCC
(Korea Copyright Center Inc.), Seul, e Chiara Tognetti Rights Agency, Milão.

ESTE LIVRO FOI PUBLICADO COM APOIO DO LITERATURE
TRANSLATION INSTITUTE OF KOREA (LTI KOREA).

Todos os direitos reservados. Este livro não pode ser reproduzido, no todo ou em parte, armazenado em sistemas eletrônicos recuperáveis nem transmitido por nenhuma forma ou meio eletrônico, mecânico ou outros sem a prévia autorização por escrito do editor.

1ª edição 2024

Tradução
LUIS GIRÃO

Acompanhamento editorial
Milena Varallo
Preparação de textos
Marina de Melo Munhoz
Revisões
Luana Negraes
Antonio Castro
Edição de arte
Gisleine Scandiuzzi
Produção gráfica
Geraldo Alves
Paginação
Renato Carbone
Capa e ilustração
*Filipa Damião Pinto @filipa_*

Dados Internacionais de Catalogação na Publicação (CIP)
(Câmara Brasileira do Livro, SP, Brasil)

Lee, Miye
  A grande loja de sonhos : em busca dos frequentadores perdidos / Miye Lee ; tradução Luis Girão. – São Paulo : Editora WMF Martins Fontes, 2024.

  Título original: 달러구트 꿈 백화점 2 – 단골손님을 찾습니다
  ISBN 978-85-469-0651-2

  1. Ficção sul-coreana I. Título.

24-216495   CDD-895.73

Índice para catálogo sistemático:
1. Ficção : Literatura sul-coreana   895.73

Cibele Maria Dias – Bibliotecária – CRB-8/9427

Todos os direitos desta edição reservados à
Editora WMF Martins Fontes Ltda.
Rua Prof. Laerte Ramos de Carvalho, 133 01325-030 São Paulo SP Brasil
Tel. (11) 3293-8150 e-mail: info@wmfmartinsfontes.com.br
http://www.wmfmartinsfontes.com.br

SUMÁRIO

Prólogo • **7**

1. A primeira negociação salarial de Penny • **15**

2. Gabinete de Gestão de Reclamações Civis • **35**

3. Wawa Sleepland e o homem que escreve um diário de sonhos • **61**

4. Um sonho que só Otra pode criar • **85**

5. Setor do tato no Centro de Testes • **113**

6. Papai Noel na baixa temporada • **139**

7. Convites não entregues • **157**

8. Lavanderia Noctiluca • **173**

9. A grandessíssima festa do pijama • **191**

Epílogo 1: Cerimônia de premiação de Sonho do Ano • **209**

Epílogo 2: Maxim e o apanhador de sonhos • **217**

PRÓLOGO
O sótão de DallerGut

Penny, que mora com a família em uma área residencial a cerca de um quilômetro ao sul da Grande Loja de Sonhos DallerGut, ainda não foi dormir. Ela é funcionária da recepção, no primeiro piso da loja, e está jantando com os pais para comemorar seu primeiro ano de empresa.

"Você enfrentou muitos desafios este ano. Estamos tão orgulhosos, Penny! Compramos um presentinho para você."

Com certa dificuldade, o pai de Penny coloca sobre a mesa uma pilha de dez livros de autoajuda e autoaperfeiçoamento, todos voltados a quem está dando os primeiros passos na vida profissional.

"Não sei se vou ter tempo para ler tudo isso. Meu dia não tem quarenta e oito horas", diz Penny, enquanto desamarrava o nó do barbante rústico. "A propósito, tenho boas notícias. Agora que completei meu primeiro ano de trabalho, eu me tornei uma trabalhadora da indústria dos sonhos oficialmente reconhecida pelo governo."

"Isso significa que..."

"Sim! Vou receber uma autorização para circular na Área Industrial dos Sonhos. Além disso, amanhã teremos a negociação salarial individual dos funcionários, então talvez o sr. DallerGut já aproveite para me entregar a autorização. Finalmente me sinto uma funcionária da Grande Loja de Sonhos!"

"Durante toda a minha vida, sempre invejei as pessoas que pegavam o trem para trabalhar, entrando e saindo da Área Industrial dos Sonhos, e agora chegou a vez da minha própria filha...", diz o pai de Penny, sem conseguir terminar a frase. Seus olhos, agora marejados, são idênticos aos da filha.

"É muito mais legal trabalhar na Grande Loja de Sonhos do que na Área Industrial dos Sonhos. E o que é mesmo que você vai fazer por lá?", pergunta a mãe enquanto limpa o canto da boca.

"Não sei ainda. Mas trabalhar fora da loja aumenta as minhas chances de encontrar os produtores, como quando fui à mansão de Yasnooze Otra. Muitas empresas e produtores de sonhos têm escritórios na Área Industrial dos Sonhos, então acho que terei bastante trabalho por lá."

Pouco tempo atrás, Penny esteve pessoalmente na casa de Yasnooze Otra, que faz parte dos cinco produtores lendários, para buscar um sonho intitulado A Vida dos Outros (Versão Beta).

"Como a minha menina cresceu! Mas não se meta em nenhuma encrenca, hein?!"

Penny assente com uma expressão de tédio. Ela tem tomado muitas broncas dos pais nos últimos tempos. Depois de prender o suspeito de roubar a garrafa de Palpitação, a polícia ligou para a casa de Penny para confirmar alguns detalhes. Por obra do acaso, sua mãe atendeu a ligação, e então Penny precisou contar a ela a história toda. Depois disso, passou a ouvir tantos sermões que decidiu não falar mais sobre o trabalho.

Ela se sentia como um pássaro que cresceu trancado em uma gaiola, sem nunca ter voado. O esforço que tinha de fazer para lidar com a avalanche de críticas dos pais era enorme, e tudo o que conseguia dizer em resposta eram frases como "Não se preocupe" e "Não sou uma idiota". Depois de repetir esse mantra várias vezes, ela se levantava da mesa com o rosto mais pálido do que antes de jantar.

"Nem percam seu tempo. Vou para o meu quarto."

Penny entra no quarto carregando a pilha de livros que acabara de ganhar e os joga sobre a mesa. Não há mais espaço nas prateleiras. Depois de refletir um pouco, decide se desfazer dos livros com testes de aptidão que comprou para se preparar para a entrevista de emprego.

"Vocês já podem ir embora."

Folheando um deles, Penny se depara com um teste de aptidão que não conseguiu preencher até o fim. Se fosse possível apagar as respostas, poderia doá-los para alguém, mas tinha feito tudo a caneta. Frustrada, corre os olhos pelas páginas e se detém em uma questão cuja resposta ela errou. É uma pergunta que Assam, seu amigo Noctilucas, ajudou a responder um ano atrás, lá no segundo piso do seu café preferido.

Questão: Qual dos seguintes produtores de sonhos levou o Grande Prêmio na cerimônia de Sonho do Ano em 1999? Qual o título do sonho? Assinale a alternativa correta.

a. Kick Slumber – Atravessar o Oceano Pacífico como uma Baleia-Assassina
b. Yasnooze Otra – Viver como meus Pais por uma Semana
c. Wawa Sleepland – Olhar para a Terra Enquanto Flutua no Espaço
d. Dozé – Tomar Chá com uma Personalidade Histórica
e. Aganap Coco – Prever Trigêmeos para um Casal Infértil

Assim que termina de ler, as memórias e os sentimentos daquele dia invadem a sua mente, nítidos como se tudo tivesse acontecido ontem. Ela se lembra perfeitamente da resposta correta.

"A resposta certa é 'a'. É a obra de estreia de Kick Slumber, quando ainda tinha treze anos", murmura Penny, com um sorriso confiante, antes de fechar o livro de testes com um baque.

Os acontecimentos do último ano, desde aquele dia no café, passam por sua cabeça como um filme. Ela sente um orgulho profundo ao notar que, hoje, pode investir seu tempo em atividades muito mais gratificantes do que no passado. Aos poucos, está se familiarizando com o trabalho na recepção e ganhando confiança.

Enquanto organiza a estante, Penny cantarola, sem perceber que as coisas que ela pensava que sabia eram apenas uma porçãozinha do que de fato acontece na Grande Loja de Sonhos. E, assim, a noite de seu primeiro aniversário como funcionária de DallerGut chega ao fim.

Perto dali, DallerGut, proprietário da Grande Loja de Sonhos, também está em seu quarto, confortavelmente localizado no sótão do estabelecimento – uma antiga construção revestida de madeira que, em cada um de seus pisos, vende sonhos de todos os tipos.

Segredo bem guardado dos clientes que frequentam a loja, o cômodo fica logo acima da seção de descontos, no quinto piso. Visto pelo lado de fora, com uma janelinha solitária despontando no telhado triangular e pontiagudo do prédio, o sótão parece minúsculo, inadequado para moradia, mas quem entra ali se depara com um local surpreendentemente espaçoso – embora, ainda assim, seja uma residência muito simples para alguém importante como DallerGut. Quando lhe perguntam por que não mora em uma bela mansão, como os lendários produtores de sonhos ou outros donos de estabelecimentos como o dele, afirma não ter a menor intenção de deixar o espaço, decorado a seu gosto. Além disso, nada supera a comodidade de levar menos de três minutos para chegar ao seu escritório, no primeiro piso.

Curiosamente, bem no meio do sótão há quatro camas – cujas cabeceiras ficam uma de frente para a outra –, e nenhuma delas tem a mesma altura, a mesma estampa de lençol nem o mesmo colchão. Graças ao dossel feito sob medida, que pende do teto, é fácil circundar o conjunto, de modo que, independentemente de qual cama se escolha para se deitar, é possível desfrutar de uma sensação de estabilidade e amplitude ao mesmo tempo.

A razão pela qual DallerGut tem quatro camas é para poder escolher onde dormir de acordo com o humor dos seus sonhos – para ele, o momento mais especial do dia, que merece a sua maior dedicação. Fora isso, as outras partes do sótão foram completamente deixadas de lado. Os móveis antigos têm defeitos aparentes, como portas e gavetas difíceis de abrir, a pintura das esquadrias das janelas está manchada e descascando aqui e ali, e os eletrodomésticos sempre apresentam mau funcionamento. Até a luz do sensor na frente da porta costuma ligar e desligar de forma aleatória, mas nada disso parece aborrecer DallerGut.

Ele está sozinho no sótão desde que terminou o trabalho, no início da noite. Vestindo um pijama tipo camisão, lê de uma só vez as mais de trinta cartas que chegaram esta semana, sentado na beirada da cama mais baixa. Papéis e envelopes já abertos estão espalhados de forma desordenada sobre a colcha.

> Promissores e talentosos novatos da Área Industrial dos Sonhos se juntaram!
> Produtores de sonhos que anteriormente atuavam como pesquisadores iniciaram o desenvolvimento do Sonho para Dois, então a máxima "Durma bem, nos encontramos nos sonhos" pode se tornar realidade!
> Gostaríamos de oferecer, com exclusividade, os direitos de venda desse novo trabalho especificamente ao sr. DallerGut...

Há sempre muita oferta de novos produtos e fornecedores com exclusividade para a Grande Loja de Sonhos. Cartas como essa chegam para DallerGut antes mesmo de os sonhos estarem prontos, porque, para os produtores novatos, assinar um contrato de exclusividade com a Grande Loja de Sonhos poderia atrair a atenção de investidores. No entanto, DallerGut sabe bem que esses sonhos costumam se arrastar na fase de desenvolvimento por muitos e muitos anos, sem quaisquer progressos.

Com uma expressão entediada, ele abre último o envelope. Ao perceber que é a carta pela qual esperava ansiosamente, um sorriso largo ilumina o seu rosto.

> Sr. DallerGut, gostamos da proposta de evento que você nos mandou. Parece realmente interessante, e gostaríamos muito de participar! Em breve enviaremos a você uma lista dos itens que podemos patrocinar.
> – Loja de Móveis Bedtown –

Nos últimos tempos, DallerGut vinha concentrando toda a sua atenção em um grande evento a ser realizado no outono. Era um plano ambicioso, do qual nem mesmo os funcionários da loja estavam sabendo.

Felizmente, uma após a outra, as empresas convidadas mandavam respostas positivas. Se continuasse assim, em alguns meses ele poderia dar notícias animadoras aos seus funcionários.

Depois de ler a última carta, da Loja de Móveis Bedtown, ele endireita as costas rígidas e se levanta. Está sem cabeça para organizar a papelada jogada sobre a cama.

"Queria saber quando é que a organização por aqui ficará mais fácil... Acho que vou aproveitar o final de semana para fazer uma faxina geral."

Mas, em vez de limpar, ele fica entretido com as estantes que ocupam uma parede inteira do sótão. Procura algo leve para ler na cama antes de dormir. Na altura dos seus olhos, vê uma coleção de diários organizados por ano e pega o volume marcado com um "1999".

"Hummm, acho que seria uma boa ideia ler os diários antigos dos clientes antes de realizarmos o evento. Seria bem útil."

Com aspecto envelhecido, o diário em suas mãos consiste em alguns papéis de tamanhos ligeiramente diferentes amarrados por um barbante grosso, que prende também uma capa na parte externa. Essa capa rústica, feita de papel mais resistente, apresenta algumas marcas do tempo. No centro, as palavras "Diário dos Sonhos de 1999", escritas em tinta preta, têm a caligrafia de DallerGut. No passado – e ainda hoje –, ele sempre gostou de escrever ou criar coisas com as próprias mãos. Já manusear máquinas é uma das tarefas mais difíceis para DallerGut. Todos na Grande Loja de Sonhos sabem que mesmo aparelhos simples, como impressoras, tendem a quebrar com frequência.

Levando consigo o diário antigo, ele rapidamente se enfia sob as cobertas da cama mais próxima da porta. A textura macia dos lençóis parece abraçar cada centímetro do seu corpo. Assim que abre o volume e folheia algumas páginas, começa a se sentir sonolento. Até tenta resistir mais um pouco, esfregando os olhos com os dedos longos, mas seu cansaço não permite nem mais um minuto acordado. Ele parecia ter esgotado toda a sua energia ao longo do dia, trabalhando na loja e se preparando em segredo para o evento.

"Quando eu era jovem, tinha energia para dar e vender..."
Ele respira fundo, e até nisso é interrompido por um bocejo. À medida que o bocejo se estende, lágrimas começam a encher seus olhos. Sendo racional, dormir é a melhor opção. Sua agenda de amanhã está toda ocupada com as negociações salariais dos funcionários. Ele decide então deixar a leitura para depois, quando tiver mais tempo.

DallerGut pousa o diário sobre a mesa de cabeceira redonda, aberto na página que estava tentando ler, e puxa com delicadeza a longa cordinha do seu abajur. Ao colocar a cabeça no travesseiro, adormece imediatamente.

Agora, no sótão escuro, ouvem-se apenas a respiração grave e profunda de DallerGut e o tique-taque do relógio. Conforme a escuridão se assenta no quarto, a luz suave da lua se espalha por todos os cantos, e um vento leve sopra pela fresta aberta da janela. A calmaria é interrompida pelo sensor quebrado, que começa a piscar. Quando a luz vermelha se cruza com a do luar, o diário que DallerGut deixou sem ler na mesa de cabeceira é iluminado:

20 de agosto de 1999

Acabei de ter um sonho. Achei que deveria registrar esta sensação vívida antes que ela desaparecesse.
Sonhei que era uma enorme baleia-assassina. Partindo da costa, ia cada vez mais longe no mar aberto. Durante o sonho, não havia preocupações, nem com a água do mar dolorosamente salgada que poderia inundar minhas narinas durante uma inspiração breve, nem com o que aconteceria comigo caso fosse arrastada por uma onda. Essa sensação avassaladora de imersão foi a parte mais surpreendente. Nos sonhos de Kick Slumber, não há uma liberdade precária, como se pisássemos em ovos, mas uma liberdade segura, pela qual todos anseiam. Quanto mais profundo o mergulho, mais parece que estou voltando para casa.
Sinto os músculos conectados, da barbatana dorsal à cauda. Bato a cauda com força, para baixo e para cima, e isso aumenta instantaneamente minha velocidade. Agora, a superfície do mar se torna o teto do mundo, e, sob a pele branca da minha barriga, o meu mundo, mais profundo que o céu, se revela.

Não há necessidade de ver, ainda que tudo ao meu redor esteja visível. As coisas são percebidas primeiro com os sentidos como um todo. Sinto o impulso de saltar para cima da superfície da água. Nem me ocorre que eu não conseguiria fazer isso. Meu corpo perfeitamente aerodinâmico se ergue com facilidade, atravessa a superfície da água e voa, cruzando o céu com ousadia.

Naquele momento, uma sensação repentina de formigamento, que eu não sabia dizer se era minha ou não, percorre o meu corpo. Vejo uma imagem de mim mesma sendo deixada para trás, na costa distante, e me preocupo. Enquanto me esforço para não parar de nadar, me concentro nas minhas sensações, que desabrocham nas ondas.

"Este não é o meu lugar."

À medida que me acostumo com a intensidade desses sentimentos, eu me questiono: "Será que sou realmente uma baleia-assassina?". Com isso, começo a acordar dessa ilusão. Acordo de um sonho em que eu não era nem uma baleia-assassina, nem uma pessoa, e os dois mundos se entrelaçaram por um instante antes de se separarem por completo.

Acabo de ter a experiência de sonhar um sonho criado por um garoto talentoso de treze anos. Kick Slumber está destinado à grandeza. Esse menino prodígio pode se tornar o mais jovem vencedor do Grande Prêmio no final do ano..

Mas nunca testemunharei essa cena pessoalmente...

É muito perigoso ir além...

O texto visível na página aberta chega ao fim. A luz do sensor quebrado finalmente se apaga, e o sótão volta a ficar escuro.

O diário aberto com os pensamentos de um autor desconhecido, os móveis antigos de DallerGut e uma variedade de itens desorganizados se combinam para criar uma atmosfera estranha. Uma atmosfera bem diferente do restante da Grande Loja de Sonhos, logo abaixo, que é iluminada e viva, repleta de clientes que chegam para comprar sonhos vinte e quatro horas por dia.

1. A PRIMEIRA NEGOCIAÇÃO SALARIAL DE PENNY

Vários dias se passaram desde a virada do Ano-Novo Lunar, e já é a última sexta-feira de março. O cheiro irresistível de sopa de cebola fervida no leite flutua dos food trucks e toma conta do ar frio da noite, aquecendo preguiçosamente cada canto do beco. Por conta disso, os clientes que vêm comprar sonhos podem caminhar confortavelmente pelas ruas, como se estivessem cobertos por cobertores quentinhos, só com a cabeça exposta ao ar gelado.

O saguão do primeiro piso da Grande Loja de Sonhos Daller-Gut ainda está abarrotado de clientes. Enquanto os funcionários do turno da noite vão chegando e começam a pegar o ritmo, Penny, recepcionista há mais de um ano, ainda não assumiu seu posto. Ela nem sequer tinha voltado para casa. Penny estava, na verdade, na sala de descanso dos funcionários, localizada à direita da entrada da loja, esperando sua vez para a sua primeira negociação salarial.

Na salinha, acessível por uma porta de madeira em formato de arco que precisa ser empurrada com força para dentro, estão Penny e alguns colegas de trabalho, como Motail, atendente do quinto piso. O local não passa de um cômodo pequeno em um canto da loja, mas os funcionários valorizam bastante o espaço que têm para relaxar.

A iluminação quente característica, as almofadas feitas com retalhos de tecido e alguns rasgos, o cantarolar baixo de alguém e os ruídos de cadeiras sendo arrastadas, além do suave barulho do frigobar e da máquina de café funcionando, tudo era familiar agora. Penny se sente confortável na sala de descanso, que a faz se lembrar da sala do clube onde passou a maior parte do tempo durante os anos de escola.

"Quantos faltam até a nossa vez?", Penny pergunta para Motail. Os dois estão sentados lado a lado nas poltronas de frente para o sofá.

"Pela ordem, depois do sr. Vigo, que está lá agora, vem o sr. Speedo, depois eu e, por último, você. Não falta muito."

"Achei que isso já teria acabado até o fim do expediente, mas já passei do meu horário."

Penny se espreguiça, esticando os braços acima da cabeça, enquanto olha para o relógio na parede.

"O sr. DallerGut estava bem ocupado hoje, então não teve jeito. Os dias dele têm sido corridos. Se soubesse que seria assim, teria comprado uns pães na Kirk Barrier. Adeus, hora do jantar."

Motail dá um tapinha na barriga saliente por cima do suéter justo de tricô, suspirando de fome.

A razão pela qual aguardavam sem ir para casa era a negociação salarial individual, que ocorre uma vez por ano. Para Penny, que acaba de entrar em seu segundo ano, esta será sua primeira negociação salarial de verdade. A sensação de ter se tornado adulta a deixa orgulhosa, mas a expectativa de um aumento salarial é mínima.

Na verdade, conforme a negociação salarial se aproximava, Penny se recordou, angustiada, da garrafa de Palpitação que fora roubada no ano passado, nessa mesma época – ainda que, para sua sorte, o culpado tenha sido preso, e os itens, recuperados. Mas, como ela soube depois, o informante que levou à captura do criminoso foi ninguém mais, ninguém menos que Speedo. Todo mundo ficou sabendo da história, então, sempre que encontrava com ele, Penny se sentia pressionada, dizendo para si mesma: "Você não deveria agradecer?". De todo modo, era um alívio saber que o fator que poderia ser uma desvantagem na sua negociação salarial tinha se resolvido, e isso era tudo o que desejava.

Sentadas sob o velho lustre cravejado de cristais também estão a atendente Summer e a gerente Mogberry, ambas do terceiro piso. Summer, como todos os outros funcionários daquele andar, usa um avental que ela própria customizou, mas o seu é mais longo que os dos colegas, porque a bainha está completamente desfeita. As bochechas rosadas carregadas de blush de Mogberry, sentada de frente para Summer, ficam ainda mais intensas sob a iluminação amarelada.

Em vez de terem ido direto para casa, as duas estão fazendo uma pausa na sala de descanso, mesmo após terminarem sua negociação salarial. Não há mais docinhos sofisticados na cesta de lanches – como os Biscoitos para Estabilidade Mental e Física –, apenas um punhado de chocolates comuns em formato de moeda, que não têm efeito algum.

Summer espalhou várias cartas de teste de personalidade sobre a mesa de madeira e está fazendo perguntas para Mogberry.

"Vamos conferir as respostas. Sra. Mogberry, você é *realmente* uma ativista apaixonada, como o primeiro discípulo! Já é a terceira vez que chegamos ao mesmo resultado."

Mogberry assente de forma exagerada, com os olhos brilhando de satisfação. "Se a gente repetir, será que o resultado vai ser igual?"

Com a insistência de Mogberry em refazer o teste, Summer, visivelmente desconfortável, franze o nariz pontudo.

O que a atendente tem em mãos é um conjunto de cartas que ajuda a descobrir a semelhança entre a personalidade do jogador e uma das três figuras emblemáticas do livro *A história do Deus do Tempo e seus três discípulos*. Trata-se de um brinde dado pelas livrarias no início do ano aos clientes que gastassem mais de dez gordons em compras. O design colecionável fez com que o jogo esgotasse depressa. Penny até tentou comprar um de segunda mão, mas acabou desistindo, por isso reconheceu as cartas na hora.

"Motail, quer experimentar também?", oferece Summer, enquanto espalha as cartas outra vez. Ela parece estar cansada de ficar a sós com Mogberry.

"Não precisa. Se eu fizesse o teste, provavelmente tiraria o primeiro discípulo. Sou uma pessoa focada no futuro", responde

Motail, levantando-se com um pulo entusiasmado. Ele pega todo o chocolate restante na cesta de lanches, dá alguns para Penny e torna a se sentar.

"Penny, você disse que mora com seus pais, não é? Não é melhor ligar para eles e avisar que vai chegar tarde?", pergunta Motail enquanto abre um bombom de embalagem prateada.

"Liguei mais cedo. Falei para jantarem sem mim."

Para Penny, não é um problema enrolar um pouco na sala de descanso dos funcionários depois do expediente. Na verdade, ela já fez planos de passar no mercado a caminho de casa, comprar um sanduíche grande de frango e comer enquanto assiste a um programa de TV na madrugada. Era óbvio que, se voltasse mais cedo para casa, seus pais iriam bombardeá-la de perguntas como "Deu tudo certo na negociação salarial?", "Levou alguma bronca do seu chefe?", "Os clientes reclamaram de você?".

Algum tempo depois, a porta da sala de descanso se abre com força. Poderia ser Vigo Myers vindo chamar a próxima pessoa após terminar sua negociação salarial mais rápido do que o esperado, mas quem surge é Speedo, o gerente do quarto piso, que vende sonhos para cochilos.

Com personalidade impaciente, Speedo tinha fama de terminar as coisas muito rápido. Segurando várias pastas grossas debaixo do braço, ele está parado na frente da porta, com o longo cabelo amarrado num rabo de cavalo e vestindo o macacão que usa o ano todo.

"Vigo ainda não terminou, certo?", pergunta Speedo, encarando as pessoas na sala de descanso.

"Não. E deve estar longe ainda", diz Penny sem hesitar, e logo se arrepende.

"Você não precisa ser sempre a primeira a responder, Penny. Existem outras pessoas além de você aqui, sabia? Entendo que esteja grata porque capturei o golpista que roubou sua garrafa de Palpitação, mas..."

"Só falei sem pensar."

Depois de ouvir a resposta de Penny, Speedo se senta no sofá com uma expressão triunfante no rosto, como se pensasse: "Ficou tímida, hein?".

Com um sorriso amarelo, Penny desvia o olhar de Speedo e muda habilmente de assunto. "Ah, sra. Mogberry! E a reforma, concluída com sucesso? Você disse que daria uma atenção especial às janelas."

Até pouco tempo atrás, Mogberry estava hospedada com a irmã enquanto reformava a própria casa. Como Penny morava perto, as duas costumavam se encontrar no caminho para o trabalho, mas aparentemente a reforma foi concluída há alguns dias.

"Penny, você se lembrou disso! Sim, adorei as janelas novas. Decidi trocar as antigas por um tamanho maior e agora consigo ver direitinho a Descida Vertiginosa. É uma vista espetacular, ainda mais quando o tempo está bom."

"Então você também vê os trens entrando e saindo da Área Industrial dos Sonhos? Deve ser incrível!"

"Era exatamente isso que eu queria. Estar deitada em casa em um dia de folga e observar as pessoas indo para o trabalho na Área Industrial dos Sonhos faz com que o prazer do descanso seja dobrado!", responde Mogberry bastante entusiasmada, como se estivesse esperando que alguém lhe fizesse aquela pergunta.

Aproveitando que as atenções estão voltadas para Mogberry, Summer discretamente começa a guardar as cartas do entediante teste de personalidade.

No fim da avenida em que se localizam a Grande Loja de Sonhos e inúmeros outros estabelecimentos comerciais, há uma ampla área residencial onde fica a casa de Penny; na direção oposta, estão a Montanha de Neve de Um Milhão de Anos e a cabana de Nicholas, o Papai Noel; à direita, existe outra área residencial, mas de casas luxuosas, além das oficinas de produção de sonhos de celebridades como Yasnooze Otra; e, por fim, à esquerda, há a Descida Vertiginosa, uma referência literal a um trecho da cidade repleto de ruas íngremes.

Descendo a colina e atravessando o vale, para depois subir outro morro bastante alto à esquerda, chega-se à enorme área onde estão localizadas as empresas que atuam como fabricantes de sonhos. As pessoas chamam esse lugar de Área Industrial dos Sonhos.

Como o terreno ali é extremamente acidentado e o local é inacessível por outras rotas, os trabalhadores costumam tomar o trem para ir e voltar – um meio de transporte que conduz as pessoas dezenas de vezes por dia pelos trilhos que sobem e descem a colina.

"Penny e Motail, vocês nunca pegaram o trem para vir ao trabalho?", Mogberry perguntou.

O atendente do quinto piso balançou negativamente a cabeça. "Peguei uma vez só. Ouvi dizer que liberavam sem muita fiscalização a entrada de clientes de fora que estivessem com roupas de dormir, então tentei ir de pijama com alguns amigos do meu bairro. A aventura durou dez segundos, até sermos pegos pelo maquinista."

O trem para a Área Industrial dos Sonhos não é um transporte público que qualquer um pode usar. É necessário algum tipo de identificação para provar que se trata de um trabalhador da indústria dos sonhos, como uma licença de criador ou um crachá de funcionário de alguma empresa da região. Os funcionários da Grande Loja de Sonhos fazem parte da indústria dos sonhos, mas só recebem a autorização depois do primeiro ano de trabalho.

"Motail, você ainda não completou um ano aqui?", questiona Summer, curiosa. As cartas do teste de personalidade já estão devidamente guardadas na caixinha especial.

"Completei doze meses em junho do ano passado, mas me disseram que os passes são emitidos em lotes, sempre em março, então estou esperando até agora. Penny, você acabou de completar seu primeiro ano, certo?"

"Fiz um ano de empresa ontem. Dei sorte. Se tivesse entrado um pouco depois, talvez tivesse que esperar muito mais", diz Penny com um suspiro aliviado.

"Esses jovens finalmente poderão provar o sabor amargo do Gabinete de Gestão de Reclamações Civis", disparou Speedo, interrompendo o próprio silêncio. Até poucos segundos atrás, com a perna balançando impaciente, ele estava passando os olhos pelos papéis que trouxera.

"Pare de falar bobagem e de mexer a perna, Speedo", repreendeu Mogberry.

"'Bobagem'? Mogberry, você sabe o que significa ter acesso à Área Industrial dos Sonhos, não sabe? Acha mesmo que eles nos dariam uma autorização só para fazer um passeio divertido de trem, ou então para ir a um piquenique nas fabricantes de sonhos?"

"Sei que não, mas não há necessidade de prolongar esta conversa agora."

"Espere aí. Quer dizer que a autorização não garante passeios de trem ou visitas às Fabricantes de Sonhos?" Motail parece chocado ao ouvir o que os dois gerentes estão discutindo.

"Você é muito otimista, Motail. Speedo está certo. A autorização será necessária principalmente para ir ao Gabinete de Gestão de Reclamações Civis, localizado na praça central da Área Industrial dos Sonhos."

"Não podemos mesmo visitar outras Fabricantes de Sonhos?", perguntou Motail, sem esconder a frustração, esfregando as laterais da cabeça com as mãos achatadas e arredondadas.

"Por que você visitaria outras Fabricantes de Sonhos? Os únicos lugares em que é permitido entrar são o Gabinete de Gestão de Reclamações Civis e, no máximo, o Centro de Testes em cima dele. Em geral, é lá que nos encontramos antes das reuniões insuportáveis com as Fabricantes de Sonhos sobre as reclamações civis."

"Mas o que é o Gabinete de Gestão de Reclamações Civis?", quis saber Penny, com um tom de voz calmo.

"Em vez de ouvir nossa explicação, por que não vão até lá e veem com os próprios olhos? Nunca me esqueço da primeira vez que fui ao Gabinete de Gestão de Reclamações Civis com Daller-Gut... É um lugar que todo mundo que vende sonhos precisa visitar, mas, se eu pudesse escolher, não voltaria lá. Como posso dizer... É um local que causa certo desconforto."

O rosto de Mogberry assume uma expressão sombria.

"Até agora, você só viu clientes sorrindo e felizes, não é? Mas logo mais vai conhecer também os assuntos problemáticos que circulam pelo Gabinete de Gestão de Reclamações Civis. Só então você vai perceber como o sr. Speedo aqui trabalha bem. No ano passado, enfrentei muitas reclamações sobre os sonhos para cochilos que vendi", Speedo diz, apontando para as pastas que estava examinando há pouco.

"É o que estou pensando, Speedo? Você organizou todas as reclamações que resolveu ao longo do último ano para mostrar ao DallerGut na sua negociação salarial?", surpreende-se Mogberry, boquiaberta.

"Isso mesmo. Para mostrar, de uma vez por todas, o quanto trabalhei, decidi imprimir tudo e juntar num dossiê. Tem ideia de quantas reclamações absurdas reuni aqui? Para ser sincero, até entendo quem reclame de coisas como 'Meus amigos zombaram de mim porque dormi na aula, sonhei e falei durante o sono'. Mas dizer que 'O sonho que eu tive durante o cochilo foi tão bom que fiquei dormindo até tarde, e depois tive insônia' é um absurdo. O que essas pessoas esperam que eu faça? Quando penso o quanto me martirizei por isso..."

"Não foi graças a esses casos resolvidos que você se tornou gerente do quarto piso? Ser gerente na Grande Loja de Sonhos DallerGut não é para qualquer um. É uma conquista e tanto."

Summer, depois de ouvir tudo com o queixo apoiado nas mãos, sente uma pontada de inveja.

De tão rápido que Speedo falou, Penny não conseguiu entender metade da história, mas ela tem certeza de que ele é o único funcionário que consegue dar conta de tanto trabalho.

"Para os gerentes, a negociação salarial é literalmente uma negociação. Tudo isso era algo muito distante para mim. Eu achava que bastaria assinar a quantia sugerida por DallerGut."

De repente, Penny se dá conta do quanto está ansiosa por sua própria negociação salarial.

"Fique tranquila. O sr. DallerGut vai pegar leve com você, que acabou de começar na empresa. Ele provavelmente vai perguntar sobre os seus planos para este ano", diz Summer, confortando Penny.

"Planos... Será que posso dizer que meu plano é trabalhar com mais afinco no que já estou fazendo? Ou seja, orientar os clientes na recepção, gerenciar o estoque e fazer tudo o que a sra. Weather me pedir. Nunca pensei em nada além disso, na verdade."

"Esse é um ótimo plano. Mas você não ficaria enjoada? Se eu fizesse as mesmas coisas todos os dias, morreria de tédio ou enlouqueceria", observa Motail, chacoalhando o corpo todo, como se estivesse arrepiado, e depois ajustando a postura ao se sentar.

"Não dá para ficar entediado trabalhando no quinto piso, não é?"

Motail é conhecido por fazer muito barulho ao vender os sonhos do quinto piso, a seção de descontos. Ele corre para todos os lados e despeja nos clientes seus comentários ensaiados e verborrágicos, o que muitas vezes os leva a comprar sonhos, por menor que seja o desconto, para poder cair fora dali o mais rápido possível.

"Qual plano você pretende apresentar para ajudar na sua negociação salarial, Motail?"

"Tenho um plano bem ambicioso."

"Qual?"

"Acho que... Acho que está na hora de termos um gerente no quinto piso", ele responde baixinho, num volume quase inaudível, inclinando-se na direção do braço da poltrona em que Penny está sentada, como se não quisesse ser ouvido por mais ninguém. "Veja só a Mogberry. Mesmo sendo tão jovem, já se tornou gerente. Talvez um dia eu possa me tornar o gerente do quinto piso. Além do mais, minha habilidade para selecionar produtos é incrível. Talvez seja cedo demais para revelar minhas intenções, mas quem sabe um dia...", diz, cerrando os punhos com entusiasmo, tal qual uma criança participando de um concurso de oratória.

A fala de Motail não soa nem um pouco pretenciosa. Ele de fato tem um olho excelente para reconhecer os sonhos que vão vender bem. Nos últimos tempos, os produtos que ele recomendou sumiram das prateleiras, evitando acúmulo de estoque. No final do ano, quando surge a oportunidade de comprar qualquer sonho da loja com o vale-presente entregue por DallerGut, há um ditado entre os funcionários: "Se você não tem ideia do que escolher, copie o Motail".

"É mesmo. Você realmente tem um olho excelente para sonhos."

Embora esteja um pouco chocada com o que Motail falou, Penny tenta disfarçar com um elogio. Saber que um colega da mesma idade e com pouco tempo a mais de casa almeja impulsionar tão alto a carreira neste momento gera um gatilho de ansiedade nela.

"Por que não me preparei melhor para este momento?", pensou Penny. Ela acreditava que o novo ano seria igual ao último. Mas é claro que não poderia ficar para sempre fazendo apenas o que a sra. Weather pedia. Estava cada vez mais difícil sustentar a personagem de funcionária nova, e muitos de seus antigos comportamentos já não eram mais tolerados. Continuar com a mesma postura só aumentaria a distância entre ela e funcionários ambiciosos como Motail.

Acometida pelo peso da realidade, Penny sente a boca ficar seca. A empolgação que havia sentido pela autorização de acesso à Área Industrial dos Sonhos lhe parecia patética agora.

A porta da sala de descanso volta a se abrir – desta vez, por Vigo Myers em pessoa. Gerente do segundo piso, ele tem sempre uma expressão impassível no rosto, tornando impossível saber se está de bom ou mau humor. Por esse motivo, não dá para adivinhar se a negociação salarial foi um sucesso ou um fracasso apenas olhando para ele.

"É a sua vez!", diz Myers a Speedo, que sai em disparada ao escritório de DallerGut, levando seu dossiê a tiracolo. Quando o gerente do segundo piso está prestes a sair, Mogberry o chama.

"Vem fazer o teste de personalidade também, Vigo! De qual tipo será que você é? O objetivo é descobrir com qual dos três discípulos do Deus do Tempo você mais se parece."

Animada, Mogberry começa a tirar da caixinha as cartas que Summer acabou de arrumar com tanto cuidado.

"Não tenho o menor interesse. Até porque é impossível existirem apenas três tipos de personalidades entre os seres humanos", Vigo responde com indiferença.

"Não seja chato. É só uma brincadeira. Deixa pra lá, então... Penny! Quer tentar?"

"Eu? Quero, claro!", ela retruca sem pensar, perdida nas próprias reflexões.

Mogberry pula para a poltrona na frente de Penny e espalha o baralho sobre a mesa. Cada uma das vinte e cinco cartas tem um adorno diferente. Dispostas em cinco fileiras, organizadas pela ordem das respostas, as bordas verticais e horizontais das cartas se conectam, formando um desenho.

"As ilustrações são muito bem-feitas."

Apesar de dizer que não tinha interesse no teste, Vigo Myers permanece atrás de Penny, observando discretamente.

"Ok, vamos começar. Se responder a todas as perguntas que eu fizer, você receberá como resultado uma destas três cartas", recita Mogberry, repetindo as frases que aprendeu com Summer e apontando para três cartas translúcidas com detalhes coloridos na parte inferior.

A carta da esquerda, enfeitada com frutas na borda, traz a imagem de uma senhorinha com a mão estendida na direção de uma luz brilhante. É fácil perceber a referência aos sonhos premonitórios de concepção, criados por Aganap Coco. Na carta do meio, vê-se a figura de um homem pequeno, também estendendo a mão em direção à luz brilhante, contra um fundo escuro semelhante a uma caverna, adornado por cristais que brilham como estrelas na borda. A terceira carta apresenta a imagem de um homem que se parece muito com DallerGut em pé, com a Grande Loja de Sonhos ao fundo.

Quando Penny pensa em perguntar quem é a figura da segunda carta, Mogberry a vira, escondendo o desenho. Em seguida, começa a ler o questionário em voz alta.

"Quando está sozinha, você costuma ficar remoendo o passado?"

"Hum... Sim, sou bem assim."

"Acha que as coisas que aconteceram têm muita influência sobre quem você é hoje?"

O sorriso assustador de Speedo, que a assombrava nos últimos meses, vem à cabeça de Penny.

"Sim."

"Ótimo. Sente alegria em tentar coisas novas, em vez de repetir a mesma rotina?"

"Não... Acho que não."

Conforme respondia, as cartas antes espalhadas em leque começam a se empilhar. Por fim, quando Penny termina de responder a pergunta final, Mogberry vira lentamente a última carta.

"Você é... uma pensadora gentil! Seu perfil é o do segundo discípulo. Você é a primeira entre nós a se assemelhar a ele!"

Penny pega a carta da mão de Mogberry e a examina com atenção. Ao longo da borda superior da imagem, há uma pequena passagem de *A história do Deus do Tempo e seus três discípulos* que Penny conhece de cor.

> Com cautela, o segundo discípulo revelou que gostaria de ficar com o passado. Ele acreditava que se apegar às memórias era o que nos trazia felicidade, sem remorsos ou sensação de vazio. O Deus do Tempo então lhe concedeu o passado, bem como o poder de se lembrar de tudo o que já aconteceu.

"Quem são os descendentes do segundo discípulo?", Penny questiona, ainda encucada com uma dúvida que surgiu durante o teste. "A história diz que ele se escondeu no fundo de uma caverna, e desde então ninguém sabe o que aconteceu, certo?"

"Bom, hoje em dia ninguém se pergunta isso. Afinal, é uma história muito antiga. Você só descobriu no ano passado que Aganap Coco é descendente do primeiro discípulo. O passado de DallerGut é bem conhecido, claro, mas porque a Grande Loja de Sonhos vem sendo herdada de geração em geração. Há rumores de que o descendente do segundo discípulo está escondido em algum lugar, criando sonhos sem revelar sua identidade, e já ouvi dizer que talvez ele tenha falecido, mas não sei qual é a verdade."

"Atlas", Vigo Myers deixa escapar assim que Mogberry termina de falar.

"O quê?"

"O descendente do segundo discípulo se chama Atlas. Dê nome aos bois, pelo menos", diz Vigo sem rodeios, abrindo a porta com força. "Preciso ir embora. Se todos vocês já terminaram seus afazeres, não se demorem por aqui e voltem logo para casa."

Assim que Vigo saiu, Speedo, que tinha ido conversar com DallerGut, entra correndo na sala de descanso. Sua negociação foi tão rápida quanto uma ida ao banheiro, o que faz com que Motail, o próximo na fila, se levante também às pressas.

Penny decide sair da sala de descanso quando acredita que a negociação salarial de Motail está chegando ao fim. Andando de um lado para o outro em frente ao escritório de DallerGut, ela aguarda a sua vez. O saguão de entrada está repleto de clientes de fora vestindo pijamas, mas há também muitos moradores de outras cidades que passam por ali depois do trabalho, no caminho de casa.

O resultado do teste de personalidade ainda ecoava na mente de Penny. Motail certamente tiraria o primeiro discípulo, que simboliza o futuro. Se a natureza obstinada e centrada de Motail está relacionada a uma predisposição inata, quais seriam os pontos fortes de alguém com o tipo do segundo discípulo, como Penny? Como a habilidade do segundo discípulo, sua capacidade de "se lembrar de tudo o que já passou", poderia ser útil? Na melhor das hipóteses, em algum teste de memorização. Mesmo sabendo que é impossível dividir as personalidades das pessoas em apenas três grupos, como disse Vigo Myers, a cabeça de Penny fervilhava.

Distraída e com o olhar perdido em frente à sala, ela nem percebe a porta se abrindo. Motail a encara com estranheza.

"Aconteceu alguma coisa, Penny?"

"Ah, você terminou! Está tudo bem, não se preocupe."

"Que bom, então. Entre logo", diz Motail, gentilmente segurando a porta aberta.

Ele parece estar de bom humor. Ao que parece, o resultado da negociação salarial foi satisfatório.

"Obrigada, Motail."

Assim que Penny entra no escritório, DallerGut, sentado do outro lado da mesa, acena para cumprimentá-la. Ele está vestindo um suéter de lã com fios brancos e pretos, que combina com as ondas de seu cabelo ligeiramente grisalho.

"Você esperou bastante, não é? Sinto muito. Por favor, sente-se."

"Tudo bem, sr. DallerGut?"

Ele está usando óculos de leitura com aro fino, que o fazem parecer mais perspicaz que o habitual. No entanto, apesar da aparência séria, sua generosidade transborda no escritório.

Como de costume, a impressora estava com uma luzinha vermelha de alerta piscando, e na mesa espaçosa havia todo tipo de bagunça, incluindo documentos aguardando assinatura, diários antigos abertos e virados para baixo, copos bebidos pela metade, entre outras coisas.

"Há pessoas que se sentem mais confortáveis com um leve estado de desordem", explica-se DallerGut calmamente, como se soubesse o que Penny está pensando. "Você não precisa de biscoitos para acalmar os nervos hoje, certo?"

"Isso mesmo." Penny sorri, tentando parecer relaxada.

"Esta é sua primeira negociação salarial, como recepcionista do primeiro piso. Por onde devemos começar a relembrar o que você fez no último ano?"

DallerGut tateia a mesa procurando um papel com informações sobre Penny. Quando o encontra, debaixo do porta-lápis, bate com o cotovelo numa garrafa cheia com alguma bebida e quase a derruba. Por sorte, Penny, que observava ansiosamente a mesma garrafa, consegue pegá-la depressa, evitando que caísse no chão. Com a outra mão, ela suspende um dos diários antigos, que por pouco não tomou um banho.

"Obrigado, Penny."

"Imagina."

Ela coloca o diário de volta na mesa, alinhando-o com cuidado. É o suficiente para ler a inscrição na capa de aparência rústica, com uma caligrafia bastante familiar.

"'Diário dos Sonhos de 1999'... Esta é a sua letra, sr. DallerGut. Você mantém um diário de sonhos?"

"Ah, não. Não fui eu que escrevi o conteúdo dele, mas fui eu que o transformei em diário, juntando tudo e colocando essa capa. Fiz isso para organizar os sonhos que os clientes de fora registravam ao acordar. Trouxe para cá na tentativa de ler sempre que tiver um tempo sobrando, mas nunca consigo", responde DallerGut, sorrindo e desenhando círculos na capa do diário com o dedo indicador.

"Os clientes de fora escrevem diários de sonhos?"

"O Sistema de Pagamento dos Sonhos permite ver avaliações simples dos clientes, certo? Isto aqui funciona como uma versão estendida e detalhada dessas avaliações."

"Escrever um diário depois de sonhar... Que ideia incrível! Não deve ser fácil para os clientes regulares se lembrarem do conteúdo de seus sonhos."

"Assim que acordam, eles tentam registrar suas lembranças, por menores que sejam, antes que tudo desapareça. Mas pessoas assim são raridade. É por isso que os diários de sonhos são tão valiosos. E é por isso que tenho uma coleção deles, que organizo todos os anos. Para pessoas como nós, que lidam diretamente com os clientes, não há informação mais valiosa do que essas que encontramos aqui."

Penny está morrendo de curiosidade para saber o que os clientes haviam sonhado em 1999, mas DallerGut logo guarda o diário em uma gaveta.

"Esta conversa acabou tomando um rumo diferente. Hoje vamos falar sobre você, Penny, não sobre nossos clientes."

DallerGut ergue um pedaço de papel repleto de anotações e começa a lê-lo, primeiro em silêncio. Penny engole em seco, nervosa com o que vai ouvir em seguida.

"Vamos lá. A Weather diz que você é bastante confiável. Os funcionários da noite dizem que gostam do seu jeito eficiente de trabalhar e que você é bem organizada. Afinal, nada é mais importante do que a opinião das pessoas próximas a você."

Aliviada, Penny agradece mentalmente a sra. Weather e Mood.

"Ah, e tenho algo para você."

Depois de vasculhar uma das gaveta da escrivaninha, DallerGut entrega algo para Penny. É um cartão pequeno com um cordão, para ser pendurado no pescoço.

"Sr. DallerGut, isto é..."

Na superfície do cartão, feito de um material especial, com brilho suave, está gravado, numa tipologia elegante: "Afiliada da Grande Loja de Sonhos DallerGut – Penny".

"Minha autorização de acesso à Área Industrial dos Sonhos chegou! Muito obrigada. Eu tinha certeza de que o senhor não se esqueceria de preencher o formulário da minha inscrição."

"É claro que não. Já fez um ano que você começou a trabalhar na loja. Isso significa que agora você é oficialmente reconhecida como um talento valioso da indústria dos sonhos."

"Ouvi dizer que, ao receber uma autorização, começarei a frequentar o Gabinete de Gestão de Reclamações Civis, certo?"

"Ah, então você já soube. É um local que qualquer colaborador com mais de um ano de trabalho na indústria deve visitar, mesmo que não tenha se envolvido em problema algum. Por favor, encare isso como uma tarefa educativa. Por que não vamos juntos até lá na segunda-feira?"

"O Gabinete de Gestão de Reclamações Civis é a instituição em que as pessoas que estão insatisfeitas com os seus sonhos podem fazer reclamações, certo? Pelo menos foi isso que entendi quando ouvi a descrição feita por Speedo."

"Em suma, sim. Penny, em qual destes nichos você acha que deveríamos focar: clientes que nunca vieram à nossa loja ou clientes que eram regulares, mas pararam de vir? Para que nosso negócio prospere, que tipo de cliente é importante atendermos?"

"Hum... É importante trazer novos clientes, assim como é importante trazer de volta os clientes que já frequentaram a loja... mas se eu tivesse que escolher apenas um..."

Às vezes, DallerGut surpreendia Penny com esses questionamentos repentinos. Sempre que fazia uma pergunta assim, os olhos castanho-escuros dele ficavam visivelmente iluminados.

"Para mim, os clientes regulares são mais importantes. Talvez porque já esteja acostumada com as balanças de pálpebras que acompanho todos os dias na recepção. Quando estou no trabalho, sinto como se eu fosse próxima dos clientes."

Penny adorava observar o movimento suave das balanças de pálpebras de seus clientes regulares, bem como ouvir o som característico que faziam. Quando o pêndulo da balança se movia e ela indicava "Sono REM", nada deixava Penny mais feliz do que o momento de reencontrar o rosto familiar de um cliente que havia acabado de aparecer na porta da loja.

"Penso assim também. É por isso que, quando aqueles que se tornaram clientes regulares da nossa loja de repente deixam de vir, temos um problema sério. As pessoas mais reservadas tendem a se afastar em vez de expressar suas reclamações em detalhes. Até prefiro quando os insatisfeitos vêm diretamente à loja pedir um reembolso."

Penny se lembra como se fosse ontem da ocasião em que alguns clientes se reuniram para pedir reembolso pelo Sonho para Superar o Trauma, de Maxim. DallerGut conversou com eles em uma sala mais reservada, própria para lidar com as reclamações, que fica no subsolo do escritório.

"Em momentos assim, a organização que nos dá apoio é o Gabinete de Gestão de Reclamações Civis. Não importa quão depressa os clientes de fora se esqueçam dos seus sonhos, se uma mesma queixa se acumular várias vezes, ela acaba indo parar no Gabinete de Gestão de Reclamações Civis. É uma solução muito melhor do que ir até o local onde o sonho foi comprado para abrir uma reclamação. O Gabinete de Gestão de Reclamações Civis gerencia e analisa esses dados e informa as lojas e os fabricantes envolvidos. Verificar o conteúdo dessas reclamações e lidar adequadamente com elas é a parte mais difícil do meu trabalho, e para os nossos gerentes também."

"Se os clientes de fora costumam fazer o pagamento pelos sonhos só depois, por que isso seria um problema? Eles não teriam nada a perder de qualquer forma, certo?", questiona Penny, ainda um pouco confusa.

"Acho que é exatamente isso que você precisa aprender este ano. Existem muitas pessoas no mundo que, por motivos que desconhecemos, não querem sonhar. Se a 'ausência' dos clientes que não vêm buscar as encomendas personalizadas, por estarem adiando o sono, é um sinal da indiferença desses clientes, a nossa indiferença é o que os leva a se dirigirem ao Gabinete de Gestão de Reclamações Civis. Não tenha pressa, investigue no seu tempo.

Até porque já percebi que explicar tudo tim-tim por tim-tim para você não ajuda tanto no seu processo de aprendizagem, não é?"

"Sim, mas... é possível recuperar um cliente regular?"

Penny queria ir com calma, mas ainda se sentia ansiosa. Tomando seu próprio caso como exemplo, ela raramente voltava a uma loja que havia deixado de frequentar.

"Cada cliente tem seus próprios motivos. Não será impossível se não nos esquecermos de que cada pessoa está passando por uma situação diferente."

"Quero ajudar nisso. Para começar, seria ótimo se conseguíssemos recuperar ao menos um dos nossos clientes regulares."

"Esse é o seu plano para este ano?"

"Ah... Na verdade, acabei de elaborá-lo, mas estou falando sério. Eu gostaria muito de que o relacionamento da Grande Loja de Sonhos com seus clientes regulares continuasse firme. Você não tem ideia de como gosto deste lugar."

"Então você e eu temos o mesmo plano para este ano."

"O que tem em mente, sr. DallerGut?"

"Hum... Já comecei a pôr algumas coisas em prática. Ainda não posso contar, porque nem tudo está confirmado. Tenho muito trabalho pela frente."

"Você está planejando algo especial! Por favor, me dê ao menos uma dica."

"Bom, posso dizer que é um evento que, além de mim, vai agradar muitos clientes. Isso é certo."

"Sério?"

"Mas voltemos ao assunto principal. Nossa! Já passou muito da hora do expediente. Preciso finalizar sua negociação o quanto antes para poder jantar com calma. Uma boa refeição depois de um dia longo de trabalho é essencial. Vejamos... Acho que o seu salário deveria ser este. O que me diz?"

Com uma caneta-tinteiro, DallerGut escreve um valor no contrato e o entrega a Penny. A quantia é maior do que o esperado, então ela precisa se esforçar para não ficar com um sorriso de orelha a orelha. DallerGut parece ter levado em conta as expectativas futuras no salário ofertado.

"Penny, o dinheiro que ganhamos vem em troca de emoções preciosas dos nossos clientes. Nunca se esqueça do peso que isso tem", aconselha DallerGut enquanto ela assina o contrato.

"Jamais, sr. DallerGut."

Os novos números naquele contrato pareciam representar a quantidade de clientes que passam todos os dias pelo balcão de Penny. Uma boa dose de entusiasmo – com algumas pitadas de tensão – percorreu seu corpo, começando pelos dedos dos pés.

"Então vejo você na segunda-feira. Ah, é, quase esqueci. Leve isto também. São os horários do trem para o trabalho", diz DallerGut, entregando a ela um informativo detalhado, escrito em letras miúdas. "As partidas e chegadas são indicadas minuto a minuto. Se embarcar na parada mais próxima da sua casa por volta das sete da manhã, irá descer pertinho da loja."

"Ok, nos vemos na segunda-feira."

Penny mal saiu do escritório de DallerGut e já fez questão de encontrar a parada mais próxima de sua casa entre as letras minúsculas e a circulou com uma caneta vermelha:

Parada da mercearia Cozinha da Adria. Partida às 6h55.

Na parte inferior da folha, uma observação estava destacada em negrito:

O trem para o trabalho não é um veículo particular. Por favor, seja pontual.

Ainda encarando a autorização de acesso e a folha com os horários do trem, ela fica um tempo tentando processar tudo o que acabou de acontecer. Um sorriso satisfeito se abre em seu rosto enquanto seus dedos acariciam o nome "Penny" gravado no cartão. A expectativa de ampliar sua visão de mundo e uma inusitada sensação de pertencimento preenchem o seu peito. Ela finalmente está satisfeita, ainda que tivesse perdido o horário do jantar.

Penny guarda seus novos pertences com muito cuidado na bolsa e sai da loja. Depois, atravessa a rua da área comercial, agora completamente escura, num ritmo mais lento que o habitual.

2. GABINETE DE GESTÃO DE RECLAMAÇÕES CIVIS

A manhã de segunda-feira é sempre mais cansativa do que as dos outros dias. Principalmente hoje, porque o tempo está frio e úmido, com cara de chuva.

Como Penny não tomou o café da manhã, ela chegou à parada do trem na hora certa. Ela checa se o cartão está pendurado no pescoço e depois coloca as mãos de volta no bolso do casaco. Por ter ido dormir tarde na noite passada, ela boceja tanto que seu maxilar dói.

A parada do trem está localizada em frente à Cozinha da Adria, uma mercearia no alto do morro, perto da casa de Penny. O estabelecimento estava aberto desde cedo, e muitas pessoas vinham em busca das promoções matinais.

Penny decide ficar um pouco afastada da entrada da mercearia, para não atrapalhar o movimento dos clientes. As cinco ou seis pessoas que haviam chegado antes dela na parada do trem estavam com fones de ouvido e braços cruzados, receosas de que alguém puxasse conversa. Todos parecem querer passar algum tempo em silêncio no caminho para o trabalho.

Mas nada daquilo pode diminuir a animação que Penny estava sentindo desde cedo por finalmente pegar o trem para ir ao trabalho. Por outro lado, seu destino final de hoje, o Gabinete de Gestão de Reclamações Civis, não é tão aguardado assim. Toda aquela atmosfera burocrática, a começar pelo nome do lugar e pela imagem de formalidade comumente associada a órgãos governamentais, tinha deixado Penny nervosa o fim de semana inteiro.

Além disso, o alerta de Mogberry sobre o Gabinete de Gestão de Reclamações Civis ainda ecoava em sua cabeça: "É um lugar que todo mundo que vende sonhos precisa visitar, mas, se eu pudesse escolher, não voltaria lá. Como posso dizer... É um local que causa certo desconforto".

Em poucos minutos, o número de pessoas ao redor da parada do trem aumentou. Atrás de Penny, um grupinho conversa enquanto toma bebidas quentes que exalam um cheiro de café forte.

"Sabe o novo chefe do Gabinete de Gestão de Reclamações Civis? Ouvi dizer que ele convocou todos os funcionários para uma reunião geral assim que assumiu o cargo."

"É sempre assim. Em geral, quando alguém assume um cargo de liderança, a primeira providência é rever tudo o que seu antecessor fez. É um momento de muita motivação, não é? Ai, me queimei!", diz, tossindo, um homem de voz rouca que parece ter se engasgado com o que bebia.

"A Grande Loja de Sonhos DallerGut vai ter bastante trabalho."

Penny apura os ouvidos e se concentra no que as pessoas atrás dela estão dizendo.

"Acho que sim. Com tantos clientes, eles devem receber a maioria das reclamações."

"Ok, mas vamos nos preocupar com o que é de responsabilidade nossa. Teremos um problemão se a nossa nova linha de produtos não entrar na Grande Loja de Sonhos dessa vez. Não quero começar a segunda-feira me estressando. Ai, não! Está chovendo."

Com o tempo úmido, gotas de chuva começam a cair na cabeça de Penny. Tentando escapar da chuva, as pessoas se reuniram silenciosamente debaixo da marquise da mercearia. Penny, por sorte, está ao lado de uma placa, então consegue se proteger tanto dos pingos quanto do vento.

KETCHUP SABOR DA MAMÃE E MAIONESE SABOR
DO PAPAI, DE MADAME SEIJI – RELANÇADOS EM 2021
COM SABOR E EMOÇÃO APROFUNDADOS (CONTÉM

0,1% DE SAUDADE). TER PREGUIÇA DE COZINHAR NÃO É UM PROBLEMA. TUDO QUE VOCÊ PRECISA FAZER É APELAR PARA AS SUAS LEMBRANÇAS. EXPERIMENTE REPRODUZIR O SABOR DA COMIDA DOS SEUS SAUDOSOS PAIS A QUALQUER HORA E EM QUALQUER LUGAR!

A placa mostra uma criança chorando de emoção ao comer omurice, uma espécie de omelete com arroz. No fundo da imagem, o pai e a mãe dela seguram o produto e fazem um joinha com as mãos. O prato está coberto por uma montanha de ketchup vermelho-vivo, e mal é possível enxergar o amarelo dos ovos.

Distraída analisando as expressões cômicas dos modelos no anúncio, Penny acaba de levar um pisão no pé da pessoa à sua frente, que recuava ainda mais para fugir da chuva. O homem que pisou no pé de Penny apenas colocou os fones de ouvido e está balançando a cabeça no ritmo da música, sem nem se desculpar. Ela dá um longo passo para o lado, tentando se afastar do indivíduo, mas esbarra em algo muito fofo e macio ao toque.

"Penny! O que faz aqui a esta hora?"

A pelagem fofa e macia pertence a Assam, o Noctiluca. Com as duas patas dianteiras, ele carrega um cesto enorme, e leva outro pendurado na cauda.

"Assam! Está fazendo compras tão cedo? Estou esperando o trem porque tenho um compromisso na Área Industrial dos Sonhos. Finalmente consegui a minha autorização de acesso! Já faz um ano que trabalho na Grande Loja de Sonhos."

"Nossa, como passou rápido! Também tenho boas notícias: acho que em breve vou começar a pegar o trem com mais frequência. Completei o período de experiência e atendi a todos os pré-requisitos, então posso finalmente mudar de emprego."

"Mudar de emprego? Para onde?"

"Para a lavanderia! A Lavanderia Noctiluca, que fica localizada na parte de baixo da Descida Vertiginosa. O sonho de todo Noctiluca é trabalhar nessa lavanderia! Já se passaram trinta anos desde que comecei a andar pelas ruas cobrindo as pessoas com roupões, para que não fiquem vagando peladas por aí. Para falar a verdade, a minha experiência profissional já se completou faz tempo. O que demorou foi cumprir outros pré-requisitos..."

"Quais?"

"Olhe aqui. Estão crescendo azuis, certo?"

Depois de pousar no chão a cesta pendurada, Assam puxa a cauda para a frente do corpo e a mostra. Conforme os Noctilucas envelhecem, seus pelos começam a ficar azulados, mas a cauda de Assam não parece azul. Ela tem um tom de cinza mais escuro do que o dia nublado de hoje.

"Onde?"

"Aqui. O pelo da parte interna da minha cauda está começando a ficar azul."

Assam remexe sua espessa cauda peluda e localiza um pelo azul do tamanho de uma unha. Ele parece sentir orgulho daquele sinal de envelhecimento, como se tivesse ganhado uma medalha.

"Quando foi que você ficou tão velho, Assam?", lamenta Penny enquanto o acaricia. De súbito, ela é espetada pela ponta de um longo alho-poró saindo pela lateral da cesta de Assam.

"Sinto muito, Penny. Posso estar velho, mas vou viver mais que você."

"O quê?", ela exclamou, usando a mão para se proteger do vegetal.

"Não dá para comparar a vida de um Noctiluca com a de um ser humano. Eu estava ansioso para envelhecer, pois queria muito trabalhar na lavanderia! De qualquer forma, preciso ir. Tenho que voltar para casa e tomar café da manhã antes de ir ao trabalho. Penny, o trem já está chegando! Consigo sentir o chão vibrando ao longe pelas solas dos meus pés."

Assam ajeita o grande cesto que carrega com suas patas peludas e vai embora, abanando a cauda de um lado para o outro. É compreensível que ele queira trabalhar na lavanderia. Embora os Noctilucas sejam mais fortes que um ser humano, deve ser muito cansativo correr todos os dias pelas ruas carregando uma montanha de roupões e meias para dormir.

Conforme Assam previu, é possível ouvir o trem chegando ao longe. Pessoas antes dispersas começam a formar uma fila em frente à placa da parada. Penny decide se misturar na multidão, levantando bem a gola da blusa e bloqueando com a outra mão as gotas de chuva que caem em sua cabeça.

Com uma freada brusca, ele para no local exato. É um trem sem cobertura, projetado para acomodar duas pessoas por fileira, como as montanhas-russas dos parques de diversão. Quando o maquinista puxa a alavanca, as portas baixas dos assentos se abrem totalmente para o lado de fora.

"Este é o trem que sai às 6h55 da parada Cozinha da Adria. Ele para em todas as estações regulares até a Área Industrial dos Sonhos. Se quiser ir direto à praça central, pegue o trem expresso, que chega em oito minutos", informa o maquinista, que parece ter a idade de Penny. Como se tivesse recebido um treinamento vocal especial, a voz dele soa clara o suficiente para cortar o clima nublado.

Uma a uma, as pessoas mostram seus crachás ao maquinista e depois se sentam onde querem. O funcionário verifica a autorização pendurada no pescoço de Penny, levanta o quepe, olha bem para o rosto dela e assente com a cabeça.

O trem tem alguns assentos maiores que os demais, e nos encostos de cabeça desses lugares há capas com os dizeres "Assento exclusivo – Noctiluca". Depois de pensar por um momento, Penny decide se sentar na primeira fileira, logo atrás do maquinista.

"Urgh, está molhado!"

Como não há cobertura, as gotas de chuva se acumularam nos assentos, e agora a parte de trás do casaco de Penny está úmida. A tela retrátil, que provavelmente protege da chuva, não tinha sido aberta. Mas, à medida que os passageiros reclamam dos bancos molhados, o maquinista, com uma expressão indiferente no rosto e sem sequer olhar para o que está fazendo, usa um gancho de ferro para puxar a proteção para baixo.

Exceto pelas poucas pessoas que permaneceram na parada, que pareciam esperar pelo trem expresso, todos os demais já estão sentados sozinhos nos bancos duplos. Com a confirmação de que vão viajar sem ninguém ao lado, os passageiros voltam ao silêncio de sua própria companhia.

Penny está se preparando para relaxar durante o trajeto de uma hora quando, de repente, alguém se senta ao seu lado com um movimento brusco. Por causa do vento, a barra do seu casaco azul-claro fica presa debaixo do corpo do intruso indesejado.

"Motail! O que está fazendo aqui?"

"Como assim? Imagino que você também tenha recebido sua autorização de acesso durante a negociação salarial e foi convidada pelo sr. DallerGut para ir ao Gabinete de Gestão de Reclamações Civis, certo?"

"Ah, é, você disse que também receberia sua autorização dessa vez. Esqueci disso."

"Saí cedo e, como tinha tempo de sobra, caminhei da estação perto da minha casa até esta aqui. Quase perdi os dois trens."

Motail levanta ligeiramente o traseiro para facilitar que Penny puxe seu casaco. Assim que o excêntrico atendente do quinto piso se ajeita no assento, o trem começa a se mover.

"Você sabe como é o Gabinete de Gestão de Reclamações Civis por fora, Motail? Estou curiosa e apreensiva, porque não enxergo tão bem de longe."

"Ouvi dizer que, olhando de perto, a aparência externa é única. Mal posso esperar para ver. Estou mais curioso sobre o Centro de Testes, bem em cima dele, do que sobre o Gabinete de Gestão de Reclamações Civis em si. Existem todos os tipos de materiais utilizados para criar sonhos por lá, então dá para produzir a sensação do tato ou do olfato na hora e ainda testar o desempenho do sonho fabricado."

Motail parece dominar o assunto.

"Seria bom se pudéssemos ir até lá também."

Enquanto os dois conversam, DallerGut embarca na parada seguinte. Ele está vestindo um casaco brilhante feito de material resistente à água e segura um guarda-chuva roxo. O maquinista nem se dá ao trabalho de verificar seu crachá, como se o próprio rosto dele fosse um crachá. Um desconhecido na parte de trás do trem se levanta e faz uma reverência para DallerGut, como forma de respeito.

"Há quanto tempo, Aver! Ouvi dizer que você está trabalhando para a produtora Celine Gluck desde o ano passado", diz

DallerGut, apertando rapidamente a mão do homem e se dirigindo ao assento atrás de Penny e Motail. "Vocês dois conseguiram pegar o trem no horário! Que bom."

Depois de os cumprimentar, bastante animado, DallerGut tira o excesso de água de seu guarda-chuva do lado de fora do trem. Quando ele está prestes a se sentar, o trem freia de maneira abrupta. Como resultado, seu corpo sacode com força.

Quatro Noctilucas enormes, todos cobertos de pelos azuis, correm na direção do trem. Eles estão abraçados a cestos de roupa suja do tamanho de seus corpos.

"Por favor, tentem chegar na hora certa", repreende o maquinista.

Aparentemente, Noctilucas também não precisam mostrar seus crachás. Uma vez dentro do trem, eles tiram a roupa suja de dentro do cesto, empilham tudo num assento livre, colocam os cestos vazios um dentro do outro e depois os penduram de cabeça para baixo no encosto do último assento. A roupa suja parece muito pesada. Para falar a verdade, o trabalho na lavanderia não deve ser nada fácil, e Penny se pergunta se Assam tem consciência disso. Um Noctiluca mais azul que os demais (provavelmente muito mais velho) segura com suas patas dianteiras a pilha de roupa, que parecia prestes a cair do banco.

O trem continua a correr sobre os trilhos, e não há mais paradas. Enquanto lida com Motail, que pula no banco e tagarela sem parar, animado por estar ali, Penny se senta cada vez mais na beirada do assento, molhando o ombro com as gotas de chuva que se acumulam na tela de proteção.

Quando já estão bem afastados do centro da cidade, de modo que não há nenhum outro veículo ao redor, os trilhos que se estendiam à frente desaparecem. Estavam cara a cara com a Descida Vertiginosa, que Penny só vira de longe até hoje. A encosta é tão íngreme que não se vê nada abaixo do nível da ferrovia.

À medida que a descida se aproxima, as mãos dos passageiros começam a suar involuntariamente, e a pilha de roupa suja dos Noctilucas chacoalha, prestes a desabar. De repente, o velho trem, sem alças de apoio ou barras de segurança, parece muito pouco confiável.

"Isto aqui é... seguro, não é?" O tom de voz ansioso de Motail aumenta ainda mais a tensão.

Assustada, Penny observa um movimento inusitado do maquinista: ele pega uma pequena garrafa aos seus pés, abre a tampa enferrujada e despeja metade do líquido num compartimento ao lado do volante. No mesmo instante, após um barulho estrondoso, o trem começa a tremer, e pouco antes de entrar na descida a velocidade diminui drasticamente. As rodas passam a se mover com mais cuidado, como se tivessem se agarrado a alguma coisa. Só então Penny consegue ler o rótulo da garrafa: Espírito Rebelde. Em silêncio, ela comemora o timing e a precisão do maquinista.

Ao final da longa descida, num vale entre enormes paredões rochosos, o trem finalmente para.

"São 7h13 e esta é a parada Lavanderia Noctiluca. Aqueles que estiverem indo para a Área Industrial dos Sonhos permaneçam em seus assentos, por favor. O trem partirá em breve."

"Lavanderia? Que lavanderia?", pergunta Penny, olhando em volta.

"Penny, vire para trás", diz DallerGut, tocando de leve em seu ombro.

Ao lado dos trilhos, há uma enorme entrada de caverna. Noctilucas carregando pilhas de roupa suja saltam do trem e caminham naquela direção. Uma placa de madeira em que se lê "Lavanderia Noctiluca", em letras um pouco tortas, está pendurada precariamente sobre a rocha.

"Como é que a roupa seca em um lugar como esse?"

"Nem sempre elas precisam secar ao sol. Deve haver secadoras de última geração aí", respondeu Motail casualmente, sem demonstrar nenhum interesse na lavanderia, porque está com os olhos vidrados num buraco do tamanho de uma janela em uma das paredes de pedra. Ele força a vista para enxergar mais detalhes. "Está vendo aquele buraco? Acho que tem alguém lá dentro."

Quando não há mais Noctilucas no vagão, o motorista avança cerca de trinta metros, revelando a verdadeira identidade do buraco: trata-se de uma lojinha de conveniência incrustada na rocha. Olhando de fora, não dá para saber se aquela cavidade já existia ou se foi escavada intencionalmente. Penduradas dos dois lados do buraco, há placas feitas de tábuas de madeira – um material semelhante ao do letreiro da lavanderia – exibindo os preços dos produtos.

O maquinista finge estar distraído enquanto espera que os passageiros deem uma boa olhada no cardápio.

"Temos ovos cozidos, jornais e lanches simples disponíveis", grita o proprietário da loja, sentado lá dentro, para os passageiros do trem, que logo começam a formar uma espécie de fila para fazer os pedidos.

"Por favor, quero dois ovos e um jornal."

O dono da lojinha então pendura uma cesta contendo os ovos e o jornal na ponta de uma longa vara e a estende até o homem que fez o pedido. A transação ocorre sem maiores problemas, com o passageiro colocando o dinheiro na cesta e o proprietário recolhendo a vara.

"Olha só! Eles vendem uma bebida chamada Cura da Doença de Segunda-Feira. Acho que é um novo tônico nutricional", diz Motail, demonstrando interesse numa garrafa de cor marrom.

"Vocês gostariam de experimentar?", oferece DallerGut, prontamente tirando a carteira do bolso.

"Podemos?"

"É claro! Por favor, quero dois frascos de Cura da Doença de Segunda-Feira e um jornal."

Assim como DallerGut, outras pessoas também pedem ao menos um exemplar do jornal. O curioso é que todos abrem o jornal, leem apenas a última página e o fecham imediatamente. O chefe de Penny faz a mesma coisa: olha só o verso do jornal que recebeu e o guarda no casaco.

"Sr. DallerGut, posso ver esse jornal?"

Copiando os outros passageiros, Penny vai até a última página e encontra os cardápios semanais detalhados de todos os refeitórios da Área Industrial dos Sonhos.

"Hummm, entendi. As pessoas só compram o jornal para ver o cardápio do almoço com antecedência. É uma bela jogada de marketing", diz Penny ao entregar o jornal para Motail.

"Mais que uma boa jogada, é uma excelente estratégia! Veja só: sabendo que as pessoas só olham o cardápio do almoço, o restante do jornal é reaproveitado. Dão um jeito de reciclar os exemplares não vendidos", conclui Motail, franzindo a testa.

Ele dobra o jornal sem hesitar e o devolve para DallerGut antes de abrir seu frasco de Cura da Doença de Segunda-Feira. Dentro da garrafa, muito parecida com a de um tônico nutricional comum, há um líquido espesso.

"Tem algo escrito na tampa. Diz assim: 'Se você for trabalhar hoje, tome imaginando que terá um feriado de três dias'." Assim que termina de falar, Motail bebe o frasco inteiro de uma só vez.

Penny também abre a sua garrafa de Cura da Doença de Segunda-Feira. Na tampa, ela lê: "Tome um gole enquanto imagina que seu chefe não virá trabalhar hoje". De acordo com a tabela nutricional impressa na lateral, a bebida contém pequenas quantidades de emoções vagas, como "Sensação de liberdade – 0,01%" e "Sensação de alívio – 0,005%", mas Penny presume que os ingredientes dos dois frascos são iguais, diferindo apenas na mensagem engraçadinha.

Antes de tomar um grande gole, ela se esforça para mentalizar e seguir as instruções. Não é tão fácil para ela imaginar um chefe que não existe e a sensação de saber que ele vai faltar ao trabalho. Por um momento, um sentimento leve de liberdade surge e vai embora, como uma névoa que se dissipa rapidamente.

"Ainda que funcione, é só um efeito placebo."

"Afinal, não há remédio para a doença de segunda-feira", diz Motail solenemente, como um monge que alcançou a iluminação.

O trem começa a se mover outra vez. Para chegar à Área Industrial dos Sonhos, do outro lado das rochas, tem de subir mais uma encosta íngreme, com trilhos que pareciam a escada vertical de um beliche.

No trecho mais alto, o interior do vagão treme como uma máquina de lavar desregulada, até que de repente para, incapaz de avançar. O maquinista, como da outra vez, abre a tampa enferrujada da garrafa, derrama o restante do líquido no compartimento e atira a embalagem vazia na lata de lixo aos seus pés. Então, com um barulho estrondoso, o trem volta a subir a encosta com facilidade. Se Penny pudesse adivinhar, diria que aquele líquido era, na verdade, Confiança.

"Penny, Motail, olhem para a frente. Finalmente chegamos!"

Aos poucos, um cenário magnífico, acima do topo dos penhascos e das paredes rochosas, começa a se revelar. Como a chuva fraca já parou completamente, a tela de proteção está levantada. A luz do sol, filtrada pelas árvores densas, atinge os rostos deles com a quantidade perfeita de brilho, sem ofuscar a vista, e o cheiro de terra molhada faz cócegas em seus narizes.

"Uau! É bem maior do que eu pensava. Quantas pessoas será que trabalham aqui na Área Industrial dos Sonhos?"

Uma praça central, maior que um campo de futebol, surge diante deles. Muitos dos outros trens que vão e voltam dali todos os dias estão parados na estação, e os guardinhas verificam os crachás daqueles que desembarcam.

Estátuas de pessoas prestando juramentos solenes foram erguidas em ambos os lados do pórtico de entrada da Área Industrial dos Sonhos, e é possível ler, gravada em pedra, uma breve declaração:

> *Fomos encarregados da nobre missão de valorizar o tempo de sono de todos os seres vivos, e juramos trabalhar com reverência e respeito por ele.*

Ao chegar à estação, o trem para lentamente, e o condutor faz um anúncio: "Sejam bem-vindos à Área Industrial dos Sonhos, o centro dessa grande indústria. Quem tiver negócios a resolver no Gabinete de Gestão de Reclamações Civis, no Centro de Testes ou na zona dos refeitórios, por favor, desembarque aqui e siga a pé. Quem for a alguma das produtoras, por favor, faça a baldeação para o trem específico. Peço que verifiquem seus pertences para ter certeza de que não deixaram nada para trás".

Uma a uma, as pessoas no trem começam a pegar seus casacos e malas e desembarcam. DallerGut, Penny e Motail também descem – os dois últimos completamente abismados com a vista panorâmica que os rodeia.

Desde o edifício central, bem na frente deles, passando pelo pórtico e a estação, até os prédios mais afastados, nada ali é muito comum arquitetonicamente. Tudo passa bem longe do design discreto e sóbrio da Grande Loja de Sonhos DallerGut, pensada para combinar com bairro ao redor. Aqui, todos os edifícios parecem únicos, feitos para exibir sua individualidade.

Contornando a estrada que leva ao centro, há vários edifícios baixos que parecem ser os restaurantes. No meio da praça central, uma enorme estrutura de aparência excêntrica chama a atenção. É na direção dela que DallerGut começa a caminhar.

"Bom, é para lá que precisamos ir."

"O lugar que parece a base de uma árvore, você quer dizer? Esse é o Gabinete de Gestão de Reclamações Civis?"

"Exato."

Se não soubessem que o local para onde se dirigem agora é o Gabinete de Gestão de Reclamações Civis, eles teriam dificuldade em adivinhar que se trata daquele prédio olhando-o por fora. Isso porque ele é diferente de tudo o que Penny imaginava quando pensava em instituições governamentais.

O Gabinete de Gestão de Reclamações Civis é como se fosse a maior árvore do mundo depois de ser cortada com um machado, sobrando apenas o tronco. Se eles não tivessem visto as pessoas entrando e saindo de lá, seria impossível dizer que se tratava de um edifício. Além disso, há vários contêineres coloridos do tamanho de casas empilhados sobre a construção, cada um com uma cor vibrante diferente. É uma visão bem estranha mesmo, como se tivessem sido arrastados até ali por um tufão e caído acidentalmente sobre o tronco da árvore.

"Sr. DallerGut, os contêineres em cima do Gabinete de Gestão de Reclamações Civis fazem parte do edifício?", pergunta Penny, seguindo-o a passos rápidos.

"Aquilo é o Centro de Testes. É um espaço onde diversas produtoras podem testar seus sonhos antes de lançá-los oficialmente. Mas a instituição também atua quando há problemas após o lançamento. Vendedores como nós vão até o Centro de Testes para se reunir com os produtores, por exemplo. A entrada para os dois órgãos é a mesma, mas uma vez lá dentro dá para notar que o Gabinete de Gestão de Reclamações Civis e o Centro de Testes são coisas separadas. É possível subir de elevador até lá. E, por mais que pareça esquisito por fora, o interior é impressionante."

Penny parece querer subir até lá, mas DallerGut nega com firmeza.

"Hoje só vamos ao Gabinete de Gestão de Reclamações Civis. Espera, onde está Motail?", indaga DallerGut, olhando em volta.

Motail se afastou a caminho do Gabinete de Gestão de Reclamações Civis e agora está bisbilhotando as pessoas que estão paradas em filas intermináveis, para todos os lados. Elas aguardam para pegar a baldeação e visitar as mais variadas produtoras de sonhos.

No início de cada fila, há uma placa que indica para qual empresa o trem conduz – como Filmes Celine Gluck, Estúdio Chuck Dale ou Introdução para Encontros Românticos, de Keith Gruer –, e os trilhos se estendem para longe da praça central. Eles levam ainda a vários edifícios coloridos, em estilos diferentes, que cercam metade da praça.

"Esses prédios alinhados, no centro e na extremidade da praça principal, são produtoras de sonhos, certo? Todos parecem tão diferentes", diz Penny com os olhos arregalados. Mesmo à distância, cada edifício é feito em materiais e estilos arquitetônicos diversos.

"Isso mesmo. Há boatos de que os gostos das produtoras eram tão distintos que não conseguiram chegar a um projeto arquitetônico comum. Mas não é maravilhoso que uma cena caótica ainda assim seja bela?"

Observar prédios tão cheios de personalidade é como assistir distraidamente a vários filmes com cenas de ação acontecendo ao mesmo tempo. Mais uma vez, Penny sabe que está num lugar incrível, rodeada pelas sedes das produtoras de sonhos mais aclamadas.

"Uau! Olha só aquele, em que está escrito, Estúdio Chuck Dale, em letras garrafais. É a produtora dos sonhos mais estranhos!", exclama Motail, num tom de voz muito elevado.

Os três param para olhar na direção em que Motail está apontando.

A construção parece verdadeiramente uma obra de arte – algo raro de se ver. A parte inferior do edifício, que tem curvas fluidas e arrojadas, era de uma cor vermelha pouco saturada, enquanto os andares superiores refletiam o brilho da luz solar. Para Penny, o prédio parece uma taça gigante com um restinho de vinho tinto dentro.

"Sr. DallerGut, de qual produtora é aquele edifício? Até parece que a lateral dele foi arrancada, destruída."

"É da Filmes Celine Gluck. Vocês sabem quem é Celine Gluck, certo?"

"Sei, claro. São os fornecedores de sonhos estilo filmes de fantasia e *blockbuster* para o terceiro piso da nossa loja."

"Ahhh, então *essa* é a Celine Gluck", diz Motail, sem conseguir disfarçar o interesse. "A seção de descontos no quinto piso está lotada de sonhos dela, da série Destruição da Terra. Acho que sonhos em que a Terra é destruída estão meio fora de moda."

A produtora de Celine Gluck fica num prédio de dez andares com um projeto interessante: um dos cantos do último andar parece ter sido "arrancado", como se houvesse sido atacado por um inimigo. Além disso, há muitas manchas, que imitam balas de uma grande pistola de paintball, criando uma atmosfera de tensão – não surpreenderia se os funcionários começassem a qualquer momento um jogo de sobrevivência apostando o almoço.

No final da fila para a produtora de Celine Gluck estão duas pessoas de aparência muito cansada. Uma delas, do lado esquerdo, tem as duas mãos cheias de materiais de audiovisual e uma resma de papel.

"Passei a semana assistindo a todos esses filmes para me preparar para uma reunião sobre um novo projeto."

"Você já experimentou ver na velocidade 6x? Depois que você se acostuma, consegue ouvir todas as falas com uma clareza surpreendente", aconselhou em tom sério outro funcionário.

"Obrigado, vou tentar da próxima vez. Acho que o chefe não vai mais fazer vista grossa se eu sugerir outro filme de zumbi, mas tudo o que tenho na cabeça são sonhos com zumbis. Será que não existe algo de fato original sobre a destruição da Terra?"

"Não consigo pensar em nada além de invasão alienígena. Tentei mudar um pouco dessa vez, mas não sei se vai passar. Ouvi dizer que Aver, um funcionário de outro departamento, está preparando um sonho em que o mundo inteiro ficaria coberto por desertos de sal e todas as coisas vivas seriam lentamente desbotadas até a extinção. Estou preocupado com o futuro dele, confesso."

A Filmes Celine Gluck se especializou em produzir sonhos com nível cinematográfico, como distopias apocalípticas ou histórias de super-heróis lutando contra uma invasão alienígena. Para isso, os funcionários passam o expediente todo assistindo a filmes, o que causa bastante inveja nas pessoas – afinal, ser pago para ver filmes o dia inteiro é o sonho de qualquer um. No entanto, a julgar pelo olhar cansado desses dois, talvez o trabalho não seja tão fácil quanto parece.

Os dois embarcam no trem que acabou de chegar, que é muito menor do que aquele que Penny pegou mais cedo. Os vagões estão pintados exatamente com as mesmas cores do edifício, o que os faz parecer uma extensão do prédio.

Penny estava tão atenta à conversa deles que faz menção de os seguir.

"Ei, não vamos pegar o trem agora. Temos que nos apressar", adverte DallerGut, agarrando a barra das roupas de Penny e Motail ao mesmo tempo. Os dois seguem hipnotizados pelo edifício da produtora de Chuck Dale, mas se dirigem ao Gabinete de Gestão de Reclamações Civis, hesitantes.

Só quando se aproxima do prédio do Gabinete de Gestão de Reclamações Civis é possível perceber que não se trata de um tronco verdadeiro de árvore, mas de uma estrutura artificial simulando os veios da madeira. Na entrada, uma porta giratória da mesmíssima cor da casca da árvore não para de rodar. Dois clientes de fora, vestindo pijamas, tentam passar pela entrada ao mesmo tempo que o grupinho de funcionários da Grande Loja de Sonhos, e um homem que parece ter saído de um retiro de ioga vê a cena e os cumprimenta. Ele está trajando blusa e calça verdes, de tecido esvoaçante e macio. Há um pequeno inseto rastejando nas costas de sua mão.

"Aqui é onde recebemos todas as reclamações civis. Tiveram dificuldade para chegar?"

O funcionário, muito gentil, recepciona os clientes de pijama. Mais que um simples gesto educado, seu tom de voz manso é estratégico: parece ser capaz de acalmar uma raiva acumulada por décadas. Ele só dá atenção ao grupo de DallerGut depois de se certificar de que os clientes estão a uma distância considerável, sendo atendidos por um colega.

"Olá, sr. DallerGut. Meu nome é Pallak, do Gabinete de Gestão de Reclamações Civis. Serei seu guia hoje."

Para a surpresa deles, a voz do funcionário está completamente diferente de como soava alguns instantes atrás. A mudança drástica de tratamento deixa Penny desconfortável, mas Motail, distraído olhando ao redor, parece não ter notado.

Ali dentro, uma suave música clássica toca como som ambiente, e a decoração é composta de arranjos de flores dispostos em vasos enormes, como em lojas recém-inauguradas. Completando essa atmosfera, até mesmo os menores adornos têm um tom esverdeado extremamente agradável aos olhos. Nesse contexto, talvez as roupas também verdes de Pallak não fossem mera coincidência... A impressão é de que há ali um grande esforço para passar uma imagem oposta à rigidez dos órgãos governamentais. Afinal, é um lugar muito relaxante, com temperatura e umidade perfeitas, além de plantas por toda parte.

"Por favor, venham por aqui. O escritório da diretora fica ao final deste setor."

"Estou me sentindo num retiro de ioga em meio à natureza, num resort paradisíaco. Legal, não é? Por que será que os diretores disseram que não queriam vir aqui?", sussurra Motail no ouvido de Penny, cobrindo a boca.

Pallak conduz o grupo até perto do elevador principal. Na entrada de um corredor com portas de vidro, há uma grande placa afixada:

Recepção de Reclamações Civis
Nível 1 — Pessoas com sonhos inquietos

"Se este é o primeiro nível das reclamações... quer dizer que existem os níveis 2 e 3? Será que as reclamações vão piorando progressivamente?", questiona Motail, parado em frente à porta de vidro.

"Acertou. As reclamações de nível 1 estão relacionadas à impossibilidade de um sono reparador; as de nível 2, aos desconfortos que afetam a vida no dia a dia; e as de nível 3, a sonhos que resultam em experiências dolorosas. As reclamações de nível 3 são gerenciadas diretamente pela diretora, pois os funcionários que cuidam dos níveis 1 e 2 não têm experiência suficiente para dar conta delas", responde Pallak sem hesitar, enquanto abre a porta de vidro.

Um amplo corredor, que faz uma curva no sentido anti-horário, percorre o interior do Gabinete de Gestão de Reclamações Civis. Ele parece estar estruturado de forma a retornar à frente do elevador principal.

Nas laterais esquerda e direita desse corredor, há alguns balcões que lembram guichês de bancos ou de repartições públicas. No entanto, sua disposição é incomum: em vez de ficarem frente a frente, separados por uma mesa, reclamante e funcionário se sentam um ao lado do outro, como amigos íntimos. Todos os colaboradores ali usam roupas verdes como as de Pallak.

"Mas que coisa... Ah... Entendo. Deve ter sido muito difícil para você", diz a voz gentil do funcionário no balcão mais próximo, acalmando o reclamante de forma amigável. Ao lado dele, um cliente vestido num pijama floral vívido está sentado e falando a todo vapor.

"E ontem à noite sonhei que estava sendo estrangulado por um vilão. Lutei muito para me salvar. Felizmente, quando acordei, era só meu gato dormindo enrolado no meu pescoço!"

"Ah, é um caso clássico em que o sonho muda para se adaptar à sua situação...", diz, com a mão na testa, o funcionário do balcão. Seu rosto é bem sério, como se ele próprio tivesse vivido aquela situação. "É provável que não fosse um sonho sobre ser estrangulado desde o início. Pelo contrário: para acordá-lo de uma situação incômoda ou perigosa, seu subconsciente ativou um mecanismo de defesa que distorceu o conteúdo do sonho... É um fenômeno bastante comum. Sei que não é tão fácil, mas que tal impedir o acesso do seu gato ao seu espaço de dormir?"

Todos os balcões de reclamações estão cheios de clientes se queixando dos sonhos que tiveram. Um deles está levantando a voz a ponto de atrair olhares das pessoas ao redor, curiosas sobre o que podia estar acontecendo.

"Isso está me deixando louco de verdade. Ao acordar de manhã, obviamente vou até o banheiro, tomo banho, visto uma roupa, calço os sapatos e saio de casa, certo? Mas quando me dou conta, ainda estou dormindo. Então penso que já estou atrasado e lá vou eu tomar banho outra vez. Só que, quando ligo o chuveiro, a água não parece refrescante, não me sinto realmente revigorado. Até acho estranho, mas sigo me banhando. Daí descubro que o banho também é um sonho. E isso se repete quase dez vezes..."

O funcionário do balcão anota em detalhes o que o cliente está contando, porém faz algumas pausas para folhear, afobado, o manual. Talvez ele seja um novato, a julgar pela expressão de pânico em seu rosto, que faz com que as pessoas que o veem comecem a suar frio.

"Não fico confortável em ouvir tudo isso... Parece invasivo", murmura Motail com uma voz desanimada, encurvando ainda mais os ombros.

Pallak, que os guia pelo prédio, caminha extremamente devagar, com as mãos para trás. Penny se locomove olhando para o chão, com medo de pisar nos calcanhares dele. DallerGut segue atrás do grupo, em silêncio, sem pressa nenhuma.

Depois de passarem por dezenas de balcões, eles chegam a uma porta de vidro que dá para a sala de recepção do segundo nível:

Recepção de Reclamações Civis
Nível 2 — Pessoas com sonhos intensos

A estrutura ali é semelhante à recepção do primeiro nível, mas há alguns cartazes com técnicas de respiração para controlar a raiva afixados aqui e ali, além de uma garrafa de dois litros de Xarope Calmante para Escritório em cada mesa. Ao que parece, uma consulta sem um chá quentinho adoçado com esse xarope seria ineficaz. Talvez ele seja a razão de o tom de voz dos reclamantes ser mais calmo do que na recepção do primeiro nível.

"Quando sonho, as cenas mudam constantemente. Mas a forma como me movo pelo espaço é absurda. Para sair pela janela, tenho que pular de três andares de altura, e para escapar de uma pessoa assustadora preciso pular no mar. Às vezes, deparo com uma fogueira na minha frente e tenho que andar descalço sobre ela. Depois de um sonho desses, fico tão exausto que mal consigo operar pela manhã. Fico tão nervoso que, por vezes, todo o meu corpo fica dolorido, como se eu tivesse levado uma surra." Um cliente vestindo uma camiseta larga de mangas compridas expressava calmamente suas reclamações enquanto tomava um chá.

"É tudo culpa dos produtores de sonhos inexperientes e dos vendedores que empurram esses sonhos sem critério algum. A culpa não é sua, como cliente. Mesmo nos sonhos, todos nós conservamos uma inconformidade e uma aversão instintiva ao perigo. Eles ignoram as probabilidades básicas e forçam essas situações absurdas... Tanto aqueles que fabricam quanto aqueles que vendem esses sonhos sem se preocupar são extremamente irresponsáveis."

A palavra "irresponsáveis" salta aos ouvidos de Penny enquanto passa por ali.

"Acho que ele está exagerando. 'Irresponsáveis'? Na verdade, sonhos que não causam emoções nem são pagos!", diz Penny, após tomar um pouco de coragem.

Então Pallak, que caminhava à sua frente, para de repente e a encara.

"Você fala como se estivesse sendo generosa."

No lugar de Penny, que fica sem palavras com aquela resposta hostil, é Motail quem rebate o argumento.

"Não se trata de ser generoso. O fato é que existem inúmeras opções de sonhos, de modo que os clientes devem se preocupar em fazer escolhas inteligentes."

"Está dizendo que as pessoas não podem ficar insatisfeitas porque, sem vocês, não poderiam adquirir sonhos? Mesmo que muita gente esteja exausta dos sonhos que tem tido? Falando assim, parece que o local de trabalho de vocês é uma maravilha, sem uma única preocupação", responde Pallak de forma agressiva, mas mantendo sua expressão gentil.

É só então que Penny percebe algo estranho na atitude grosseira de Pallak. Os funcionários dali parecem estar exaustos do fluxo diário de reclamações, então decidem colocar na mira os vendedores e os produtores de sonhos.

"Em toda a minha vida, nunca estive tão desconfortável em algum lugar", murmura Motail, com cara de decepção. Penny, acostumada com o outro lado da história, ao observar os clientes indo comprar seus sonhos por conta própria na Grande Loja de Sonhos, está bastante confusa com o que acaba de presenciar.

É como administrar uma loja de doces, recebendo o apoio entusiasmado das crianças, para depois ir a um lugar cheio de dentistas e ouvi-los reclamar das cáries cada vez piores de seus pacientes. Só então Penny entende por que Mogberry não queria ir ao Gabinete de Gestão de Reclamações Civis.

Por fim, cruzando a sala de recepção, eles chegam ao escritório da diretora, que fica em um canto mais reservado. A porta da sala estava fechada, até que uma pessoa, que está com um envelope nas mãos e parece ter acabado de sair de uma reunião, reconhece DallerGut. É um rosto bastante familiar para Penny também.

"Granbon, você parece melhor!" DallerGut cumprimenta calorosamente o homem baixinho e de sobrancelhas espessas, apertando sua mão com força.

"Claro! E isso porque sempre me alimento bem, tanto nos sonhos como na vida real."

É o produtor de sonhos também conhecido como Chef Granbon, que vende na sua loja comida de verdade e Sonhos de Comer Comidas Deliciosas. Como Mogberry é sua cliente regular, Penny já foi influenciada por ela a visitá-lo. Embora os sonhos de comer sejam muito mais caros do que a comida de verdade, eles quebram um bom galho quando se está de dieta.

"Você também recebeu uma reclamação?", pergunta DallerGut, apontando para o envelope nas mãos de Granbon.

"É bem provável que sejam coisas como sonhar que está comendo, acordar e realmente querer comer mais, estragando a dieta, ou sentir a felicidade de comer de novo e perder a vontade de fazer regime. É sempre a mesma coisa", responde Granbon, rindo despreocupado.

Assim que se despedem dele, Pallak faz um sinal para que aguardem um pouco. "A diretora está terminando uma reunião, então vocês vão precisar esperar, por favor. Se me dão licença, preciso atender outras pessoas agora."

Pallak os guia até o final do corredor e depois volta à recepção.

Em poucos minutos, a porta do escritório da diretora se abre, e um grupo de fadas sai voando desordenadamente. São as fadas Leprechaun, que criam os Sonhos de Voar no Céu. As fichas de reclamação foram feitas em tamanho bem pequeno para que as fadas pudessem lê-las. Enquanto leem os documentos, elas voam sem sair do lugar, de forma caótica, murmurando em reprovação, num som que mais parece um zumbido, até que quase colidem com DallerGut. Surpresas, elas dão cambalhotas no ar antes de saírem voando com pressa, desaparecendo de vista.

Os três finalmente entram na sala da diretora, que os esperava com a porta aberta. A sala tem um cheiro muto agradável de óleos essenciais e madeira molhada. À primeira vista, o escritório parecia ser três vezes maior que o de DallerGut.

"Sejam bem-vindos. Sou Olive, a diretora do Gabinete de Gestão de Reclamações Civis."

Uma mulher vestindo um uniforme verde-escuro, impecavelmente alinhado, se levanta e estende a mão para DallerGut. As unhas dela estão pintadas de verde-oliva, o que combina com o seu nome.

"Sou DallerGut, muito prazer. Eu administro a Grande Loja de Sonhos. Estes aqui são dois funcionários da loja que acabaram de completar um ano de trabalho conosco."

"Prazer em conhecê-la. Sou Motail."

"Olá. Sou Penny. Parabéns pela sua posse como diretora."

"Obrigada. Por favor, sentem-se. Vejo que começaram o dia bem cedo hoje. Vocês dois devem ter tomado o trem pela primeira vez. Como foi a viagem? Confortável?", pergunta Olive, com uma feição gentil no rosto.

"Sim, foi muito boa. Confesso ter sentido um pouco de medo na descida", responde Penny enquanto analisa cada canto da mesa de Olive. Na parede atrás da cadeira da diretora, algo que parece ser o seu currículo está pendurado numa moldura bonita. A última linha do texto diz: "Trinta anos de serviço na Recepção de Reclamações Civis – Nível 2".

"Se houver alguma reclamação para as lojas vizinhas à nossa, posso me encarregar de entregar a elas. Como você deve imaginar, estão todos muito ocupados, sem tempo para vir até aqui", prontificou-se DallerGut.

"Ah, você faria isso? Quanta gentileza da sua parte!", agradece Olive, com uma expressão visivelmente exagerada. Seu tom de voz soa como o de uma professora experiente acalmando uma sala de aula agitada.

"Bom, vamos dar uma olhada nas reclamações feitas sobre a nossa loja. Não foram só uma ou duas, certo? Estou começando a ficar nervoso", diz DallerGut.

"Não são tantas assim. A maioria das reclamações é do tipo 'Não lembro com o que sonhei' e foi resolvida no âmbito do Gabinete de Gestão de Reclamações Civis. As demais, decidimos categorizar por piso da sua loja, para facilitar. Dê uma olhada."

Ela entrega para DallerGut um envelope em que se lê "Grande Loja de Sonhos".

"Esta é para Mogberry, do terceiro piso, e esta é para Speedo, do quarto piso. Não há nada para o segundo piso desta vez. Estas aqui são para o quinto piso, mas a maioria das pessoas está expressando insatisfação com a qualidade dos produtos."

"Bom, eles são mais baratos, não é? É meio contraditório esperar a perfeição de um item que está com 80% de desconto. E eu nem me esforço muito para vender os produtos com desconto, principalmente para clientes de fora. Mas quem resiste a uma boa promoção?", diz Motail, dando de ombros. Olive o encara com desaprovação.

"Mas falando sobre questões mais sérias... vejam estas duas reclamações aqui."

DallerGut puxa duas fichas para ler melhor. Na primeira página, é possível vislumbrar as palavras "Reclamante: Cliente Regular número 1". Os olhos de Penny brilharam com interesse.

"Deixe que eu cuido disso", apressa-se DallerGut, dobrando a folha de papel e a enfiando no fundo do bolso de seu casaco. "E a outra... Hummm, esta também parece bem complicada."

Quando está prestes a guardar a segunda folha de papel no bolso do casaco, ele hesita por um momento. Então desdobra o papel e o entrega para Penny.

"O que acha de cuidar desta reclamação? Está endereçada para o primeiro piso, ou seja, para a recepção. E, como você bem sabe, tenho muito trabalho pela frente."

"Está falando sobre o evento que você mencionou outro dia?"

"Isso mesmo. Seria de grande ajuda se você cuidasse desta reclamação para mim."

"Mas ela não deveria ir para a sra. Weather? Acha que consigo resolver?"

"Você disse que seu objetivo para este ano era trazer de volta os clientes regulares, certo? Então por que não tentar?"

> Nível da reclamação: 3
> Destinatário: Grande Loja de Sonhos DallerGut
> Reclamante: Cliente Regular número 792
> "Por que estão tentando roubar meus sonhos de mim?"
> *Este relatório foi escrito com base no depoimento de um reclamante que falava coisas sem sentido durante o sono e contém, parcialmente, a opinião pessoal do responsável.

DallerGut confia a Penny uma reclamação de nível 3.

"O conteúdo desta reclamação é bem curto", diz DallerGut à diretora, enquanto Penny examina incrédula o papel em suas mãos.

"Reclamações de nível 3 são assim mesmo. Se eu fosse a diretora no momento em que essa reclamação foi recebida, teria registrado com mais detalhes, mas me parece que o diretor anterior era mais sucinto. Mas essa história você já conhece, DallerGut. E, de qualquer forma, o Gabinete de Gestão de Reclamações Civis não pode fazer nada por esse cliente."

"Hummm, entendo."

"Quem tentou roubar o sonho desse cliente?", pergunta Motail, sem conseguir conter a curiosidade.

"Não pode ser. Ninguém nunca fez isso."

É uma situação estranha. As reclamações de nível 3 dizem respeito à parte dolorosa de sonhar, mas essa foi escrita por alguém preocupado em ter os sonhos roubados... Não fazia sentido algum.

Depois de receber uma reclamação tão enigmática, a cabeça de Penny parece prestes a explodir.

No trem de volta para a cidade só estão Penny e Motail. DallerGut tinha outros assuntos para resolver na Área Industrial dos Sonhos, então se despediu dos dois e disse para voltarem sozinhos.

Penny ainda está segurando a reclamação de nível 3 que recebeu de DallerGut. Ela suspira profundamente e desabafa com Motail.

"Não entendo o motivo de alguém escolher não sonhar! Será que existe uma resposta a essa pergunta em algum lugar?"

"Também não sei. Mas vamos analisar passo a passo. Comprar um sonho é como comprar uma coisa qualquer, tipo escolher uma comida deliciosa ou um jogo para se divertir no fim de semana."

"Verdade."

"Penny, talvez 'não roube os meus sonhos' signifique 'quero muito sonhar, mas não há sonho algum que eu queira comprar'. Talvez você já tenha passado por uma situação dessas. Quando você entra em uma loja e sai sem comprar nada, qual é o motivo?"

"Isso acontece quando não encontro o que procuro. Mas existem milhares de sonhos disponíveis, isso só na nossa loja, certo?"

"Sim, concordo com você. A variedade de sonhos na nossa loja é de fato imensa. Se estivéssemos falando de comida... é como houvesse muita comida deliciosa à disposição, mas poucos alimentos saudáveis para pessoas com restrição alimentar, como os vegetarianos, entende?", elabora Motail, organizando os pensamentos à sua maneira.

"Em vez de perder um tempão fritando a cabeça sozinha, gostaria de encontrar pessoalmente o cliente número 792."

Os dois gastaram todos os seus neurônios durante a viagem de trem cambaleante, mas nenhuma resposta brilhante veio à tona.

3. WAWA SLEEPLAND E O HOMEM QUE ESCREVE UM DIÁRIO DE SONHOS

O homem decidiu ir dormir cedo. No escuro, agarrou a cabeceira, apoiou seu corpo lentamente no colchão, esticou o cobertor amassado e se deitou. O som dos passos de seu cachorro, que o seguiu até o quarto, parou um pouco longe da cama. O bichinho se sentou em sua almofada, encontrou a posição mais confortável que pôde e inspirou fundo. O som dessa respiração tão familiar parecia aliviar o homem de toda a tensão acumulada em seu corpo o dia todo.

"Eu me sinto tão seguro no meu quarto."

Sempre que o homem ia para a cama, ficava ansioso para saber quais sonhos teria naquela noite. Ele gostava muito de sonhar, e hoje, sem exceção, fechou os olhos e começou a mentalizar as imagens que gostaria de ver. Nos últimos tempos, vinha se sentindo incomodado com a diminuição significativa na quantidade de sonhos que tinha, mas ainda assim esperava fervorosamente que a sorte viesse até ele naquela noite.

Fechou os olhos e, sem perceber, caiu num sono leve. O som de pessoas murmurando ecoou nos ouvidos do homem adormecido. Sua consciência, que ainda se fazia presente por não estar dormindo profundamente, logo o fez notar que não seria capaz de sonhar com o que desejava naquela noite também.

Ele se viu parado por um momento em frente a uma grande loja, sentindo o movimento da multidão, e decidiu avançar na direção oposta. Uma funcionária que o havia avistado de dentro da loja saiu correndo para abordá-lo, chamando-o desesperada, mas sua voz, dissipando-se aos poucos em meio aos transeuntes, não alcançou o homem. Ele então caiu num sono mais e mais profundo, e naquela noite não sonhou com nada.

Ao avistar o cliente número 792 parado do lado de fora da loja, Penny sai correndo e grita para chamar sua atenção. Mas o homem não a escuta, porque desaparece na multidão no mesmo instante. Ela não costuma chamar clientes do lado de fora da loja, mas hoje decide não ignorar a situação. Já faz uma semana desde que o Gabinete de Gestão de Reclamações Civis recebeu a reclamação do cliente número 792. Nesse meio-tempo, já é a terceira vez que Penny vê um cliente parar em frente à loja e simplesmente ir embora.

A reclamação submetida — "Por que estão tentando roubar meus sonhos de mim?" — dava a entender que, sempre que o cliente número 792 vinha à loja para comprar um sonho, alguém o tirava dele à força. No entanto, o homem nunca passa pela porta; só fica um tempo ali por perto antes de se virar e ir embora.

Para Penny, isso ainda é incompreensível, mas ela não vai sossegar até desvendar o mistério. Fica atenta à balança de pálpebras do cliente número 792 durante o expediente, esperando a indicação de "Sono REM", e criou o hábito de sair da loja e olhar em volta sempre que percebe a chegada de um cliente.

Depois de deixar o homem escapar mais uma vez, Penny volta para o que estava fazendo, organizando as prateleiras do primeiro piso. Na pressa de correr atrás dele, as caixas que ela deixou espalhadas no saguão estão atrapalhando os outros clientes.

"Mil desculpas, senhor. Vou arrumar isso agora mesmo."

Como hoje é um dia de pouco movimento, a sra. Weather dá conta do trabalho na recepção sozinha, então Penny se encarregou de repor produtos nos expositores. Suas mãos estão ocupadas, e sua mente está ainda mais, presa em teorias sobre o cliente número 792.

"Por que ele simplesmente vai embora sem entrar? Seria porque, como disse Motail, não temos à venda o sonho que ele deseja sonhar? Se o catálogo de produtos da loja é insuficiente, por que os clientes continuam vindo e os sonhos continuam sendo vendidos como pão quentinho? Será que o gosto do cliente número 792 mudou de repente?"

Penny tem muitas tarefas a cumprir no primeiro piso e não pode se demorar pensando apenas no cliente número 792. Agora, ela precisa focar em repor os produtos das prateleiras vazias.

No primeiro piso, voltado sobretudo à venda de sonhos preciosos, as obras reconhecidas no Grande Prêmio – a cerimônia que premia os melhores sonhos ao final de cada ano – esgotam rapidamente. São produtos que vêm acompanhados de etiquetas com resenhas breves e recomendações de diversos críticos de sonhos, estimulando o desejo de compra nos clientes.

Itens acompanhados de faixas promocionais chamativas, como "Vencedor do Grande Prêmio" ou "Topo da lista de mais vendidos por três anos consecutivos", costumam sumir depressa das prateleiras. Além disso, menções como "Recomendado por vencedores do Grande Prêmio" ou "Unanimidade entre a crítica" também atraem a atenção das pessoas. O ideal seria poder experimentar os milhares de produtos à venda e sonhar todos, mas isso não é uma realidade para a maioria dos clientes, então é mais efetivo escolher pelo título, por recomendação de alguém qualificado ou pelo número de prêmios recebidos.

"Sra. Weather, e se fizermos uma vitrine exclusiva para Floresta Tropical Animada, de Wawa Sleepland? A procura por esse sonho está cada vez maior", sugere Penny.

"Melhor deixarmos como está. O volume da produção não consegue acompanhar as vendas, então as prateleiras logo ficariam vazias", responde Weather enquanto ajeita o cabelo ruivo e cacheado, prendendo-o cuidadosamente com um grampo.

Entretanto, mesmo entre os sonhos populares do primeiro piso, há exceções. É assim com Viver como um de Meus Valentões por um Mês, de Yasnooze Otra. Ainda que seja considerado uma obra-prima, com indicação ao Grande Prêmio no fim do ano passado, suas vendas foram bem baixas. Penny acha isso estranho, incoerente com a reputação de uma produtora lendária.

Por esse motivo, Penny decide posicionar o sonho de Otra à frente dos demais na prateleira, de modo a capturar a atenção dos clientes. Satisfeita com o resultado, ela bate a poeira de seu avental e retorna à recepção.

"Excelente trabalho, Penny."

"Faço isso com um pé nas costas agora", responde Penny aparentando entusiasmo, ainda que o desaparecimento do cliente número 792 estivesse ocupando todos os seus pensamentos.

A sra. Weather está lubrificando as balanças de pálpebras. Como a boa gerente que é, sempre que tem um tempo livre do trabalho na recepção ela vai até a vitrine e faz a manutenção daqueles equipamentos tão fascinantes. Ao passar cuidadosamente o óleo nas partes secas e emperradas, as pálpebras começam a fazer movimentos suaves para cima e para baixo, como num passe de mágica.

"Penny, você pode pegar aquele frasquinho ali para mim?", pergunta, apontando com o queixo na direção do balcão.

Penny abre a tampa do vidro de óleo, que cheira a feno, e lentamente o derrama numa tigela de boca larga.

"E aí, descobriu alguma coisa sobre o cliente número 792?", pergunta a sra. Weather, como quem não quer nada, enquanto espalha uma camada uniforme de óleo com um pincel fino.

"Ainda não. E não estou tendo progressos. Se esse cliente ao menos entrasse na loja, eu tentaria abordá-lo, mas ele se vira e vai embora toda vez."

"Hummm, entendo."

"Por que será que ele sente que seus sonhos foram roubados? Nunca ouvi falar de ladrões de sonhos por aqui." Ainda intrigada, Penny coloca as balanças de pálpebras lubrificadas de volta em seus lugares, uma a uma. "E, por mais que isso seja verdade, por que não contar aos funcionários da loja em vez de ir diretamente ao Gabinete de Gestão de Reclamações Civis? Todas as pontas soltas desse caso só me deixam mais curiosa."

"A maneira de pensar dos clientes enquanto dormem é mais intuitiva do que o habitual, e eles costumam agir com imediatismo. A intuição dele deve estar dizendo que o problema não pode ser resolvido na loja. Hummm... Posso dar uma dica? Talvez ele já saiba, há muito tempo, que a causa está nele mesmo", diz a sra. Weather, séria, limpando o pincel oleoso em um paninho branco.

Com esse comentário, fica claro que a chefe da recepção sabe alguma coisa sobre o cliente número 792 e está dando a Penny uma chance de refletir melhor sobre o assunto. Mesmo assim, é uma dica bastante enigmática.

"Se a causa estiver nele ou não, ainda preciso encontrar um jeito de descobrir algo sobre esse cliente. Mas como? Talvez eu deva correr e falar com ele da próxima vez. Mas acho que isso seria um pouco rude..."

"E se examinarmos os vestígios que ele deixou do passado até agora? Por sorte, era nosso cliente regular", diz a sra. Weather, fechando ruidosamente a tampa do frasco de óleo, o que dá uma ênfase ao tom final de sua frase.

"O máximo que podemos checar agora é o histórico de compras dele... Ah, como sou lerda! Por que não pensei nisso antes? Talvez dê para descobrir se houve algo errado com os produtos que ele comprou nos últimos tempos."

Depois da conversa, a sra. Weather deixa o balcão da recepção aos cuidados de Penny e sai para consertar uma balança de pálpebras que está se movimentando irregularmente. Como há poucos clientes na loja, Penny aproveita para abrir o Sistema de Pagamento dos Sonhos, que permite gerenciar coisas como o estoque de produtos, as avaliações e os pagamentos dos sonhos. Sem tirar os olhos do balcão, para o caso de alguém precisar de atendimento, ela começa a examinar o histórico de compras do cliente número 792.

O problemático cliente número 792 começou a sonhar com frequência há alguns anos, e foi nesse período que ele se tornou um cliente regular da Grande Loja de Sonhos.

O que chama a atenção nisso tudo é a predileção dele pelos sonhos produzidos por Wawa Sleepland. O último que comprou era de uma bela paisagem natural da Floresta Tropical Animada, vencedor na categoria de Melhor Direção de Arte no final do ano passado.

Navegando por aquele histórico de compras, Penny sente certa inveja. Ter experienciado tantas vezes os sonhos de Wawa Sleepland... Penny sente inveja dos clientes de fora, que podem comprar sonhos pagando com emoções. Sonhos criados pelos lendários produtores de sonhos são muito mais caros do que outros. Se Penny quisesse comprar um sonho de Wawa Sleepland com seu dinheiro, acabaria passando fome por meses. Já a Grande Loja de Sonhos sai sempre ganhando: no histórico de compras, Penny constatou que as emoções produzidas pelo cliente número 792 para pagar por seus sonhos são mais valiosas e diversas do que as de qualquer outro cliente que tenha comprado os mesmos sonhos.

As emoções do cliente número 792 não se limitavam a Conforto, Surpresa e Mistério. O mais curioso é que o registro mostra que, após sonhar com Floresta Tropical Animada, ele também pagou uma pequena quantidade de Perda. Perda? Essa emoção não combina com esse tipo de sonho. Por que ele sentiria emoções tão complexas assim?

Seguindo essa pista, Penny decide examinar as avaliações de sonhos feitas por ele. Em geral, as avaliações dos clientes são sucintas, descrevendo em uma só frase o que sentiram ao acordar. Por exemplo: "Sinto que acabei de ir deitar, mas já amanheceu!"; "Acho que tive um sonho lindo, mas não consigo me lembrar de nada"; "Qual o significado deste sonho? Devo jogar na loteria?". Como sempre, a maioria das avaliações é dispensável, então ela não se demora muito lendo.

Penny então abre a avaliação do último sonho comprado pelo cliente, Floresta Tropical Animada, e se surpreende ao encontrar um texto extenso, que mais parece uma entrada de diário. Ela deu sorte. Imediatamente se lembra de quando DallerGut disse que os diários de sonhos são raros hoje em dia.

15 de janeiro de 2021

Preciso registrar minhas emoções e sentimentos agora mesmo. Antigamente, eu costumava pensar que o céu era azul e as montanhas e florestas eram verdes. Mas como fiquei tanto tempo sem conhecer o ciano?

A floresta tropical que vi no meu sonho era realista e mudava o tempo todo, como se estivesse viva. Se quisesse ficar olhando para ela o dia todo, não me cansaria. O céu era de um azul intenso, as folhas variavam entre tons de amarelo e verde, e as gotas de água do orvalho tinham um brilho azul-clarinho. Em toda a minha vida, não consigo pensar em nada mais emocionante do que perceber todo o ciano original da natureza e, ao mesmo tempo, poder distinguir, um por um, cada um desses tons.

Será que o mundo que eu via era realmente tão bonito assim?

Nos últimos tempos, não vejo mais nada nos meus sonhos. Isso me assusta tanto que tenho medo de adormecer. Eu, que sempre fui privado de tantas coisas, nunca pensei que seria privado até mesmo dos meus sonhos.

Eu não estava preparado para isso, tanto mental como emocionalmente. Não mesmo. E, ainda que meu aparelho psíquico estivesse preparado, seria difícil de aceitar esse destino.

Se as pessoas que criam sonhos de fato existem, como se vê nos filmes ou nos romances, por favor, permitam-me continuar sonhando. Eu imploro.

Não roubem os meus sonhos de mim.

E ali estava ela: a frase escrita na reclamação era quase idêntica à última anotação do diário de sonhos do cliente número 792. Num piscar de olhos, o mistério estava desvendado.

Assim que acordou, o homem ergueu o tronco da cama e esticou a mão para acender a luz. Sentiu que o quarto estava muito mais claro. Ainda que sua visão não fosse suficiente para identificar objetos, podia distinguir vagamente luz e escuridão. Após alongar o corpo, ele acariciou sob a cama Vaga-Lume, seu cão-

-guia, e foi até a cozinha para pegar a garrafa de água, deixada no lugar de sempre na geladeira. Ele era bastante habilidoso para manusear as coisas sem a ajuda de ninguém, e pensar nisso acalmava a frustração que sentira ao despertar.

À medida que a água deixava um rastro gelado ao passar por sua garganta, o homem tentou se lembrar da noite anterior. Ao que parecia, mais uma vez não tinha visto nada em seu sonho. Se sua memória não estivesse falhando, isso estava ficando cada vez mais frequente.

Há seis anos, por causa de uma doença súbita, o homem perdeu parcialmente a visão. Antes de passar por isso, ele não sabia que a maior parte das deficiências visuais é adquirida. Para ele, quem era cego nascia assim, ponto-final. Como a maioria das pessoas que podem ver o mundo, para ele, a capacidade de enxergar era tão básica e natural que não precisava ser entendida como uma habilidade especial. Exatamente por isso, quando foi diagnosticado, ele pensou que se recuperaria no máximo em uma semana. Contudo, após ouvir do médico que não voltaria a enxergar, o homem precisou acolher essa nova realidade.

Todos ao seu redor o acharam forte por ter aceitado tão bem sua nova condição. Ele próprio estranhou toda a calma e racionalidade que o envolveram. Às vezes, ao passar por um choque muito grande, algumas pessoas simplesmente acordam e se concentram no que precisam fazer. Foi o que aconteceu com o homem naquela época. Por outro lado, sua família parecia ter assumido toda a tristeza que ele aparentava não estar sentindo.

Olhando em retrospecto, era como se seu corpo tivesse ignorado outros fatores que não eram necessários para sua sobrevivência, a fim de se preservar. Talvez seu corpo estivesse ciente de que as emoções poderiam representar a maior ameaça à sua sobrevivência naquele momento.

Em vez de se entregar à confusão e ao desespero, o homem passou a trabalhar duro para se adaptar. Para começar, ele precisou aprender a caminhar de novo: praticou bastante o uso da bengala para evitar obstáculos e a técnica de andar próximo à parede.

Com toda a ajuda que recebeu, levou menos tempo do que as pessoas em geral para conseguir caminhar sozinho perto de casa.

Será que isso se deveu ao fato de ele ter decidido se concentrar no que estava à sua volta? Curiosamente, desde o início do treinamento de reabilitação, tudo ao seu redor se apresentou de maneira mais forte e clara do que antes. O número de passos da porta de casa até a avenida principal, as irregularidades nas calçadas e os tijolos trincados pelo caminho, além dos cheiros que emanavam dos restaurantes do bairro nos diferentes momentos do dia... Era surpreendente a quantidade de informação que chegava até ele agora e que antes passava batido.

Com a rotina abalada pela cegueira, o processo para recuperar seu antigo ritmo ao fazer algumas coisas foi lento – aprender a ler em braille, por exemplo –, mas sentia-se realizado ao ver a vida melhorando dia após dia. Decidiu que valia muito mais a pena retomar sua vida diária do que ficar deitado em silêncio em casa.

Certo dia, com a intenção de ampliar ainda mais as coisas que podia fazer sem o auxílio da família e de amigos, o homem decidiu ir sozinho à loja de conveniência do campus, que ficava no trajeto que ele havia percorrido inúmeras vezes. Assim que entrou na lojinha, conseguiu ouvir com clareza o som dos códigos de barras sendo escaneados no caixa. A reação das pessoas em volta ao perceber o som da bengala batendo no chão era perceptível até para ele. Ninguém parecia saber o que fazer. Os clientes que estavam mais próximos à parede abriram caminho para que o homem pudesse passar, mesmo nos corredores mais estreitos. Uma mistura de culpa e gratidão o impediu de hesitar.

Ele caminhou até a geladeira. Abriu a porta, tateou a prateleira superior, onde ficavam as latas, procurando pelo sinal para "bebida" em braille. Ainda assim, a marca do produto era uma incógnita – a maioria das latas estava sinalizada apenas como "bebida". Como ele se lembrava da localização do refrigerante que costumava beber, pegou-o da prateleira que ficava na altura do peito, um pouco mais para a esquerda. "Qual será a marca deste refrigerante?" Se ele perguntasse a qualquer funcionário, receberia ajuda no mesmo instante.

Porém, o que o homem precisava naquele dia era da experiência de poder comprar o que quisesse sozinho. Além disso, não queria incomodar o único funcionário dali, que provavelmente estava abarrotado de trabalho, a julgar pelo bipe constante do leitor de códigos de barras. Para ser ainda mais franco, naquele dia queria viver tal qual fazia quando o mundo era visível para ele.

Antes de perder a visão, além de se dedicar a fazer bem o seu trabalho, o homem se preocupava em tomar sempre a iniciativa de ajudar os outros. Isso lhe rendia muitos elogios; era visto como alguém bom, atento e bem-educado. Não queria perder essa imagem de si mesmo, da pessoa que ele era.

Quando saiu da lojinha de conveniência, abriu o lacre da lata e tomou um gole. De imediato percebeu que o refrigerante não era da marca que ele costumava comprar, e o otimismo que ele vinha sustentando até então se despedaçou. Claro que, para ele, era impossível saber todas as mudanças de arranjo das bebidas na geladeira da loja. Num dia normal, ele só pensaria "Da próxima vez, vou perguntar ao atendente" e seguiria a vida, sem se desesperar.

No entanto, naquele dia, se abateu com força sobre ele o sentimento de que nada voltaria a ser como era antes, e de que ele fora privado não apenas da visão, mas de sua própria essência. Essa sensação de impotência o consumiu por completo. Mesmo as palavras de conforto que ouvira dos vizinhos – "É uma pena que isso tenha acontecido com ele, um homem tão jovem. Como vai ser daqui para a frente?" –, pessoas que ele sempre considerou gentis e cuidadosas, começaram a incomodá-lo, inconscientemente distorcendo seus pensamentos.

"Ninguém sente mais pena de mim do que eu mesmo. Já passei por muita coisa na vida, e agora olhe só para mim!"

O homem se sentou sob uma escada pouco movimentada perto da loja de conveniência e atirou a bengala para longe. Enquanto se segurava para não gritar e chorar, uma mulher caminhou em sua direção.

"Você precisa de alguma ajuda?"

A dona da voz pegou a bengala e a colocou onde ele pudesse alcançar.

"Obrigado."

"Sou terapeuta, trabalho na faculdade. Se precisar, as portas do meu consultório estão abertas para te receber a qualquer momento. Posso salvar o meu contato no seu celular?"

O homem não conseguiu responder nada.

"Talvez você não devesse segurar o choro. Eu vi a expressão no seu rosto, e quando encontro alguém assim não consigo simplesmente ignorar", disse a mulher, enquanto o ajudava a se levantar.

No caminho de volta, após o breve encontro com a terapeuta, ele começou a pensar sobre o significado de ter que levar uma vida sempre recebendo ajuda das pessoas à sua volta.

"Que tipo de pessoa eu posso ser para os outros? Que tipo de pessoa eu sou aos olhos dos outros? Alguém integrado à sociedade, na medida do possível, que é autossuficiente e não atrapalha ninguém? Que tenta não ser um fardo para sua família? Será que esse é o melhor jeito de viver?" Em toda a sua vida, ele jamais esperou que seu conceito de "melhor" pudesse baixar tanto.

Quando chegou em casa, o homem dormiu por dois dias seguidos.

Dormir, para ele, significava ser igual aos outros, e *isso* era uma coisa que estava ao seu alcance – bastava fechar os olhos. Afinal, ele ainda podia ver algo em seus sonhos, e lá as coisas eram ainda mais bonitas do que no mundo real. Quando tinha um dia difícil, aguardava ansiosamente pelo momento de adormecer, e essa acabou se tornando a sua tábua de salvação.

Com o tempo, o homem ganhou o auxílio de um cão-guia chamado Vaga-Lume e começou a visitar com regularidade a terapeuta que o ajudara na saída da loja de conveniência. Tudo isso contribuiu para que fizesse pequenas mudanças em seus hábitos e acolhesse sua nova vida.

Até que chegou um momento em que ele já não conseguia ver nada nem mesmo nos sonhos. Foi dificílimo aceitar que ainda havia coisas a perder. Como os sonhos são baseados em memórias, quanto mais ficasse sem sonhar, menos teria a chance de ver. E ele esperava ser uma exceção a essa regra.

Já havia passado um pouco do horário em que ele normalmente ia dormir. Era para lá de meia-noite, e o dia seguinte seria cheio: caminhar de casa até a faculdade, depois ir à consulta regular com a terapeuta. Vaga-Lume, que conhecia sua rotina como ninguém, latiu aos seus pés.

"Está me dando uma bronca porque ainda não dormi? Você tem razão. Boa noite, Vaga-Lume."

Não demorou para que o cão começasse a roncar, quase ao mesmo tempo que o homem.

Ele está acompanhado do cão-guia Vaga-Lume no sonho de hoje. O cachorro esfrega o corpo na perna dele, como que para dizer que permanece ao seu lado. Infelizmente, mais uma vez, a única coisa que consegue ver à sua frente é o mesmo breu de quando está acordado.

Desapontado, ele está prestes a se virar e ir embora, como na noite anterior, mas ouve alguém chamar seu nome de maneira insistente.

"Espere um minuto, cliente número 792!"

"Quê? Eu? Quem está me chamando?"

A dona da voz que acaba de chamá-lo de "cliente número 792" está ofegante, pois teve de correr para alcançá-lo.

"Eu sou Penny e trabalho na Grande Loja de Sonhos DallerGut."

"Grande Loja de Sonhos? O que você quer comigo...? Não estou em condições de comprar sonhos hoje."

"Não precisa comprar sonho nenhum. No entanto, lá na loja há pessoas que gostariam muito de ver você. Venha comigo, por favor. Sei que também vai gostar de se encontrar com elas."

"Embora não saiba de quem você está falando, não posso vê-las."

"Isso não importa. Elas disseram que querem falar com você. E, para dizer a verdade, não são exatamente pessoas desconhecidas para você. Se não se importar, por favor, dê-me o seu braço para que possa guiá-lo até lá."

O cão-guia Vaga-Lume, além de não sinalizar qualquer perigo, abana o rabo e dá uma leve empurrada no joelho do homem.

"Será que não é perigoso?"

"Seu cão-guia está aqui com você. Qual é o nome dele?"

"Este é o Vaga-Lume. Dei esse nome por causa dos insetos que piscam no escuro."

Por conta da habilidade de Penny em guiar, ou talvez porque seus passos já tenham memorizado o caminho, o homem entra na Grande Loja de Sonhos sem problemas.

Em um dos cantos, há um grupo reunido sussurrando.

"Você viu a Wawa Sleepland? Ela acabou de entrar na sala de descanso dos funcionários! É tão mais bonita pessoalmente."

"E o Kick Slumber? Tenho certeza de que eu ficaria muda na frente dele! Os dois formam um casal perfeito."

O tom das pessoas é de muita euforia, como se tivessem acabado de ver celebridades.

"Estamos a caminho da sala de descanso dos funcionários. Duas pessoas estão esperando por você lá dentro."

A porta se abre, ruidosa, e Penny guia o homem pelo espaço aconchegante.

O homem consegue sentir que há mais gente lá dentro. Certamente as duas pessoas que esperam por ele estão de fato ali. O homem se sente tão nervoso que fica grudado em Vaga-Lume. Sem demonstrar o menor sinal de perigo ou ameaça, o cão-guia abana de leve o rabo e se deita confortavelmente aos pés do homem.

"Certo, agora vou deixá-los a sós. Não precisam ter pressa, ninguém vai incomodar vocês. Ah, isto aqui é..."

Penny solta o braço do homem para poder mexer em alguma coisa. Em seguida, através de um spray, essa "coisa" é espalhada no ar. Pequenas gotículas respingam no braço do homem, e um aroma que lembra folhas e árvores invade a sala.

"Este é um perfume que ajuda a organizar os pensamentos. Peguei emprestado do sr. DallerGut especialmente para você. Espero que ajude."

Depois de colocar o homem sentado em uma poltrona, Penny fecha a porta da sala de descanso atrás de si. Só então as duas pessoas desconhecidas finalmente falam.

"Boa noite, cliente número 792. Sou Wawa Sleepland, produtora especializada em criar sonhos com belas paisagens."

"E eu sou Kick Slumber, especialista em criar sonhos em que nos tornamos um animal – uma águia ou até uma orca. Você deve estar surpreso por ter sido abordado de repente por alguém dizendo que alguns estranhos queriam te encontrar. Pensando bem, é um tanto assustador, não é? Por favor, perdoe-nos pelo inconveniente."

"Olá. Meu nome é Tae-kyung Park. Produtores de sonhos, uau... Que trabalho incrível! Mas o que posso fazer por vocês? Como sabem quem eu sou?"

"Lemos o diário que você escreveu, por isso o conhecemos. Sou a criadora de um sonho que você teve recentemente, a Floresta Tropical Animada. Lembra? O conteúdo dele é todo voltado para apreciar a paisagem de uma floresta tropical, que muda com o movimento do tempo e da luz."

Talvez por causa do perfume amadeirado que Penny acabou de borrifar na sala, a visão da floresta lhe vem rápido à mente.

"Ah... Claro que lembro! Gosto muito desse sonho. Sim, comecei um diário depois dele. Você leu isso também? De que forma... O que está acontecendo...? Isso tudo me pegou de surpresa. Estou um pouco tímido."

"Não fique envergonhado. Quando você escreve um relato num diário logo depois de sonhar, o conteúdo é enviado para a Grande Loja de Sonhos. Penny me mostrou o diário de sonhos que você escreveu. Fiquei tão feliz, como se tivesse recebido uma carta preciosa de um fã", diz Wawa Sleepland.

"Ouvi dizer que você não enxerga mais. Quando começou? Já está adaptado?", pergunta o homem que se apresentou como Kick Slumber.

"Estou quase adaptado agora. Afinal, já se passaram seis anos."

"Seis anos é pouco tempo para se adaptar. Eu nasci sem a parte abaixo do joelho da minha perna direita. Ou seja, tive bastante tempo para me adaptar, mas ainda não me sinto cem por cento adaptado. Pode-se dizer que fui sortudo?"

Kick Slumber contou sua história abertamente. É surpreendente sua capacidade de dizer coisas difíceis como se não fossem nada de mais.

"Você está se abrindo bastante comigo, mas acabamos de nos conhecer. Para ser honesto, acho que toda esta situação é um pouco estranha", confessa o homem.

"Tomei essa liberdade porque é provável que você se esqueça do nosso encontro quando acordar, então podemos ter uma conversa franca. Não me entenda mal, mas somos muito famosos aqui, e por isso não temos na nossa vida tantas pessoas com quem possamos conversar sem rodeios. Pode parecer egoísta, mas tanto eu quanto Wawa Sleepland precisamos de amigos como você, então irei direto ao ponto. Assim como teremos a sua ajuda, que tal você também fazer uso da nossa?", pergunta Kick Slumber enquanto ajeita a postura, produzindo um rangido na cadeira em que está sentado. "Através do sono, o mundo em que você vive está conectado ao nosso. Talvez nossos caminhos tenham se cruzado para que nos tornemos amigos em sonhos, livres para falar sem quaisquer amarras..."

A voz persuasiva de Wawa Sleepland encheu a sala de descanso dos funcionários:

"... e que serão esquecidos ao acordar. Isso não é nada mau."

Depois que o homem abriu seu coração, Kick e Wawa começaram a compartilhar todo tipo de histórias, sem parar, como se não conversassem com ninguém há meses.

"Quando eu tinha dez anos, fiz uma promessa a mim mesmo. Decidi que me tornaria um produtor de sonhos. No início, meu objetivo era conseguir correr ao menos quando estivesse sonhando, então criei sonhos nos quais eu corria sem dificuldade por planícies vastas. Como eu ainda era jovem, não tinha uma licença para criar sonhos, então mostrei a um colega de classe e disse: 'Quer experimentar o sonho que eu criei? Para uma primeira tentativa, acho que fiz um bom trabalho'. Mas você sabe o que esse colega disse?", conta Kick Slumber, em um tom mais íntimo e descontraído do que quando se apresentou ao homem.

"O que seu colega disse?"

"Ele disse exatamente assim: 'Mas você nunca andou com as suas duas pernas. O sonho de correr que você criou deve ser todo torto e desajeitado, e deve ser engraçado também, como se tivesse muletas nas duas pernas'. Foi um comentário muito desagradável, concorda? Então eu respondi: 'Sendo assim, vou criar um sonho em que se pode nadar e voar como um animal. É algo que você ainda não experimentou, não é?'. E esse colega zombou de mim, dando uma risada sarcástica, do tipo 'Até parece que você consegue fazer algo assim'."

O homem se sente confuso por um instante, pois não sabe o que fazer. Como ele deve reagir estando cara a cara com Kick Slumber? O importante é fazer de tudo para não demonstrar pena.

O produtor de sonhos, por sua vez, parece ter detectado a expressão confusa do homem e sorri.

"A sua reação é impagável. Você está se esforçando para não demonstrar pena de mim. Estou certo?"

"É porque odeio que me tratem dessa forma. Mas e aí, o que aconteceu depois? Você realmente criou um sonho de nadar e voar como um animal?"

"Três anos mais tarde, ganhei o Grande Prêmio com o sonho Atravessar o Oceano Pacífico como uma Baleia-Assassina. Eu tinha apenas treze anos na época."

"Como você conseguiu? De onde veio essa força de vontade, esse entusiasmo? Não faço a menor ideia de como é criar sonhos, mas não deve ter sido nada fácil para você, ainda mais em comparação com as outras pessoas."

"Minha força de vontade e meu entusiasmo vêm do desejo que tenho de ser feliz. Costumam dizer que sou a inspiração para pessoas que, como eu, vivem com alguma deficiência. Embora fique lisonjeado, a maioria das minhas ações busca a minha própria felicidade. Não posso viver em função dos outros. E o mesmo vale para o primeiro sonho que criei: ele se desenrola a partir da perspectiva de uma orca se afastando da costa, meio que representando a mim mesmo. Sempre procurei me libertar deste mundo repleto de barreiras. Em vez de ser visto como uma pessoa incapacitada de usar uma das pernas, quero ser como uma baleia, que, mesmo sem as duas pernas, pode nadar livremente por um mundo muito mais amplo do que o nosso. Foi aí que entendi. Eu pensava que morreria se caísse no mar, e me surpreendi ao encontrar um mundo maior sob a superfície da água. Hoje vejo como tive sorte. Afinal, se eu pudesse correr pela costa, talvez nunca tivesse pulado no mar."

"Que incrível! Confesso que ainda me preocupo com o que os outros vão pensar de mim, mesmo nas menores coisas. Também me incomoda ser visto como alguém digno de pena, sabe? Ou alguém que pode causar algum tipo de inconveniente para os outros", desabafa o homem.

"Não temos como saber por qual perspectiva as pessoas nos veem. Só podemos especular, com base em informações como suas expressões ou emoções. Como diz o ditado, nem tudo é o que parece, e às vezes muita informação pode acabar encobrindo a verdade, certo? É impossível saber o que os outros pensam, mas tente imaginar o rosto de alguém que torce por você. É assim que estamos te olhando agora."

"Pessoas que torcem por mim... Sim, muitas pessoas me ajudaram a chegar até aqui. Minha família, meus amigos, até mesmo minha terapeuta, em quem confio muito", responde com seriedade o homem. "Se a deficiência não me limitasse, adoraria poder ser alguém que age assim. Com tanta ajuda que já recebi, também quero torcer pelos outros e tentar ajudá-los."

"Mas quer saber de uma coisa? Você já está ajudando os outros. Sem perceber, você me salvou de uma maré de baixíssima criatividade", diz Wawa Sleepland. "Quando comecei, eu era só uma estudante que amava arte, e decidi criar sonhos e apenas incluir neles os cenários que desenhava. Embora eu consiga combinar cores melhor do que ninguém, me falta a habilidade de reproduzir cenas vívidas como Kick ou outros produtores, e isso me deixava muito frustrada. Então comecei a questionar o que me levava a querer tanto criar sonhos mais demorados e mutáveis, por mais que me faltasse esse saber. Estou nessa indústria há cerca de dez anos, e ultimamente me sinto muito cansada. Mas quando li seu diário, percebi que me tornei uma produtora de sonhos para clientes como você. Você não faz ideia de como esse entendimento me deu forças." A voz de Wawa Sleepland exalava sinceridade.

"Talvez suas limitações sejam o que faz você ser você, uma pessoa cada dia mais forte", Kick Slumber interrompeu de repente.

"O que você quer dizer com isso?"

"Você já percebeu que receber ajuda é um bem precioso. Ainda que estivesse passando pela mesma situação que outra pessoa, suas emoções seriam completamente diferentes. Mas você quer e pode ajudar os outros tanto quanto recebe ajuda deles. Será que agora consegue ver com mais clareza 'quem é você'? Não se importe com o que acha que pensam de você. Concentre-se apenas no seu coração."

"Existe uma maneira de fazer isso? Tenho medo de que a minha limitação física esteja me contaminando por completo, tragando com ela todas as minhas facetas. Mas eu... sou mais do que alguém que não consegue ver o mundo à minha frente. Eu sou Tae-kyung Park."

Essa foi a primeira vez que o homem teve a coragem de dizer para outras pessoas o que o deixava ansioso e inseguro.

"Eu costumava me sentir assim também. Não queria ser visto apenas como uma pessoa que não tem uma das pernas. Minha vontade era dizer: 'Eu sou Kick Slumber e vivo uma vida normal *apesar* de não ter uma das pernas'. Há uma grande diferença entre essas duas formas de ser descrito. E adoraria propagar essa ideia com a ajuda de pessoas que entendem claramente essa diferença, ou seja, pessoas como você."

Kick Slumber tomou bastante cuidado para dizer cada uma daquelas palavras. Para todos ali, é evidente que o homem, assim como Kick, também tem coragem de dizer tudo aquilo, mas ainda está em processo.

"Sr. Tae-kyung, nenhuma palavra que usem para nos descrever tem mais peso do que aquilo em que acreditamos sobre nós mesmos. Além disso, enquanto houver produtores como nós e sonhadores como você, ninguém pode roubar os seus sonhos. Que tipo de sonhos estão faltando para pessoas como você? Esse é um questionamento que nós, produtores, devemos nos fazer. Você só precisa fechar os olhos despreocupado antes de dormir e relaxar", diz Wawa Sleepland, com a voz cheia de confiança.

Assim que os três saem da sala de descanso dos funcionários, Penny, que estava esperando do lado de fora, se dirige ao homem, sempre acompanhado de Vaga-Lume: "Se não se importarem, gostaria de levá-los para conhecer cada piso da loja".

"Conhecer um por um?"

"Passear pelos pisos é algo rotineiro para os clientes que visitam a nossa loja. Como cliente nosso, está na hora de passar por essa experiência, não acha?"

"Não precisa se incomodar comigo..."

"Oferecer serviços que podem ser proveitosos aos clientes é meu dever como funcionária da recepção."

Com a permissão do homem, eles entram no elevador e Penny aperta o botão do quinto piso. Quando chegam, os funcionários daquele andar estão gritando ao microfone para anunciar as ofertas, e as pilhas de mercadorias em promoção estão cercadas de pessoas escolhendo seus sonhos.

"Parece que vou ter dificuldade de escolher um sonho aqui", diz o homem meio sem jeito, após captar a atmosfera do quinto piso.

"Não se preocupe. Motail está aqui ajudá-lo. Não é, Motail?"

"Olá! Estamos lotados agora, mas venha à sessão de descontos em outra oportunidade. Tenho um sonho precioso, que mantenho guardado, para te oferecer. Não faço esse tipo de proposta para qualquer um, hein?"

O funcionário chamado Motail, dono de uma voz animada, demonstra um entusiasmo fora do comum ao falar com o homem. Vaga-Lume late alto em sua direção.

"Não precisa latir para mim. Sou confiável, eu juro! Venham mais vezes para se divertir no quinto piso."

Um pouco constrangida, Penny deixa Motail para trás e se dirige com o homem e Vaga-Lume para o próximo andar. "Tenho certeza de que Vaga-Lume vai adorar o quarto piso."

Assim que os três saem do elevador, Vaga-Lume começa a emitir sons de excitação, ansioso para explorar o espaço.

"Vaga-Lume, aqui existem muitos sonhos bonitos feitos especialmente para você. Fique à vontade para olhar e escolher.

Posso cuidar dele sozinha", diz Penny para o cãozinho, que hesita por um momento e choraminga.

"Estou bem, Vaga-Lume. Vá em frente."

Com a permissão do homem, Vaga-Lume sai correndo, saltitando em meio às vitrines baixas.

"Vaga-Lume! Não seja tão afobado!", repreende o homem.

"Fique tranquilo. Aqui o foco são os animais, então ninguém espera que eles sejam tão comportados quanto de costume. Há muitos amiguinhos aqui tão agitados quando o Vaga-Lume."

"Ei, sua bolinha de pelos, pare onde está!", brinca uma voz masculina aguda, acompanhada do som de patins, gradualmente se afastando na direção em que Vaga-Lume correu.

"Aquele é o gerente do quarto piso, o sr. Speedo. Ele está indo atrás do Vaga-Lume, mas parece muito feliz por ter a oportunidade de correr rápido."

No caminho do quarto para o terceiro piso, o homem de repente percebe que aquele espaço da loja lhe é familiar.

"Finalmente entendi! O terceiro piso é onde estão os sonhos vívidos, certo? Lembro de ter vindo bastante aqui."

"Isso mesmo! É impressionante como nosso corpo não esquece das coisas. É muito bom tê-lo de volta. A atmosfera deste piso é superdescontraída! Como você pode perceber, aqui as músicas pop mais recentes tocam o dia todo. As paredes são cobertas de cartazes de produtos, e os funcionários se vestem de maneiras variadas, personalizando o uniforme. Esta é a gerente do terceiro piso, sra. Mogberry."

Mogberry, que já estava esperando, cumprimenta o homem de forma calorosa.

"Olá! Em nosso piso há muitos sonhos com trilhas sonoras. Eles são ótimos, recomendo! Se quiser experimentar, estamos à disposição para te mostrar as opções. Ouvi dizer que, se você for estimulado de formas diferentes enquanto dorme, é possível fazer com que os sentidos se tornem mais aguçados. Dito isso, este sonho aqui..."

Embora Mogberry tenha tentado segurar os dois, planejando apresentar todos os sonhos do terceiro piso, eles logo se dirigem para o segundo piso.

As vitrines daquele andar, organizadas com um espaçamento perfeito entre os produtos, garantem a melhor experiência de compra da loja. Uma prateleira está a exatamente três passos de distância da outra, e em cada ponta há pequenas placas com orientações em braille.

"Se você pressionar este botão aqui, também poderá receber orientações em áudio", diz Vigo Myers, gerente do segundo piso, que acompanhava em silêncio a visita e aproveita o momento para explicar esse diferencial do andar.

"Se me permite fazer uma recomendação, venha conhecer a seção 'Memórias'. Com alguns dos sonhos que vendemos aqui, pode ser que o senhor consiga ver as memórias anteriores à deterioração da sua visão. De acordo com a minha pesquisa, o senhor tem uma quantidade significativa de memórias, então não há como concluir que nunca mais vai conseguir revê-las no futuro."

Ao ouvir a explicação detalhada de Vigo Myers, Penny sente que, apesar da expressão de indiferença em seu rosto, ele é mais gentil que os gerentes dos outros pisos.

"Os sonhos do segundo piso são demais, o senhor não acha?"

"Sim! É um privilégio ter memórias. Bom, agora só nos resta o primeiro piso."

"O primeiro piso é onde trabalho, e lá vendemos sonhos especiais ou superpopulares."

Ao chegarem de novo à recepção, Penny guia o homem para um expositor recém-organizado.

"Dispusemos aqui todos os sonhos especiais que estavam espalhados pela loja. Há sonhos com legendas ou com interpretação de língua de sinais para clientes que não conseguem ouvir. Tenho vergonha de admitir que não sabia sobre esses sonhos até bem pouco tempo atrás."

"É muito significativo que existam sonhos feitos especialmente para uma minoria com necessidades especiais."

"Não importa se os clientes à procura de sonhos são parte da maioria ou de alguma minoria. O sonho que cada um quer é diferente. Embora eu só trabalhe aqui há um ano, não demorei para entender isso. Alguns clientes odeiam Sonhos Premonitórios, outros gostam de sonhar durante um cochilo, mas muitas vezes se arrependem. E o cliente número 792, que está comigo agora, precisa de um sonho especial. É só isso. Então o senhor fique à vontade e entre na loja sempre que desejar, por favor."

Naquela noite, o homem falou bastante enquanto dormia, despertando Vaga-Lume, que lambe a sua mão assim que ele acorda. As pessoas que encontrou no sonho não desapareceram ainda de sua memória, e as vozes delas permanecem em seus ouvidos. O homem se esforça para se lembrar do conteúdo dos diálogos que teve, mas as frases inteiras que flutuavam desordenadas em sua mente foram se desfazendo em palavras, e as palavras foram se desfazendo em consoantes e vogais, até desaparecerem sem deixar vestígios.

"Quem são as pessoas que encontrei nos meus sonhos? Será que já as conheço? Não, não pode ser. Eram desconhecidos."

Nos sonhos, as pessoas trataram o homem como um conhecido, mas ele obviamente não as conhecia. Ele tem certeza de que foi a primeira vez que ouviu o som daquelas vozes, mas isso não pode ser verdade. O mais provável é que tenha tido aquelas conversas com desconhecidos ao longo da vida, e que depois elas foram reorganizadas em sonhos. Talvez uma parte de tudo aquilo seja apenas uma atividade aleatória do cérebro, uma explicação com a qual ele teria de se contentar. Não deve ser possível conhecer alguém enquanto dorme...

O homem se deita na cama e tenta recordar o sonho da noite anterior por um tempo.

"Sinto como se houvesse uma frase que eu não posso esquecer..."

Neste momento, as palavras que ele não conseguiu esquecer fluem de sua boca naturalmente.

"Sou mais do que alguém que não consegue ver o mundo à minha frente. Eu sou Tae-kyung Park." O homem não sabe, mas essa é a frase que ele repetiu em voz alta a noite toda, durante o sono.

Encarando o seu dono, Vaga-Lume late como se quisesse dizer alguma coisa. O homem então se levanta e acaricia seu cão-guia suavemente.

"Conto com você hoje novamente", diz ao cão, sabendo também que são palavras que, mais do que nunca, precisa dizer a si mesmo.

Depois da aula, o homem se dirige ao consultório de sua terapeuta. Num acordo tácito, ele e Vaga-Lume estão com o ritmo da passada em sintonia. Ao chegarem, a terapeuta Yun segura a porta para os dois e cumprimenta o homem gentilmente.

"Seja bem-vindo, sr. Tae-kyung. Como tem estado nos últimos dias? Olá, Vaga-Lume."

"Estou bem. E a senhora, como está?"

Após encontrar um cantinho para se deitar no consultório, Vaga-Lume se acomoda, produzindo um ruído baixo quando sua guia toca o chão.

"Vaga-Lume parece estar de bom humor hoje." A voz descontraída da terapeuta ecoa agradavelmente nos ouvidos do homem.

"Ele gosta muito de vir aqui. Existe um pátio grande atrás do prédio, sabia? Toda vez que saio da consulta, tenho que ir lá para deixá-lo correr até cansar."

"Vaga-Lume, que companheiro bom você encontrou!"

"Espero que ele realmente se sinta assim."

"E então, vamos falar sobre sonhos hoje também?"

Nos últimos tempos, o tema dos sonhos vinha aparecendo com força durante as consultas. A terapeuta Yun gosta de observar o mundo interior de seus pacientes através dos sonhos e discutir o conteúdo dessas imagens com eles.

"Meu sonho de ontem à noite foi muito especial. Encontrei várias pessoas nele. Embora não pudesse enxergá-las no sonho, elas me pareciam familiares e era confortável estar perto delas, como se as conhecesse há muito tempo. A propósito, acho que Vaga-Lume estava lá comigo também. As pessoas que encontrei nesse sonho pareciam reais. A situação como um todo – as palavras e as ações – era tão específica que acho difícil dizer que foi tudo criado pelo meu subconsciente. Muito estranho, não?"

"Não tem nada de estranho nisso. Muita gente relata esse mesmo tipo de experiência."

"É mesmo? Nesse caso, pode realmente existir um mundo do qual não nos lembramos?", questiona o homem, animado.

"Sim, talvez exista."

Embora fosse impossível confirmar a expressão no rosto da terapeuta, o homem sente uma profunda nostalgia escondida em seu tom de voz.

"Você se lembra de mais alguma coisa? Gostaria muito de continuar ouvindo sobre os seus sonhos, sr. Tae-kyung." A voz dela não escondia o interesse profundo em discutir o tema.

"Eu também gostaria de falar mais sobre isso, mas quanto mais tento lembrar, mais rápido as lembranças desaparecem. Se soubesse que seria assim, teria continuado com o meu diário de sonhos. É a única forma de se lembrar deles por mais tempo. E você, terapeuta Yun, costuma sonhar? Gostaria de saber como são seus sonhos."

"Eu também sonho com frequência."

"E já tentou escrever um diário de sonhos?"

"Ah, sim. Graças a isso, ainda me lembro vividamente de alguns sonhos que tive muito tempo atrás. No mais maravilhoso deles, eu me tornei uma baleia-assassina e atravessei o oceano Pacífico inteiro."

"Há quanto tempo foi esse sonho?"

"Hummm... Já faz mais de vinte anos. Tive esse sonho lá em 1999."

4. UM SONHO QUE SÓ OTRA PODE CRIAR

"Penny, você chegou mais cedo hoje", cumprimentou Mood, que trabalha no turno da noite na recepção, com uma voz muito sonolenta.

"Bom dia, Mood."

Nos últimos tempos, para melhorar sua rotina, Penny tem começado o expediente mais cedo do que o habitual. Depois de ouvir o resumo de Mood sobre a noite anterior, ela vai ao depósito da loja e faz uma lista dos produtos que estão com estoque baixo. Então, empilha em um canto as caixas de sonhos que serão usadas para repor as prateleiras e depois corta papéis de embrulho e fitinhas, sempre em tamanhos generosos, para preparar com antecedência as embalagens dos novos sonhos que chegariam ao longo do dia. Por fim, entra no cofre e pega as garrafas com os pagamentos dos sonhos, deixando-as próximas à entrada do depósito, de modo a facilitar seu transporte para o banco. Com isso, conclui suas tarefas básicas do período da manhã.

Com muito cuidado, Penny coloca, uma a uma, as garrafas vermelho-escuras de Culpa e as prateadas de Arrependimento no chão. Depois, ela se senta, abre o jornal diário *Além da Interpretação dos Sonhos*, que estava preso na altura da cintura em seu avental, e começa a ler.

Penny está cada vez mais interessada em aprender sobre as coisas que acontecem fora da Grande Loja de Sonhos. Desde que conheceu o cliente número 792, ela sente que precisa estudar mais, até para estar preparada caso se depare, algum dia, com outras reclamações de nível 3.

Para não correr o risco de pular os estudos caso deixe para fazer isso após o expediente, Penny decidiu ir para o trabalho um pouco mais cedo e, em seu tempo livre, estudar na loja. Embora existam muitos livros com conteúdo extenso e profissionalizante, ela escolheu ler o jornal *Além da Interpretação dos Sonhos* para começar seus estudos de maneira mais casual e menos pesada. Para os mais conservadores, talvez ler um jornal diário não seja considerado estudo, mas ter acesso a informações de outras fontes já é de grande ajuda para Penny no momento.

Esse jornal diário cobre uma variedade de temas, de histórias dos bastidores dos produtores de sonhos a fofocas da indústria, e até mesmo explicações de termos específicos da economia dos sonhos, além de trazer listas de sonhos com boa relação de custo-benefício ou com baixa taxa de falha. Exceto pela seção "Artigo do mês", a maioria dos textos é bem fácil de entender.

Como concluiu com antecedência a maioria de suas tarefas, Penny tem meia hora para ler o jornal. No começo, ela estudava na sala de descanso dos funcionários, mas os colegas de trabalho que traziam seu próprio café da manhã eram um pouco barulhentos. O eco do "tu-oc, tu-oc" dos frascos sendo preenchidos com emoções no depósito ajuda a melhorar sua concentração, então ela prefere ficar ali.

Folheando lentamente as páginas de *Além da Interpretação dos Sonhos*, Penny depara com o nome de Yasnooze Otra, uma das produtoras lendárias. Depois disso, ela até ajusta sua postura para ler melhor.

Sonho lamentavelmente subestimado

Lançado há sete anos por Yasnooze Otra, o sonho Viver como meus Pais por uma Semana é uma obra-prima rara. Dependendo do método de produção, os sonhos podem ser divididos em duas categorias principais: aqueles baseados nas memórias do sonhador ou aqueles recheados de intenções e ideias do produtor, fornecendo

uma experiência próxima à realidade virtual. Surpreendentemente, a obra ambiciosa da jovem Otra pertence à primeira categoria.
Sonhos baseados em memórias são mais complexos do que os demais. Durante o sonho, a memória do sonhador deve ser devidamente controlada e, considerando essa dificuldade, nem sempre dá certo adicionar a intenção do produtor. Embora inúmeras pessoas desejem se tornar produtores de sonhos, é por conta de toda essa complexidade que é tão difícil obter uma licença de produtor.
Yasnooze Otra foi além e ampliou ainda mais esse espectro. Ela não se baseou na memória do próprio sonhador ao desenvolver o conteúdo de sua obra mais famosa, mas na perspectiva dos pais do sonhador – ou seja, em pessoas que têm memórias acerca do sonhador. Com ideias tão inovadoras e tentativas tão ousadas como essa, Otra é definitivamente uma produtora de sonhos genial.
Na época do lançamento desse sonho, o primeiro crítico que o resenhou contou ter vivido uma experiência impressionante. Ele relatou que, no sonho, via as coisas sob a perspectiva de seu pai. Assim que o despertador tocou no quarto do filho pela manhã, o pai se levantou e silenciosamente o desligou, deixando que o menino dormisse por mais cinco minutos. Acabado esse tempo, ele o acordou gentilmente, encostando de leve em seu braço. O crítico disse que o que ele viu pelos olhos de seu pai era muito precioso, e foi atravessado por uma emoção sem precedentes.
No entanto, existem perspectivas não tão bonitas assim. Em alguns casos, sonhadores têm de reviver memórias de pais que estão sempre cansados na frente dos filhos, reclamando dos sacrifícios e sofrimentos de criar uma pessoa, como se aquilo fosse um castigo. Ver a vida sob esse ponto de vista pode revelar o lado real e sincero da parentalidade, o que sem dúvida é uma experiência marcante, de deixar o coração dos sonhadores endurecido.
Tendo em vista que Otra pode receber uma variedade de emoções como pagamento por seu sonho, esse produto em especial merece ser mais valorizado comercialmente.
Olhando em retrospecto, ousaria dizer que o motivo pelo qual o sonho Viver como meus Pais por uma Semana, de Yasnooze Otra, não levou o Grande Prêmio daquele ano, independentemente do talento dela, é porque não há tantos pais bons no mundo quanto se acredita...

Penny leu o artigo com toda a concentração do mundo. E, embora ela quisesse continuar a leitura, precisa voltar à recepção.

"Vocês não têm a Floresta Tropical Animada, de Wawa Sleepland?", pergunta um cliente para Penny assim que ela retorna à loja.

"Olá! Está esgotado, e não há previsão de recebermos um novo lote desse sonho esta semana."

A princípio, Penny sente vontade de recomendar os sonhos de Yasnooze Otra, empilhados ao lado de uma vitrine vazia, mas hesita. Ela teme que, ao indicar indiscriminadamente o sonho Viver como um de meus Valentões por um Mês, o cliente pudesse ficar ofendido e retrucar: "Está insinuando que eu intimidei alguém?".

Os elogios de críticos adesivados às caixas dos sonhos feitos por Otra, ainda cobertas de poeira, parecem tão ultrapassados quanto os altos preços atrelados a eles. Assim como o sonho Viver como Meus Pais por uma Semana, sobre o qual Penny acabou de ler no jornal, a atenção dada pelos clientes às demais obras de Otra não é proporcional ao valor artístico de seu trabalho. Será que eles também ganharão a pecha de "sonhos lamentavelmente subestimados"? Como prefere não fazer recomendações diretas desses sonhos aos clientes, Penny decide contribuir como pode, posicionando a vitrine com os produtos de Otra perto da entrada da loja, em um lugar mais visível.

"Você está trabalhando com afinco desde cedo, Penny", diz a sra. Weather ao entrar na loja, seguida por Vigo Myers.

Penny interrompe o esforço de empurrar o expositor de Otra até a frente da loja para conversar com a sua chefe. A sra. Weather, ao perceber a intenção dela, se oferece para ajudar.

Vigo, que como de costume veio trabalhar trajando um terno bem alinhado, está prestes a passar direto pelas duas, mas se detém no saguão do primeiro piso. Ele aponta para algumas vitrines com uma expressão insatisfeita. "Estão esperando as prateleiras ficarem completamente vazias? Vejam estes buracos!"

A voz de Vigo desperta a atenção dos clientes de pijama ao seu redor, que começam a espiar a cena.

Penny se apressa para pegar a pilha de caixas que colocou sob o balcão da recepção mais cedo e, em seguida, reabastece as mercadorias nas estantes, ainda sob o olhar feroz de Vigo. Ela preenche os espaços vazios com o sonho Solidão na Multidão, de Hawthorne Demona, que ganhou os prêmios de Melhor Roteiro e Revelação do Ano no ano passado. O conteúdo desse sonho é se tornar invisível, incapaz de ser visto e reconhecido pelos outros à sua volta.

"Vejo que vocês do primeiro piso estão apostando bastante nas obras premiadas do ano passado, espalhando recomendações de críticos da indústria dos sonhos por toda parte... Recomendar obras premiadas é fácil, vende como pão quente. Mas, caso não saibam, parte importante do nosso trabalho é ter um olhar apurado e certeiro para outras apostas", zomba Vigo ao olhar para o sonho de Hawthorne Demona.

Além de Solidão na Multidão, Penny estava segurando caixas do trabalho mais recente de Hawthorne Demona, A Roupa Nova do Rei. Depois de pensar um pouco sobre onde colocar esse lançamento, ela decide abrir um espaço ao lado de Solidão na Multidão mesmo, e começa a empilhar as caixas com cuidado.

"Que título mais estranho é esse?", murmura Vigo, com os braços cruzados e a postura ereta. "A Roupa Nova do Rei... Deve ser um desses sonhos de tirar a roupa e sair correndo por aí pelado, bem original. Como sempre, os clientes vão pensar 'Nossa, que coisa! Nunca pensei que sair por aí sem roupa seria uma experiência tão transformadora. Será que é um reflexo do meu subconsciente desejando mostrar meu verdadeiro eu?' e depois pagar com emoções valiosíssimas, como se tivessem vivido algo profundo. O que esses produtores querem é ganhar muito dinheiro fácil entregando um conteúdo superficial. Quem eles acham que estão enganando?"

As críticas amargas de Vigo soam ainda mais sérias com sua pitada de dramatização exagerada. Desde a cerimônia de premiação do ano passado, ele aproveita qualquer oportunidade para destilar seus comentários negativos em relação aos sonhos de Hawthorne Demona.

"Vigo Myers, você é muito cabeça fechada mesmo. Não conhece a clássica frase do jornal *Além da Interpretação dos Sonhos*? 'Os clientes têm total liberdade para interpretar seus sonhos como bem entenderem'", diz alguém corajoso o suficiente para repreender Vigo.

Só depois de olhar bastante em volta Penny descobre de onde vem aquela voz. A líder das fadas Leprechaun, vestida com um colete apertado para seu corpo rechonchudo, está sentada com as asas dobradas na prateleira de um expositor.

"O que está fazendo aqui?", pergunta Vigo, ameaçando pegá-la com o polegar e o indicador. Habilidosa, a fada Leprechaun rapidamente voa para longe, escapando da captura.

"Saí bem cedo para fazer pesquisa de mercado, conferindo *in loco* o ranking de sonhos mais vendidos. E a Grande Loja de Sonhos DallerGut é o melhor lugar para pesquisar esse tipo de coisa."

Por causa de seu tamanho diminuto, as fadas Leprechaun conseguem visitar secretamente as lojas de outras pessoas, e ainda se orgulham de sua espionagem.

"Não é curioso, Vigo, que os sonhos de Hawthorne Demona, que você tanto detesta, estejam entre os mais procurados pelos clientes? O volume de vendas é muito maior do que todos os sonhos da grande Yasnooze Otra somados", diz com sarcasmo a fadinha, apontando para caixas em que Penny estava mexendo há pouco, que seguiam ignoradas pelos clientes.

"O volume de vendas e o valor artístico de um sonho não são exatamente proporcionais", rebate Vigo, disposto a defender Yasnooze Otra até o fim.

"Mas quem em sã consciência se arrisca a continuar criando sonhos que são um fracasso de vendas? Ouvi boatos de que Yasnooze Otra mal consegue arcar com seus custos de produção e não lançará um novo sonho este ano. Olhando para esta prateleira cheia de produtos encalhados, talvez logo, logo ela tenha que vender a mansão em que mora."

"É melhor você se preocupar com seus próprios sonhos."

"Os Sonhos de Voar no Céu sempre venderam muito bem no terceiro piso", acrescenta Penny, falando sem pensar.

Triunfante, a líder das fadas Leprechaun voa suavemente sobre a prateleira onde estão expostas várias unidades do sonho Voar sobre um Penhasco como uma Águia, de Kick Slumber.

"O custo de produção deste sonho também é um desperdício. Se fosse eu, deixaria o sonhador simplesmente cair do penhasco. Afinal, muitas pessoas acreditam que sonhar que está caindo de um penhasco as faz evoluir. Assim, com sorte, vocês poderão receber Expectativa como pagamento por esse sonho!"

O bigode fino de Vigo treme sobre seu também fino lábio superior.

Penny prefere não entrar naquela troca de farpas sem motivo, então pega uma caixa vazia e dá um passo para trás. Irritado, Vigo se vira para as escadas, rumo ao segundo piso, e sai dando passos mais barulhentos do que o habitual com seus sapatos de couro.

"Tsc, tsc. É isso que dá não ter conseguido se tornar um produtor de sonhos. Fica por aí despejando frustrações e dizendo essas palavras azedas. Todos sabem que Vigo Myers foi expulso da faculdade. Deve estar com inveja de ver o sucesso de uma estreante como Hawthorne Demona", diz a fada Leprechaun, voltando a zombar.

De repente, Vigo para e lança um olhar feroz para a fada. Sem dúvida, ela estaria em apuros em suas mãos se a porta do escritório de DallerGut não estivesse aberta...

É através dela que DallerGut vê Vigo e, animado, grita: "Sabia que você tinha chegado ao trabalho quando ouvi o som dos seus passos! Passe no meu escritório antes de ir para o segundo piso, por favor. É sobre aquela reclamação de nível 3 que mencionei...". Vigo então entra no escritório e fica lá por um bom tempo.

Penny sabe do que se trata. Ao todo, havia duas reclamações de nível 3 registradas no Gabinete de Gestão de Reclamações Civis: uma era a do cliente número 792, que DallerGut delegou a Penny, e a outra era a do cliente número 1. Ela jamais se esqueceria daquele número.

Curiosa, mas sem deixar de prestar atenção nos clientes que se aproximam da recepção para pedir algum auxílio, Penny começa a vasculhar os dados no Sistema de Pagamento dos Sonhos. Ela demora apenas trinta segundos para encontrar o último registro de compra da cliente número 1. Após dar uma olhada geral no histórico de compras, Penny naturalmente se recorda de quem é essa cliente. Se a memória de Penny não estiver enganada, a cliente número 1 é uma mulher na casa dos quarenta anos. Ela vai à loja com frequência e costuma comprar sonhos em todos os pisos.

Não há nada de especial no histórico de compras em si, mas o pagamento dela pelos sonhos é um tanto peculiar. Nos últimos tempos, a emoção com que ela vinha pagando era sempre Saudade. Fosse um sonho feliz, um sonho triste ou até mesmo um sonho comprado no quinto piso, ou seja, próximo do vencimento, todos eles resultavam em Saudade. Penny, ao continuar sua busca, descobre que o histórico de compras da cliente número 1 vai muito além do que imaginava, remontando a 1999.

"Sra. Weather, quando foi que introduziram o Sistema de Pagamento dos Sonhos?", pergunta Penny.

"Em 1999, junto com as balanças de pálpebras."

Para confirmar seu palpite, Penny filtra os dados dos mais antigos para os mais recentes. Então, como esperado, ela encontra um registro de compra interessante.

Produção: Kick Slumber
Título: Atravessar o Oceano Pacífico como uma Baleia-Assassina
Data de compra: 20 de agosto de 1999

O primeiro registro de compra da cliente número 1 é o sonho de estreia de Kick Slumber, que levou o Grande Prêmio de 1999. Com o coração palpitando, Penny não hesita em clicar no botão "Avaliação" para ler seu conteúdo.

20 de agosto de 1999

Acabei de ter um sonho. Achei que deveria registrar esta sensação vívida antes que ela desaparecesse.
Sonhei que era uma enorme baleia-assassina. Partindo da costa, ia cada vez mais longe no mar aberto. Durante o sonho, não havia preocupações, nem com a água do mar dolorosamente salgada que poderia inundar minhas narinas durante uma inspiração breve, nem

com o que aconteceria comigo caso fosse arrastada por uma onda. Essa sensação avassaladora de imersão foi a parte mais surpreendente. Nos sonhos de Kick Slumber, não há uma liberdade precária, como se pisássemos em ovos, mas uma liberdade segura, pela qual todos anseiam. Quanto mais profundo o mergulho, mais parece que estou voltando para casa.

Sinto os músculos conectados, da barbatana dorsal à cauda. Bato a cauda com força, para baixo e para cima, e isso aumenta instantaneamente minha velocidade. Agora, a superfície do mar se torna o teto do mundo, e, sob a pele branca da minha barriga, o meu mundo, mais profundo que o céu, se revela.

Não há necessidade de ver, ainda que tudo ao meu redor esteja visível. As coisas são percebidas primeiro com todos os sentidos. Sinto o impulso de saltar para cima da superfície da água. Nem me ocorre que eu não conseguiria fazer isso. Meu corpo perfeitamente aerodinâmico se ergue com facilidade, atravessa a superfície da água e voa, cruzando o céu com ousadia.

Naquele momento, uma sensação repentina de formigamento, que eu não sabia dizer se era minha ou não, percorre o meu corpo. Vejo uma imagem de mim mesma sendo deixada para trás, na costa distante, e me preocupo. Enquanto me esforço para não parar de nadar, me concentro nas minhas sensações, que desabrocham nas ondas.

"Este não é o meu lugar."

À medida que me acostumo com a intensidade desses sentimentos, eu me questiono: "Será que sou realmente uma baleia-assassina?". Com isso, começo a acordar dessa ilusão. Acordo de um sonho em que eu não era nem uma baleia-assassina, nem uma pessoa, e os dois mundos se entrelaçaram por um instante antes de se separarem por completo.

Acabo de ter a experiência de sonhar um sonho criado por um garoto talentoso de treze anos. Kick Slumber está destinado à grandeza. Esse menino prodígio pode se tornar o mais jovem vencedor do Grande Prêmio no final do ano.

Mas nunca testemunharei essa cena pessoalmente...

Se for mais fundo, sinto que pode ser perigoso, mas o que vi e ouvi até agora foi absolutamente incrível. Até mesmo as pessoas que encontrei...

O que aconteceria se eu tivesse nascido neste mundo desde o início? Adeus, Vigo Myers. Desculpe-me por não ter ido à apresentação do seu projeto de graduação.

"Vigo Myers?"
Sem dúvida, aquele não era um nome que Penny esperava ler na avaliação de uma cliente. Então a cliente número 1 conhece Vigo, bem o suficiente para ter escrito o nome dele em seu diário dos sonhos.

A cliente número 1 se chama Yun Se-hwa. Ela trabalha como psicóloga no campus de uma faculdade, e todo mundo a chama de "terapeuta Yun". A caminho de casa após o trabalho, ela se pegou pensando em algo que um estudante chamado Tae-kyung Park dissera durante a consulta.

"As pessoas que encontrei nesse sonho pareciam reais. A situação como um todo – as palavras e as ações – era tão específica que acho difícil dizer que foi tudo criado pelo meu subconsciente. Muito estranho, não?"
"Não tem nada de estranho nisso. Muita gente relata esse mesmo tipo de experiência."
"É mesmo? Nesse caso, pode realmente existir um mundo do qual não nos lembramos?"
"Sim, talvez exista."

Depois daquela sessão, memórias do passado que estavam guardadas havia muito tempo foram resgatadas e permaneceram na mente dela.
Desde muito jovem até os vinte anos, em 1999, Yun sempre tivera sonhos lúcidos. Sonhar era uma das coisas que mais a fazia feliz, então, quando não tinha que ir para a aula, escolhia ficar dormindo em seu quartinho estreito. Durante os anos de sua trivial vida escolar, a capacidade de ter sonhos lúcidos era seu único talento especial.
"Essa habilidade é um presente dos céus. Talvez eu seja algum tipo de escolhida."

Já no primeiro ano da faculdade, em 1999, durante as férias de verão, a mulher chegou ao ápice do seu vício em sonhar. Ela era uma cliente de fora, e as pessoas que encontrava nos sonhos eram gentis e generosas. Com calma e fascínio, a jovem Yun aprendia mais e mais sobre aquele mundo, e podia decidir à vontade para onde ir e quais sonhos sonhar.

Um de seus primeiros aprendizados foi A história do Deus do Tempo e seus três discípulos, uma lenda transmitida desde tempos muito antigos: nela, o primeiro discípulo perseguiu cegamente o futuro e esqueceu suas memórias preciosas; o segundo não conseguiu se desligar das memórias do passado e caiu em tristeza profunda; o terceiro enviou sonhos como presentes às pessoas adormecidas, de modo a conciliar passado e futuro.

A mulher gostava muito de visitar a Grande Loja de Sonhos DallerGut, que, segundo diziam, fora herdada pelos descendentes do terceiro discípulo. Por isso, toda vez que ia até lá, ela prestava atenção nos clientes que entravam e saíam e, quando podia, comprava algum sonho fascinante, para experimentar depois.

Aos vinte anos, ela era serelepe e cheia de curiosidade. Ficava o dia todo enfurnada na seção de descontos no quinto piso, procurando sonhos interessantes como se estivesse numa caça ao tesouro. Às vezes, se escondia em frente ao elevador do quarto piso e ficava observando por um longo tempo os bebês e os animais que apareciam para comprar sonhos. Mais de uma vez, para tentar espiar o cofre em que eram guardados os pagamentos pelos sonhos, ela se esgueirara perto do depósito da loja, mas sempre acabava sendo encontrada por algum funcionário, o que a fazia sair correndo descontroladamente.

Certo dia, para evitar os olhares de reprovação dos funcionários na recepção do primeiro piso, ela se escondeu no depósito por várias horas, até finalmente ser descoberta.

"O que está fazendo aqui de novo? Esta é uma área proibida para não funcionários", disse uma funcionária com cerca de trinta anos e cabelos ruivos cacheados, acompanhada de DallerGut, o proprietário da loja, que parecia ser apenas alguns anos mais velho que ela.

"Weather, fizemos o possível. Ela já deveria ter entendido o recado. Vamos, temos que terminar a discussão sobre as balanças de pálpebras. Como transformar a parede de mármore atrás da recepção em uma grande vitrine para elas? Já pensou nisso? Esse projeto vai ser grande. Talvez tenhamos que fechar a loja por alguns dias. Se isso exigir um cronograma muito extenso, precisaremos notificar os clientes com antecedência sobre...", tagarelava DallerGut, preocupado.

"É mesmo. O nosso tempo está corrido", concordou Weather enquanto fuzilava a jovem mulher com o olhar, como se dissesse: "Por favor, saia já daqui".

Com uma expressão entristecida, Yun seguiu os dois para fora do depósito.

"DallerGut, temos um problema. É cedo demais para dizer que as balanças de pálpebras darão certo. O desenvolvimento do produto, encabeçado pelo Centro de Pesquisa de Novas Tecnologias, que vinha transcorrendo bem, falhou na última etapa. Isso não é raro? Precisamos de alguém para nos ajudar com o último teste. Deve ser uma pessoa capaz de confirmar se a balança de pálpebras está funcionando direitinho... Além disso, precisa se lembrar do processo todo em detalhes e manter boa comunicação conosco."

A intrusa ficou curiosa ao ouvir o termo "balança de pálpebras" sendo mencionado tantas vezes durante aquela conversa. Depois de chegar ao saguão, ela continuou seguindo os dois.

"Moça, você quer nos dizer alguma coisa? Por que ainda está nos seguindo?"

"Estou curiosa sobre o que é uma balança de pálpebras."

"Ai, ai, você é mesmo uma cliente obstinada. Bem, a chamada balança de pálpebras é um instrumento desenvolvido especialmente para saber com antecedência o horário de visita dos clientes. Criamos uma balança em formato de pálpebras para mostrar se o status do cliente é 'totalmente desperto', 'sonolento' ou 'sono REM'..."

"Weather, espere um minuto", interrompeu DallerGut no meio da explicação. "Você não acabou de dizer que, para confirmar se a balança de pálpebras foi desenvolvida com sucesso, alguém precisa realizar o teste final? E esse alguém deve ser capaz de se lembrar de todo o processo e se comunicar... Em outras palavras, necessitamos de um 'sonhador lúcido' muito eficiente para essa tarefa."

"Sim, é isso mesmo. Mas encontrar uma pessoa assim não deve ser fácil."

"E se eu disser que a candidata perfeita está bem aqui, na sua frente?", disse DallerGut. Ele olhou diretamente para a mulher e sorriu.

"Como sabe que eu sou uma sonhadora lúcida?"

"A sua memória deste lugar é muito precisa, ao contrário de outros clientes de fora, que estão sempre hesitantes. Você consegue entrar e sair do depósito da loja sem a nossa autorização. Sendo assim, supus que você seja uma sonhadora lúcida."

"Uau, o segredo que eu achava que estava escondido foi descoberto num piscar de olhos. Existem mais pessoas assim?"

"Algumas, mas poucas são como você, que vêm visitar com frequência ou que ficam aqui por muito tempo."

"Há tantas coisas aqui que me deixam curiosa e que são muito mais interessantes do que no mundo em que vivo... É um problema ficar explorando os lugares, como eu venho fazendo?"

"Não há nada de errado nisso. O que você faz no tempo em que dorme cabe apenas a você."

"Fico aliviada ao ouvir isso. Mas acho uma pena que esse mundo tão interessante seja esquecido todos os dias ao acordar. Que sorte a minha ter sonhos lúcidos! Como seria a minha vida se eu tivesse nascido aqui? Gostaria de poder pelo menos deixar minha marca neste mundo."

Weather parecia feliz com sua testadora recém-descoberta. Já DallerGut, depois de ouvir as palavras da mulher, estava um pouco mais pensativo.

"Algum problema?"

"Não, nada. Ok, vamos ajudá-la a deixar sua marca por aqui. Você é a pessoa mais adequada para ser a primeira cliente a ter uma balança de pálpebras em nossa loja."

"É mesmo? Então está combinado!"

O teste foi finalizado com sucesso. Estar sempre por perto da Grande Loja de Sonhos, esperando a conclusão da sua balança de pálpebras, tornou-se um hábito para a mulher. Foi nessa época que ela conheceu Vigo Myers. Já fazia um mês, mais ou menos, que o jovem andava em meio à multidão que entrava e saía pela porta da loja, praticamente implorando: "Oi, você toparia colaborar com o meu projeto de graduação?". No entanto, todo mundo passava reto por ele, sem nem parar para ouvi-lo.

Certo dia, Yun, vestindo um pijama largo e de cor clara, caminhou até Vigo. "Eu topo colaborar com o seu projeto de graduação."

"Sério? Muito obrigado!"

Aquilo era perfeito, porque Vigo estava justamente em busca de clientes de fora dispostos a participar do seu projeto. Os dois então passaram a se encontrar em um café próximo à Grande Loja de Sonhos, sob o pretexto do trabalho de graduação de Vigo. Eles tinham a mesma idade, fator que os aproximou bastante e tornou as conversas ainda mais fluidas.

Nesse meio-tempo, a balança de pálpebras de Yun ficou pronta, e foi a primeira a ser colocada no expositor. O instrumento, que recebeu o número de série "0001", funcionava perfeitamente.

"Pronto, agora deixei minha marca aqui."

Os funcionários da loja começaram a chamá-la de cliente número 1, e a sua balança de pálpebras não demorou a dividir o espaço com as balanças de outros clientes, que também foram sendo expostas na vitrine, uma após a outra. Com o passar dos dias, a mulher vinha sonhando por mais e mais tempo.

"Muitas pessoas, no mundo em que vivo, acreditam que os sonhos são cheios de significados, mesmo os mais banais, como andar pelado por aí ou se tornar invisível. Por que isso acontece, Vigo? Lá, se você sonha com essas coisas, todo mundo quer analisar o significado."

"Esse é um tipo de sonho bem fácil de fazer! São ambíguos, pouco claros e deixam a interpretação a cargo do sonhador. Sonhos assim existem há muito tempo, e seu conteúdo é sempre o mesmo, só muda o título. Pessoalmente, acho que produções desse tipo são bastante mesquinhas."

"É mesmo? Não sabia. E, já que tocamos no assunto, será que daqui a vinte anos já vai existir um sonho que possa ser sonhado por duas pessoas ao mesmo tempo? Aposto que você um dia vai criar e produzir esse tipo de sonho, Vigo!"

"Essa é uma ótima ideia! Mas será que vamos chegar a 2020? Nem acredito que estamos prestes a entrar em 2000. Como estaremos em 2020? Espero já ser um produtor de sonhos famoso, vencedor do Grande Prêmio na categoria Sonho do Ano."

Os dois conversavam todos os dias e nem percebiam o tempo passar. A mulher usava sempre o mesmo tipo de pijama, para que Vigo a reconhecesse facilmente. Certo dia, ele a convidou para assistir à apresentação de seu projeto de graduação.

"Quero que esteja lá. Criei um sonho que quero compartilhar com você. Mas já aviso que vai ter muita gente. É melhor você usar uma roupa normal quando for dormir, para não ser descoberta."

Sem hesitar, a mulher concordou em ir. Porém, ao ouvir a recomendação de Vigo, ela se sentiu inexplicavelmente agitada, com o coração palpitando.

Tentando ignorar o sentimento ruim que apertava seu peito, Yun decidiu visitar a Grande Loja de Sonhos, como de costume. DallerGut estava sozinho na recepção, limpando com muito cuidado uma balança de pálpebras.

"Olá, sr. DallerGut."

"Olá! Que bom que você veio. Aconteceu alguma coisa?", perguntou DallerGut, preocupado, ao observar a expressão sombria no rosto dela.

"Nem se eu adormecer em roupas comuns poderei me tornar uma pessoa deste mundo, certo?"

Olhando-a como se dissesse "sabia que este dia chegaria", DallerGut a encarou com ternura, sem dizer uma palavra. Em seguida, ele posicionou a balança de pálpebras que acabara de ser limpa na frente da mulher.

"Veja. Sua balança de pálpebras está sempre fechada, não é?" A balança de fato estava completamente fechada, o que indicava "Sono REM". "Toda vez que olho, suas pálpebras estão fechadas, desse jeito."

"Bom... Tenho tentado dormir bastante nos últimos tempos, para continuar tendo sonhos lúcidos."

"Acha que continuar agindo assim trará consequências boas para a sua vida no mundo real?", perguntou DallerGut em tom solene.

Ainda que em seus sonhos a mulher vagasse livremente, ela vinha ignorando o fato de que, na realidade, ficara dormindo durante as férias de verão inteiras, deitada em seu quartinho estreito como se estivesse morta. Por mais que tentasse abstrair daquilo, a pergunta de DallerGut tomou conta da sua mente.

"O que devo fazer agora? Como faço para viver mais intensamente este lugar? Ou só me resta voltar para o lugar de onde vim? Não sei mais a qual dos mundos eu pertenço. E se, de repente, eu não puder mais ter sonhos lúcidos? Pensando bem, talvez até seja melhor assim. Não importa o que o futuro me reserva, não sinto confiança para enfrentá-lo. Estou com medo."

"Não entre em pânico, isso não ajuda em nada. Ainda dá tempo de corrigir as coisas. Por favor, espere um momento. Sei de um sonho que pode te ajudar, mas há apenas um na loja. Que bom que o guardei!"

DallerGut correu até o escritório e voltou com uma caixa nas mãos.

"Este é um sonho novinho, acabou de sair do forno. Mas garanto que tem muita qualidade."

O papel de embrulho da caixa era de um azul escuro, mas translúcido, e os desenhos dentro lembravam o mar profundo.

"Que tipo de sonho é este?"

"O título dele é Atravessar o Oceano Pacífico como uma Baleia-Assassina. Se eu não estiver enganado, dentre todos os sonhos disponíveis na loja, este é o mais adequado para a sua situação atual."

Na mesma noite, a mulher sonhou o sonho de Kick Slumber, e ao acordar escreveu suas impressões em seu diário de sonhos. Assim que pôde, tornou a visitar DallerGut na Grande Loja de Sonhos. Após ler a avaliação de Yun, ele disse:

"No seu sonho, a costa do mar representa este lugar aqui. Pode parecer assustador agora, mas quanto mais longe você estiver da costa, mais profundo e amplo será o seu mundo real. Continuo achando impressionante que você se lembre de tantos detalhes depois de acordar!"

"Sim. Eu estava realmente precisando desse sonho, DallerGut. Graças a ele, agora sei qual decisão tomar. Decidi que não vou mais me relacionar intimamente com as pessoas daqui... O melhor a fazer é fechar os olhos e dormir um sono profundo no mundo real, e vir bem menos para cá. Preciso me esforçar para viver a vida à qual pertenço."

"Bom, é uma pena perder as suas visitas, mas sei que a sua decisão está correta. Só preciso te avisar de uma coisa."

"O que é?"

"Sua habilidade de ter sonhos lúcidos deverá desaparecer de repente em breve."

"Sério? Como assim?"

"Sonhadores lúcidos de alto nível, como você, em geral perdem essa habilidade antes dos vinte anos. A sua até que perdurou bastante, então sugiro que você se prepare psicologicamente."

"Ah, não. Não vou nem poder me despedir de forma decente. Caso eu desapareça, cuide bem da minha balança de pálpebras, por favor."

"Por mais que deixe de ter sonhos lúcidos, você ainda poderá visitar a Grande Loja de Sonhos a qualquer momento", disse DallerGut, confortando-a.

"Não importa. Se eu não puder mais me lembrar de nada, para mim é um adeus definitivo."

"Estaremos sempre aqui. Não fique triste."

Como DallerGut alertou, não demorou para que a mulher deixasse de ter sonhos lúcidos. Embora, por algum tempo, ela ainda acreditasse que tudo o que tinha vivido em seus sonhos era verdade, com o passar dos anos começou a duvidar de suas memórias. Depois, a certa altura, sentia que todas as memórias daquela época não passavam de fantasias. A percepção geral sobre os sonhos, especialmente das pessoas ao seu redor, também contribuiu para que a mulher pensasse dessa maneira.

"Ontem à noite, alguém que desconheço apareceu no meu sonho. Não lembro se era um homem ou uma mulher. Porém, senti que esse alguém me olhava com carinho, então perguntei 'O que houve?', e a pessoa me respondeu: 'De que adianta dizer, se você vai esquecer em breve?'. É muito estranho! Na verdade... Esse alguém parece ter dito mais alguma coisa, mas não consigo lembrar. Seu olhar parecia realmente entristecido. Que tipo de sonho foi esse?"

"Que tipo de sonho? Foi só um sonho bobo." É sempre assim: se alguém conta uma experiência estranha vivida em sonho, as pessoas menosprezam, dizendo que se trata de um sonho bobo.

"Você nunca teve esse tipo de experiência?"

"Um sonho de voar ou algo do tipo, você diz? Uma vez me peguei sonhando ciente de que estava sonhando. Isso também é um sonho lúcido? Yun, você já teve algum sonho assim?"

"Não. Eu não sonho há muito tempo."

Às vezes, quando alguém lhe fazia esse tipo de pergunta, embora a mulher quisesse contar todas as coisas que havia experienciado, ela sabia que ninguém acreditaria, então simplesmente dizia que não sonhava mais.

No entanto, depois de conversar com um aluno em seu consultório, a mulher quis descobrir se o que havia experienciado nos sonhos era real. Ela sentia falta das pessoas que conhecera no mundo dos sonhos.

Enquanto esperava o semáforo abrir com o carro parado, Yun olhava para a multidão que atravessava a faixa de pedestres e pensou: "Será que essas pessoas já tiveram a mesma experiência que eu? Será que esse tipo de coisa realmente só aconteceu comigo?".

Depois de ler a avaliação, Penny não hesita em bater na porta do escritório de DallerGut. Estava tão, mas tão ansiosa, que simplesmente bate na porta e logo a escancara, sem esperar por uma resposta.

Vigo e DallerGut olham para Penny ao mesmo tempo. Entre os dois, há o papel em que está escrita a reclamação.

"Sr. DallerGut, essa reclamação é da cliente número 1, certo?"

"Isso mesmo. Mas o que deu em você? Por que essa pergunta repentina?", Vigo responde.

"Como você conheceu a cliente número 1, sr. Vigo?", pergunta Penny sem rodeios, incapaz de conter sua curiosidade. Ela percebe uma troca de olhares constrangidos entre Vigo e DallerGut.

"Talvez seja intromissão demais da minha parte, mas... Essa reclamação tem algo a ver com a sua expulsão da faculdade, sr. Vigo?"

"Ao que parece, tenho muita coisa para explicar", diz Vigo, com o tom de quem já "jogou a toalha".

A julgar pela reação dos dois, antes mesmo de Penny trazer o assunto à tona, eles já deviam estar pensando nisso. Contudo, a pergunta dela vai direto ao ponto, e agora eles precisam explicar o que está acontecendo.

"Bom, vamos deixar para falar sobre este assunto em outro momento", intervém DallerGut.

"Está tudo bem. Já não sou mais o adolescente confuso que fui. Guardamos esse segredo por tempo demais."

Vigo começa então a contar a história de quando foi expulso da faculdade. Ao falar sobre seus motivos daquela época, Vigo parece se transformar em outra pessoa.

"... e foi assim que fui expulso da faculdade. Como eu desconhecia a regra que proíbe o produtor de aparecer nos sonhos de clientes de fora, acabei submetendo meu projeto de graduação do jeito que estava. E, mesmo depois de ouvir a história toda, o sr. DallerGut me contratou. E eu não fazia ideia naquela época, mas, assim que ouviu minha história, ele já sabia que ela estava relacionada à cliente número 1. Certo?"

"Era impossível não perceber, até porque a cliente número 1 estava sempre por ali. Ela gostava de chamar a atenção, e isso deve ter te atraído também. Fora que vocês têm a mesma idade."

"Mas me conta, alguma vez vocês se encontraram de novo?" Penny não consegue disfarçar seu entusiasmo pela história.

"Pouco tempo depois que comecei a trabalhar no segundo piso. Confesso que me senti muito sortudo por termos nos reencontrado tão cedo. Mas ela me olhou como se eu fosse um estranho. Assim como os outros clientes, não conseguiu me reconhecer."

"E como você se sentiu com isso?"

"Claro que me senti péssimo naquela época, mas agora já não importa. Ao longo das duas últimas décadas, aprendi que os sonhos lúcidos não duram para sempre, e vira e mexe me deparo com clientes semelhantes. Não fui o único que vivenciou esse tipo de coisa, embora tenha tido outras conexões parecidas nesse meio-tempo... mas isso não vem ao caso agora. É uma sorte vê-la com tanta frequência hoje em dia. Não é ruim manter uma relação de cliente e funcionário, sabe? Pelo menos sei que ela tem dormido bem todas as vezes que vem aqui. É muito melhor do que não saber nada."

Embora o final da história seja uma decepção para Penny, Vigo parece feliz em contá-la, como se estivesse compartilhando suas memórias afetivas sobre uma velha amiga.

"Toda vez que você conta essa história eu me sinto mal por ter interferido, confesso", admite DallerGut.

"Se você não tivesse nos separado, receio que teria sido bem mais difícil de resolver essa situação. E não havia alternativa, não é? Já soube de casos terríveis de pessoas que ficam viciadas em sonhar e acabam desperdiçando suas vidas dormindo, vivendo apenas nos sonhos. Você salvou a nós dois, DallerGut."

"Vi que a cliente número 1 tem pagado por seus sonhos recentemente apenas com Saudade. Qual é exatamente a reclamação dela?", Penny questiona.

"Olhe isto", disse DallerGut, passando o papel sobre a mesa para Penny.

Nível da reclamação: 3
Destinatário: Grande Loja de Sonhos DallerGut
Reclamante: Cliente Regular número 1
"Não consigo me lembrar direito. Estou tão confusa. Algo me diz que as coisas que vivi nos meus sonhos são fruto da minha imaginação, e isso me deixa muito triste. Não tenho como confirmar nada. É tão angustiante. Toda vez que sonho, eu me sinto mais confusa."
*Este relatório foi escrito com base no depoimento de um reclamante que falava coisas sem sentido durante o sono e contém, parcialmente, a opinião pessoal do responsável.

"Finalmente entendi. A cliente número 1 continua sentindo falta da época em que tinha sonhos lúcidos. Sendo assim, não importa o que sonhe, ela seguirá pagando com Saudade pelos sonhos."

"Parece que sim. Embora eu não saiba ao certo o que a fez lembrar daquela época...", diz Vigo, ficando em silêncio subitamente, perdido nos próprios pensamentos.

"Não existe uma saída? Essa história é de partir o coração. Se pudéssemos ao menos explicar para ela... Não parece cruel demais fazer com que a cliente número 1 acredite que tudo não passa da sua própria imaginação? A cabeça dela deve estar muito confusa."

"É muito triste mesmo, mas não podemos simplesmente criar sonhos e aparecer neles. Não podemos violar as regras outra vez."

Ao ouvir a resposta de DallerGut, Vigo balançou a cabeça.

"Temos que provar nossa existência, mas não podemos aparecer. A conta não fecha..."

Como não conseguem pensar em uma solução eficaz naquele momento, os três deixam o escritório e retornam aos seus respectivos postos. Penny sente um nó na garganta pelo resto do dia.

Depois do trabalho, no trajeto de casa, Penny não consegue parar de pensar na cliente número 1. Ela caminha lentamente por um percurso mais longo e se detém em frente à placa publicitária do lado de fora da mercearia Cozinha da Adria.

KETCHUP SABOR DA MAMÃE E MAIONESE SABOR DO PAPAI, DE MADAME SEIJI – RELANÇADOS EM 2021 COM SABOR E EMOÇÃO APROFUNDADOS (CONTÉM 0,1% DE SAUDADE). TER PREGUIÇA DE COZINHAR NÃO É UM PROBLEMA. TUDO QUE VOCÊ PRECISA FAZER É APELAR PARA AS SUAS LEMBRANÇAS. EXPERIMENTE REPRODUZIR O SABOR DA COMIDA DOS SEUS SAUDOSOS PAIS A QUALQUER HORA E EM QUALQUER LUGAR!

Assim que vê o anúncio de ketchup contendo Saudade, Penny pensa na cliente número 1. Como se estivesse enfeitiçada, ela entra na mercearia, pega o ketchup Sabor da Mamãe, de Madame Seiji, e mergulha em pensamentos profundos.

"O que podemos fazer sem infringir a lei para que um cliente saiba que sua memória não está errada?"

A vontade de Penny é agarrar qualquer transeunte que estivesse passando para discutir a questão de Vigo e da cliente número 1.

Como de costume, quando ela está prestes a esquecer a existência de Assam, ele aparece de repente. Dessa vez, parece até que Assam é capaz de ler mentes, porque apareceu justo na seção de temperos. Um amigo grandão como ele é fácil de reconhecer de longe.

Penny se aproxima em silêncio e fica ao lado dele.

"Assam, o que você está olhando com tanta atenção?"

O Noctiluca, que não se assustou ao ser abordado, encara o grande frasco de tempero e diz, com voz solene: "Penny, olha isto aqui. A Madame Seiji acabou de lançar um novo tempero. É um molho de mostarda que faz você se sentir confortável, com o coração leve".

Assam aponta para um cartaz que diz "Meu coração? Puff! Meu nariz? Puff! Molho de mostarda para aliviar o coração amargurado", ao lado de uma fileira inteira de frascos de mostarda amarela fresquinha. Ele coloca a mostarda de volta na prateleira e acaba batendo de leve no ketchup Sabor da Mamãe que Penny está segurando.

"Mas ainda gosto mais de ketchup. Basta colocar um pouquinho e até mesmo uma omelete simples fica com o gosto da comida da minha mãe."

"Ketchup contendo um pouco de Saudade... É impossível fazer alguém completamente esquecido se lembrar de algo apenas com isso, certo?"

O desejo de Penny é explicar o motivo de sua pergunta para Assam, mas ela não pode revelar o segredo que Vigo vinha escondendo por tantos anos.

"Sim, eu diria que é quase impossível. Não espere um milagre de um ketchup que custa só trinta syls. Por falar nisso, você já ouviu a novidade?"

"Que novidade?"

"Ouvi dizer que Yasnooze Otra pode estar se aposentando."

"Onde você ouviu isso?"

"Tenho minhas fontes. Ouvi dizer que Otra está considerando seriamente encerrar a carreira. Ao que parece, os sonhos que ela cria não têm vendido bem, e isso a deixa bem preocupada."

"Isso é ridículo. É impossível, na verdade. O sonho A Vida dos Outros ainda nem foi lançado. E ele deve continuar como uma série, a ser colocada aos poucos no mercado. Sou totalmente contra isso. Seria um desperdício do talento da sra. Otra."

"Penso o mesmo que você. Alguns sonhos só Otra é capaz de produzir."

Enquanto fala isso, Assam pega um frasco grande de ketchup Sabor da Mamãe e um pote grande de maionese Sabor do Papai e os coloca no carrinho.

"Um sonho que só a sra. Otra é capaz de produzir...", Penny murmura meio atordoada. Naquele instante, como se tivesse engolido um frasco inteiro de mostarda picante, ela tem uma ideia maravilhosa. "É isso mesmo! Um sonho que só pode ser produzido pela sra. Yasnooze Otra. Obrigada, Assam!"

Penny olha para o relógio e sai às pressas da mercearia, como se precisasse correr para encontrar com alguém imediatamente.

"Bom, ouvi dizer que você foi sozinha à mansão de Yasnooze Otra. É verdade?", pergunta DallerGut.

Ele e Penny estão organizando a edição limitada de verão do Sonho de Arrepiar no expositor do primeiro piso. O papel de embrulho é tão assustador que, assim que o viu, um dos clientes, ainda criança, agarrou a mão da mãe com força e passou correndo pela vitrine.

"O senhor já está sabendo! Eu ia mesmo te contar. Tive uma ideia para um sonho que seria perfeito para a cliente número 1, então quis perguntar à sra. Otra se ela poderia ajudar. Estava com muita pressa."

"Também já ouvi falar do sonho que você pediu para ela produzir. É mesmo uma ótima ideia."

"Acha que vai dar certo como eu pensei?"

"Mas é claro! Acredito que a cliente número 1 vai adorar. A própria Otra estava achando que não fazia sonhos interessantes havia muito tempo. Agora, graças a você, está bem mais animada. Vamos esperar até que o sonho seja concluído."

Uma semana depois, Yasnooze Otra vai pessoalmente ao escritório de DallerGut. Não se sabe se pelo excesso de trabalho, as olheiras dela estão profundas, ainda que seu penteado e seus trajes sejam, como era de se esperar, elegantérrimos. Ela então tira uma linda caixinha da bolsa.

"Eu me atrevo a dizer que este sonho é a obra-prima da minha vida. Nunca pensei que a experiência de criar sonhos a partir da perspectiva de outra pessoa pudesse ser usada dessa maneira! Fiz tudo de acordo com o pedido da Penny, então, neste sonho, a pessoa que está sonhando não aparece uma única vez. No entanto, produzi de maneira a ficar inteiramente na perspectiva de quem olha para a cliente número 1. Imagino que, dessa forma, não haverá problemas, não é, DallerGut?", pergunta Otra com uma voz animada e os olhos brilhando enquanto segura as mãos de seu amigo.

"Não há problema nenhum. Não importa o que os outros digam, este é um tipo de sonho especial que só você pode criar, Otra: permitir que alguém se coloque no lugar de outra pessoa e comprimir um longo intervalo em um sonho breve."

"A ideia da Penny foi excelente", elogiou ela, deixando Penny corada.

Após ouvir a notícia, Vigo e a sra. Weather se reúnem no escritório de DallerGut. A chefe da recepção, que está sentada, trouxe a balança de pálpebras da cliente número 1. Como quer transmitir aquele sonho à cliente o quanto antes, ela se pega pensando seriamente se deveria acariciar a balança de pálpebras por um instante.

"Vejam, a cliente número 1 está indo dormir!"

Naquele exato momento, a balança de pálpebras começa a balançar com suavidade.

"Vou buscá-la imediatamente!", diz Penny, afobada, antes de sair para o saguão e trazer a recém-chegada cliente número 1 para o escritório.

Conforme um combinado prévio, Vigo entregaria a caixa do sonho à cliente número 1.

Primeiro, todos dão um passo para trás. Vigo, nervoso, pega a caixinha e se coloca na frente da cliente número 1, que olha em volta um tanto confusa.

"Por que me trouxeram aqui...?"

Com uma expressão paralisada de tanto nervosismo, Vigo estende a embalagem para a cliente, num gesto automático.

"Quanta indiferença. Diga alguma coisa ao entregar um sonho para alguém", disse Otra, dando um tapinha no ombro dele.

Tal qual um robô tentando copiar emoções humanas, Vigo contorce todo o rosto por cinco segundos antes de finalmente abrir a boca, dizendo com voz suave: "Espero que este seja o sonho que você estava procurando".

Naquela noite, a cliente número 1 experimentou o sonho criado por Otra. Era um sonho especial, em que era possível assumir o ponto de vista de outra pessoa. O tipo de sonho que só Otra poderia produzir.

No sonho, ela era Weather, a funcionária de cabelos ruivos da Grande Loja de Sonhos. Como Weather, ela se sentou silenciosamente no balcão da recepção da loja, pensando sobre as balanças de pálpebras desenvolvidas nos últimos meses. A mulher não apenas havia se tornado outra pessoa em seu sonho, como também havia voltado vinte anos no tempo. Porém, tudo o que ela via era nítido, como se estivesse diante dela naquele momento, e natural ao ponto de ela não sentir como se estivesse olhando tudo pela perspectiva de outra pessoa.

Na outra extremidade da recepção, uma cliente entrou no campo de visão de Weather. Ela se agachou e caminhou furtivamente, como se estivesse se dirigindo em segredo para algum lugar. Não era a primeira vez que aquela cliente evitava chamar a atenção de Weather enquanto zanzava por toda a loja.

Ela, que agora era Weather, levantou-se em silêncio e seguiu a cliente. A mulher passou pelo escritório de DallerGut e foi em direção ao depósito da loja.

"Essa cliente espertinha está tentando espiar o cofre com os pagamentos de sonhos no depósito outra vez. Ela não tem jeito mesmo."

Weather não tirava os olhos das costas da cliente, vestida em um pijama largo de cor clara, e acompanhava de perto a passada apressada daquela figura. Até agora, a mulher não havia percebido que a cliente era ela mesma vinte anos atrás.

Num instante, a perspectiva mudou, e agora ela era DallerGut, proprietário da Grande Loja de Sonhos.

A versão jovem de DallerGut, cujo cabelo não tinha um único fio branco, colocou a primeira balança de pálpebras, que finalmente havia sido concluída, na vitrine da recepção e sorriu com satisfação enquanto apreciava aquele momento. Então, ao perceber que a balança estava ficando cada vez mais fechada nos últimos tempos e que a sua dona ainda estava brincando livremente dentro e fora da loja, ele começou a se preocupar.

Quando voltou ao escritório, ele reexaminou a pilha de livros de pesquisa sobre sonhos lúcidos em sua mesa. No sonho, a mulher, que agora via tudo em volta pelos olhos de DallerGut, pôde ler com nitidez a página marcada com um fitilho grosso em um livro.

> Ninguém pode ter sonhos lúcidos por toda a vida. É na infância ou na adolescência que a maioria dos sonhadores lúcidos mais excepcionais aparece, e quase todos eles perderão inconscientemente a capacidade de controlar seus sonhos lúcidos à medida que se tornam adultos.

Então, as ideias de DallerGut começaram a ser transmitidas à mente da mulher adormecida.

"Se não puder mais ter sonhos lúcidos, sem qualquer aviso prévio, essa cliente ficará muito triste. O que devo fazer para que ela saiba que, ao sair daqui, poderá vagar por um mundo mais amplo e sóbrio, ao qual originalmente pertence, mas que o mundo de cá também continuará existindo, para que ela venha visitar a qualquer momento...? A única coisa que está ao meu alcance é encontrar o sonho certo para ela."

Por fim, a perspectiva mudou para a de Vigo Myers. Pelos olhos dele, a mulher parecia adorável.

"E, já que tocamos no assunto, será que daqui a vinte anos já vai existir um sonho que possa ser sonhado por duas pessoas ao mesmo tempo? Aposto que você um dia vai criar e produzir esse tipo de sonho, Vigo!"

"Essa é uma ótima ideia! Mas será que vamos chegar a 2020? Nem acredito que estamos prestes a entrar em 2000. Como estaremos em 2020? Espero já ser um produtor de sonhos famoso, vencedor do Grande Prêmio na categoria Sonho do Ano."

De repente, a cena mudou novamente. Eles não estão mais no café onde costumavam ter suas conversas, e sim em frente ao escritório de DallerGut, em um sonho de Vigo Myers. Como num piscar de olhos, uma série de pensamentos de Vigo passa pela mente da mulher, desde que foi expulso da faculdade até sua ida à Grande Loja de Sonhos DallerGut para uma entrevista.

"Meu pedido para que viesse usando roupas casuais no lugar do pijama foi muito unilateral."

Então, o tempo acelerou depressa mais uma vez, e, exatos sete dias depois de milagrosamente conseguir um emprego no segundo piso da Grande Loja de Sonhos, os olhos de Vigo caíram sobre uma mulher que estava visitando a loja como cliente regular. Sem conseguir reconhecê-lo, ela lhe dirigia um olhar indiferente, que poderia ser destinado a qualquer outra pessoa ali.

Vigo engoliu a torrente de palavras que queria dizer, caminhou até a mulher e falou: "Cara cliente, que tipo de sonho você está procurando?".

Assim que acordou, a mulher abriu o bloco de notas em seu celular. Ela soube instintivamente que não poderia esquecer aquele sonho.

Ontem à noite, vi em meus sonhos uma versão de mim mesma, de décadas atrás, pelos olhos de pessoas de que tanto senti falta. Pelos olhos de quem se lembra de mim. Existe alguma evidência mais clara do que isso? Esse mundo dos sonhos deve existir. Eu era uma baleia-assassina que poderia retornar à costa a qualquer momento. Eu nadava tanto naquele mundo onde deveria ter ficado, e as pessoas naquela costa, de quem tanto sinto falta, sem dúvida sabem disso. Nos últimos vinte anos, meu mundo se tornou mais amplo e profundo, mas sempre tive a vasta costa para onde poderia retornar à noite.

Assim como fizeram vinte anos atrás, eles me deram o sonho de que eu tanto precisava neste momento.

Olhando para o diário de sonhos, que dominava toda a tela de seu celular, a mulher soube que sua intuição era verdadeira. Após reler cuidadosamente a entrada que acabara de escrever, ela pressionou o botão de salvar com um entusiasmo diferente. Naquele instante, na recepção do primeiro piso da Grande Loja de Sonhos DallerGut, uma notificação do sistema de pagamentos soou. Uma enorme quantia de pagamentos por sonhos foi recebida.

Ding-Dong!
Cliente número 1 realizou o pagamento.
Uma grande quantia de Apego foi paga pelo sonho A Vida dos Outros (Versão Oficial).
Uma grande quantia de Gratidão foi paga pelo sonho A Vida dos Outros (Versão Oficial).
Uma grande quantia de Felicidade foi paga pelo sonho A Vida dos Outros (Versão Oficial).
Uma grande quantia de Empolgação foi paga pelo sonho A Vida dos Outros (Versão Oficial).

5. SETOR DO TATO NO CENTRO DE TESTES

É o auge do verão, tornando aquele dia o mais ensolarado e quente do ano. Os funcionários da Grande Loja de Sonhos DallerGut estão livres para aproveitar o horário de almoço.

Penny decide almoçar no restaurante do Chef Granbon, conhecido pelos Sonhos de Comer Comidas Deliciosas. Só esta semana, há um desconto especial no combo com pizza, e pagando antecipadamente é possível ganhar um cupom para refil ilimitado de chá gelado com sabor de ameixa para acompanhar a refeição.

Como as mesas internas, no ar-condicionado, já estão todas ocupadas, Penny consegue um lugar no terraço, onde sopra uma brisa morna. Seus companheiros de almoço hoje são Mogberry e Motail. Devido ao número de pedidos, a pizza dos três demora a chegar.

"Mogberry, a série Destruição da Terra, de Celine Gluck, está se acumulando na seção de descontos. Não importa quantas unidades a gente venda, elas continuam aumentando. Vocês do terceiro piso não estão dando conta do trabalho, não é? Só sei que ficar recomendando sonhos de destruição o dia todo vai bagunçar minha mente", diz Motail.

"Já entendi, Motail. Mas, por favor, não me azucrine com isso durante o horário de almoço. Minha cabeça já está latejando. Aliás, marquei até uma reunião de emergência com alguns produtores dos sonhos que vendemos no terceiro piso", responde Mogberry.

"Essa reunião por acaso é no Centro de Testes, aquele contêiner em cima do Gabinete de Gestão de Reclamações Civis? Quero muito entrar lá... Será que não tem como?", pergunta Motail maliciosamente, aproximando-se de Mogberry.
"Está muito quente hoje, pode chegar um pouco para lá?", a colega retruca.
Enquanto discutem sobre trabalho, Penny desdobra o jornal diário *Além da Interpretação dos Sonhos*, que ela não terminou de ler mais cedo. A luz do sol está tão forte que ela precisa erguer o jornal acima do rosto para criar sombra, e então começa a leitura:

Ao selecionar um sonho para presentear em datas especiais, como Natal ou aniversários, será possível ser elogiado como uma pessoa atenciosa e de bom gosto caso se cumpra ao menos um dos seguintes critérios de satisfação:
1. Conteúdo que ainda tenha significado quando sonhado novamente após algum tempo, como um filme que vale a pena ser visto de novo.
2. Conteúdo feito sob medida para cada indivíduo sonhador.
3. Conteúdo que possa ser experienciado em sonhos, mas impossível de ser concretizado na realidade.
*Casais que estão no início do relacionamento devem evitar presentear com sonhos relacionados ao amor logo de cara. Isso pode trazer lembranças de amores passados e causar decepções.

Penny acha bom reler isso mais tarde, então dobra a ponta da página do jornal e o coloca sobre a mesa. Um garçom, suando com o calor, está parado ao seu lado segurando uma bandeja com pizza, copos de gelo e suco.
"Quem pediu a de peperoni?"
"Fui eu."
Penny afasta o jornal para que o garçom coloque sua pizza sobre a mesa. Assim que ele serve o suco, Penny enche seu copo de gelo e bebe com voracidade.
"Posso dar uma olhada também?", diz Motail ao pegar o jornal que Penny afastou para o lado.
"Claro."

"Alguma notícia interessante?", pergunta Mogberry enquanto morde desajeitada sua pizza de espinafre. Alguns fios de cabelo desordenados caem sobre a fatia e ameaçam entrar em sua boca.

"Bom, não li nada particularmente interessante... Os jornais são todos assim, não é? É difícil escrever artigos interessantes todos os dias... Ah, vejam isto aqui. Vigo recebeu um prêmio!"

Motail dobra a última página do jornal e a estende sobre a mesa.

Sonhos da seção "Memórias", localizada no segundo piso da Grande Loja de Sonhos DallerGut, foram selecionados por unanimidade por dez editores na categoria Sonhos com os Melhores Ingredientes. O gerente do setor, Vigo Myers, com uma expressão bastante confiante, disse que o resultado era óbvio. Ele argumentou com veemência que os sonhos com memórias não contêm aditivos desnecessários ou efeitos estimulantes. E acrescentou: "Se deseja acordar revigorado, experimente os sonhos da seção 'Memórias'".

Surpreendentemente, há até uma foto de Vigo, com os braços cruzados em pose triunfante. Contudo, a expressão em seu rosto dá a entender que ele não sabe o motivo de ter recebido aquele prêmio.

"Quando foi que ele deu essa entrevista? Ingredientes, aditivos... Não estamos falando de cosméticos. Do que se trata?", questiona Penny, surpresa, enquanto alterna o olhar entre o artigo e Mogberry.

"Vocês sabem que produzir sonhos requer inúmeros ingredientes, certo? A maioria é essencial para aumentar a imersão ou melhorar a qualidade do que se vê. Porém, usar qualquer ingrediente em excesso pode trazer efeitos colaterais, como dificultar o despertar do sonho ou até mesmo transformar o sonho numa bagunça completa. É por isso que novos sonhos devem passar por controle de qualidade, ou seja, cada ingrediente deve ser rigorosamente testado antes do lançamento. No entanto, os sonhos da seção 'Memórias' são diferentes. As memórias das pessoas podem ser transformadas em sonhos vívidos, como se tivessem acontecido ontem, e, exatamente por serem baseados nas memórias do próprio sonhador, é necessária uma quantidade muito pequena de ingredientes, o que não causa conflitos com a realidade nem danos. De acordo com a Lei de Divulgação de Informações..."

"O que é a Lei de Divulgação de Informações?", Penny interrompe a explicação da colega.

"A Lei de Divulgação de Informações, promulgada em 1995, determina que informações importantes sejam exibidas nas embalagens dos sonhos, de fácil acesso aos consumidores. Isso inclui o título do produto, a data de fabricação, a data de validade, a listagem dos ingredientes estimulantes presentes dentre os cento e um tipos possíveis e o nome do fabricante. Quem criou essa lei devia achar que a embalagem dos sonhos tem dois metros de comprimento. Há até uma cláusula esquisita dizendo que, se não houver espaço suficiente para escrever tudo, algumas informações podem ser omitidas e fornecidas mediante solicitação. Por conta disso, as pessoas começaram a tornar os títulos dos sonhos desnecessariamente longos para omitir a lista de ingredientes estimulantes, e essa prática continua até hoje", explica Mogberry num só fôlego, como uma oradora nata.

"Você memoriza tudo isso?"

"Acha que me tornei a gerente mais jovem por acaso?"

"Hummm, não sei se entendi muito bem. Talvez ver ao vivo os ingredientes usados para fazer sonhos ajudasse a esclarecer as coisas." Motail observou com cuidado a reação de Mogberry, mantendo uma expressão dissimulada de ignorância no rosto. Para Penny, é óbvio que ele está fingindo não saber, de propósito.

"Jura? Está certo. É preciso ver para crer, não é? Vamos juntos ao Centro de Testes. O laboratório está bem equipado com ingredientes para produzir sonhos. Só lembre de se sentar direito e se comportar durante a reunião. Afinal, estamos indo até lá para trabalhar, não só para dar uma olhada."

"Mas é claro! Estava esperando que você dissesse isso", diz Motail sorrindo, com os talheres suspensos no ar.

"Se a reunião correr bem, teremos tempo para ver os ingredientes e outros materiais. Speedo me pediu para comprar alguns itens para usar no quarto piso, e a lista é bem longa. De todo modo, será ótimo ter vocês lá para ajudar."

"Ouvi dizer que lá eles têm todos os insumos sensoriais necessários para produzir sonhos. São ingredientes que se ligam à visão, à audição, ao olfato, ao tato e... até mesmo ao paladar. Você nem imagina quanto tempo esperei por esse dia!", brada Motail com a boca cheia de comida, e um grão de arroz pilaf voa para o outro extremo da mesa.

"Mas será que teremos tempo? É na próxima quarta-feira. Não podemos simplesmente mudar o horário quando e como quisermos. Já temos reuniões marcadas com os diretores das produtoras de sonhos. Eles são pessoas muito ocupadas."

"Por mim, tudo bem. Estamos no final do mês, e já atingi a meta de vendas. Ainda que eu tire uma semana de folga agora, estarei no mesmo nível dos outros funcionários do quinto piso. E você, Penny?"

"Também quero ir. Se eu terminar meu trabalho bem cedinho na quarta-feira, a sra. Weather deve autorizar!"

"Não se esforce além da conta, Penny."

"Mas que tipo de reunião é essa? É sobre alguma reclamação? Parece que também recebemos algumas reclamações no terceiro piso", comenta Penny.

"Exatamente. Já que vocês também visitaram o Gabinete de Gestão de Reclamações Civis, agora podemos conversar sobre isso." Mogberry tira do bolso um pedaço de papel amassado e mostra aos dois. "Para falar a verdade, isso tem me deixado bem preocupada nos últimos tempos."

Nível da reclamação: 2
Destinatário: Grande Loja de Sonhos DallerGut, terceiro piso
Referência: Celine Gluck, Chuck Dale, Keith Gruer

Invasão Alienígena na Terra, de Celine Gluck
A tensão extrema sobre a situação causou suores frios e dores de cabeça que persistiram por quinze minutos após acordar.

Sonhos Estranhamente Vívidos aos Cinco Sentidos, de Chuck Dale
Caiu da cama por imersão excessiva. Ocorrência de pequenos hematomas.

Viagem de Ônibus de Tirar o Fôlego, de Keith Gruer
No sonho, quando a pessoa sentada ao lado no ônibus adormecia, tentava-se excessivamente não acordá-la ao oferecer um ombro para encostar, o que resultou em rigidez nos ombros e no pescoço mesmo depois de acordar.

*Este relatório foi escrito com base no depoimento de um reclamante que falava coisas sem sentido durante o sono e contém, parcialmente, a opinião pessoal do responsável.

"Todos esses sonhos fui eu que vendi." Mogberry coça a cabeça.
"Achei que apenas a série Destruição da Terra, de Celine Gluck, fosse um problema, mas parece que outros sonhos também estão causando transtornos", diz Motail.
"Por favor, não diga isso na reunião. Todos os produtores são extremamente talentosos e orgulhosos. A propósito, Viagem de Ônibus de Tirar o Fôlego, de Keith Gruer, tem me causado bastante preocupação. Talvez tenhamos que parar de vendê-lo. É inaceitável receber reclamações assim, logo após o lançamento."

Uma mulher dormia profundamente.
Em seu sonho, ela estava sentada em um banco de ônibus de dois lugares. O veículo em que ela viajava seguia por uma trilha estranha e solitária. As más condições da estrada faziam com que tudo chacoalhasse, sem parar, o que causou dores em suas costas.
Mais preocupante do que isso era o homem sentado à direita da mulher. Ele estava dormindo apoiado no ombro dela. As circunstâncias não eram claras; porém, no sonho, a mulher havia acabado de experimentar a emoção de um novo amor com esse homem. Em situações normais ela teria ficado muito curiosa para saber quem ele era, mas de alguma forma sua presença era sentida como algo natural. Ainda assim, ponderações realistas continuavam interrompendo o fluxo do sonho.
"Gostaria de saber para onde este ônibus está indo. Sempre pego o metrô por causa do meu enjoo com os solavancos..."

À medida que seus pensamentos se desviavam do curso durante o sonho, ela se distraiu com outras coisas. Agora, na mente da mulher adormecida, surgiram lembranças desagradáveis de um estranho que ela encontrou no metrô. O estranho cochilou encostado nela, babando pesadamente em seu ombro antes de partir de forma repentina.

De súbito, a mulher saiu do estado de imersão e, com um movimento suave, balançou o ombro para acordar o homem apoiado nela. No entanto, ele dormia pesadamente, alheio ao mundo. Mesmo dormindo, o homem parecia muitíssimo elegante, e era surpreendente como conseguia cair num sono tão profundo no ombro de outra pessoa durante uma viagem de ônibus com tantas sacudidas. Longe de ficar encantada por aquela cena, a mulher começou a achar que ele era um tanto descarado.

A mulher sonhou a noite toda que oferecia seu ombro contra a própria vontade, acordando muito mais cedo do que o previsto. Seu ombro direito, onde o homem se apoiara no sonho, estava dolorido, como se ainda estivesse sobrecarregado com a cabeça onírica do estranho. Não ficou claro para ela se a dor causou o sonho ou se o sonho resultou na dor. Como as atividades complexas do cérebro de um sonhador interagem com o corpo adormecido para produzir tal fenômeno? Por um breve momento, a mulher achou isso incrivelmente fascinante, mas logo voltou a dormir, incapaz de resistir à sonolência avassaladora.

Na quarta-feira seguinte, Penny consegue terminar o trabalho mais cedo e sai da loja revigorada. Como o horário de pico já passou, o trem para a Área Industrial dos Sonhos está silencioso. Os únicos passageiros são dois Noctilucas, Penny, Motail e Mogberry.

"Você costuma ter sempre essas reuniões com produtores de sonhos, Mogberry?"

"Diria que é como andar para frente. Devo ser a pessoa que mais frequenta a Área Industrial dos Sonhos da nossa loja. Gosto muito dos sonhos dinâmicos do terceiro piso, mas é verdade que existem muitos probleminhas a serem resolvidos.

Fora que precisamos ajustar bem o nível tátil..." Mogberry suspira profundamente.

"Nível tátil?", pergunta Penny.

"Hummm... Como explicar isso de um jeito simples? Digamos que, no sonho, você leva um tiro de um inimigo. Se, ao acordar, a parte em que levou o tiro estiver doendo, como se fosse real, será que você teria medo de viver tal sonho?"

Penny concorda vigorosamente com a cabeça.

"Temos que fazer com que o nível tátil, incluindo a dor, seja muito fraco, certo? A intensidade das sensações experimentadas nos sonhos não precisa ser a mesma da realidade. Pelo menos não deveria ser assim com relação ao nível tátil. Mas os produtores acreditam que, para recriar sensações vívidas, é preciso aumentar gradualmente o nível tátil. Por conta disso, foi criada uma lei para limitar o nível de sensações táteis em geral, o que inclui pressão e dor, proposta pelo Gabinete de Gestão de Reclamações Civis, e ela continua sendo fortalecida. No passado, a Viagem de Ônibus de Tirar o Fôlego, de Keith Gruer, teria sido classificada como uma reclamação de nível 1, não de nível 2." Mogberry enxuga o suor sobre a boca com um lenço. "A propósito, está muito quente hoje. Seria tão bom se esfriasse um pouco enquanto o trem desce a encosta íngreme."

O maquinista parece sentir o mesmo, pois usa menos Espírito Rebelde do que o habitual na descida. Enquanto o trem se desloca rapidamente encosta abaixo, Penny e seu grupo gritam de alegria. Já os Noctilucas a bordo resmungam para o maquinista, imaginando o que teriam feito se toda a roupa suja tivesse saído voando.

Depois que os Noctilucas descem em frente à lavanderia, apenas Penny, Motail e Mogberry ficam no trem. Sem muito entusiasmo, o proprietário da lojinha de conveniência no penhasco tenta vender um tônico, mas Penny balança a cabeça com movimentos decididos, indicando que não compraria.

"Então leve os jornais que sobraram de graça", diz o proprietário, como se fizesse um favor, jogando o jornal dentro do trem. Um cardápio, agora inútil depois do almoço, despenca do meio das páginas. Com ele, cai também um pedaço de papel do tamanho da palma da mão. Era um panfleto chamativo, com um brilho avermelhado.

"O que é isso?", Motail e Mogberry perguntam ao mesmo tempo, enquanto Penny pega o papel que caiu a seus pés e o lê.

Venha descobrir nosso sorvete de flocos de neve, que contém trinta emoções diferentes.
Temos também um biscoito da sorte que pode mudar a sua vida. (Disponível enquanto durar o estoque.)
"Fique de olho no food truck vermelho que aparece inesperadamente!"

"É só um panfleto comum. Parece que estão enfiando anúncios em qualquer lugar, além do cardápio do almoço."

Após a breve subida até a Área Industrial dos Sonhos, o trio segue direto para o Centro de Testes. Eles têm como destino os contêineres que parecem ter aterrissado por obra de um tufão sobre o Gabinete de Gestão de Reclamações Civis, que por sua vez lembra a base de uma árvore. A praça central e o Gabinete de Gestão de Reclamações Civis estão mais silenciosos do que no dia da visita com DallerGut – como o expediente ainda está na metade, talvez todas as pessoas estejam dentro dos edifícios.

Os três pegam o elevador no primeiro piso do Gabinete de Gestão de Reclamações Civis, repleto de plantas bem verdes, e sobem até o segundo piso.

"Bem-vindos ao Centro de Testes. Deixem-me verificar suas autorizações", cumprimenta um funcionário na recepção, checando os crachás que os três levam pendurados no pescoço. "Tudo certo. Obrigado. Vocês já estiveram no Centro de Testes antes? Se precisarem de orientação, podemos ajudá-los."

"Não é necessário. Já estive aqui antes." Mogberry recusa a oferta.

"Entendido. Se tiverem qualquer dúvida, há funcionários disponíveis em todo o andar. Por favor, paguem por todos os materiais e ingredientes no balcão da entrada antes de usá-los aqui ou mesmo retirá-los. Fora isso, destaco que o estúdio para testes auditivos está reservado a semana inteira. Tenham isso em mente durante a visita."

O segundo piso do Centro de Testes tem uma estrutura que dificulta sua visualização por dentro. Do lado de fora, os contêineres, que parecem precariamente empoleirados uns sobre os outros, são conectados por escadas em suas extremidades, dividindo a estrutura em um total de três pisos.

"Aqui, visão, olfato, tato, paladar, audição e os demais ingredientes estão separados. Isso ocorre porque os materiais e ingredientes necessários variam, a depender de qual sentido está sendo testado em um sonho. Cada setor de materiais e ingredientes tem seu próprio estúdio de trabalho individual, que funciona exclusivamente por reserva. É sempre difícil marcar horário no estúdio para testes auditivos", diz Mogberry, indicando os diversos espaços distribuídos ao redor deles.

Penny se dá conta de que os contêineres coloridos que ela viu lá fora representam espaços temáticos, cada um dedicado a um assunto.

"Olha isso, Penny. Não é uma ótima ideia? Eu gostaria de reproduzir isso na loja." Motail cutuca Penny, apontando para um dos setores.

O que desperta a atenção dele é a infinidade de roldanas sequenciais sob as escadas para transportar itens entre os pisos. Grandes baldes cheios de itens movem-se silenciosamente do primeiro para o terceiro piso, do terceiro para o segundo e do segundo para o primeiro.

Outro item invejável é o grande escorregador em frente à entrada, pelo qual uma mulher desce do terceiro piso para o primeiro com uma alegria comovente. Depois da aterrissagem perfeita, ela limpa a barra de sua roupa com a mão direita e casualmente se afasta para outro lugar.

"Meus amigos disseram que reservaram o estúdio mais próximo ao setor do tato. Vamos lá. Se passarmos pelo canto do olfato e atravessarmos o canto da visão, chegaremos ao canto do tato", diz Mogberry, liderando o trio.

Inalar todos os aromas que flutuam pelo setor do olfato deixa Penny um pouco zonza. Motail ocasionalmente para para cheirar os kits de fragrâncias dispostas por tipo nas prateleiras giratórias.

"Os kits de fragrâncias são ótimos para iniciantes. Quando não se está acostumado a criar planos de fundos é muito mais eficaz produzir uma atmosfera na mente do sonhador a partir de aromas familiares, que são perfeitos para evocar memórias."

"É verdade. Também tenho muitas memórias que vêm à mente quando sinto certos cheiros."

Dois jovens produtores, aparentando ser ainda mais novos que Penny, hesitam sobre qual marca de kit de fragrâncias comprar. Eles estão esvaziando os bolsos e contando o dinheiro na palma da mão.

"Ah, eu também queria comprar o livro de receitas, mas me faltam trinta syls..." Um deles franziu a testa, chateado.

O funcionário responsável pelo setor do olfato está de pé ao lado deles.

"Se você comprar um kit de fragrâncias, também disponibilizamos receitas para vários aromas especiais, como cheiro de arroz cozinhando, cheiro da tinta impressa nos jornais ou o cheiro único do mercado de peixes. Os aromas que trazem memórias variam muito de cliente para cliente, por isso é importante primeiro decidir que tipo de sonho você deseja criar e para qual público", explica animado o funcionário do setor de olfato aos produtores novatos. Talvez porque não haja muitas oportunidades para dizer tudo aquilo aos produtores veteranos, ele parece bastante feliz em mostrar a alguém seus conhecimentos, que vinha aprimorando ao longo do tempo.

"Estão vendo aquelas tendas arredondadas, parecidas com iglus, aqui e ali?", pergunta Mogberry enquanto caminham.

"Todas essas tendas são estúdios?"

"Isso mesmo. Se uma tenda estiver fechada, significa que está em uso, então você não pode entrar sem permissão."

Há poucas tendas com os zíperes de entrada abertos, sem uso. Os três caminham suavemente para não emitir nenhum som.

"É como se fosse um acampamento interno gigante", comenta Motail, e não apenas pelo formato de tenda dos estúdios. A maioria das pessoas que entra e sai dos estúdios veste agasalhos ou roupas funcionais adequadas para atividades ao ar livre. Penny se vê levemente preocupada com aqueles sujeitos, imaginando se estão trabalhando ali há dias ou se voltaram para casa nesse meio-tempo.

Depois de atravessar o setor do olfato, eles seguem para a próxima sala. É engenhosa a forma como o espaço ao lado da escada ascendente também foi aproveitado, decorado como um local para expor itens, sem qualquer desperdício de área útil.

Penny não consegue tirar os olhos da gigantesca paleta de cores exposta.

"Uau! É uma paleta com trinta e seis mil cores naturais."

"Sim. A partir daqui é o setor da visão. Apesar do preço, dizem que você pode produzir qualquer cor com essa paleta, porém quase ninguém sabe como usá-la corretamente. Hoje em dia, parece que ninguém mais compra, exceto Wawa Sleepland", informa Mogberry enquanto observa Penny, que se move lentamente, ainda obcecada pelo que acaba de ver.

Depois da paleta, o que mais chama a atenção de Penny no setor da visão são os blocos de fundo que criam amostras. Esses blocos, semelhantes a argila para modelar, misturados em cores e arredondados, são embalados individualmente. Ao lado dos itens expostos, foi colocada uma caixa de acrílico transparente, do tamanho de uma caixa de mudança, com um manual de instruções. Dentro dela, há apenas uma lanterna apagada.

Se colocar um bloco de fundo sob uma fonte de luz, poderá invocar um fundo. Experimente antes de comprar.

"Esses 'blocos de fundo' para fazer amostras podem criar uma ilusão de ótica em um espaço pequeno, basta ter a fonte de luz certa. Não servem para produzir sonhos, mas são amplamente utilizados como amostras para treinamento de iniciantes ou em reuniões de produtoras."

Mogberry abre a tampa da caixa de acrílico e insere na lanterna, através do orifício redondo, um bloco de amostra para um teste gratuito. Assim que liga a lanterna, o bloco de fundo, com uma base azul-marinho misturada com amarelo e vermelho, começa a encolher rapidamente. Ao mesmo tempo, o fundo passa a se espalhar ao redor da lanterna, e em pouco tempo o interior da caixa de acrílico está tingido como um céu noturno. À medida que o fundo azul-marinho vai contrastando com os fogos de artifício amarelos e vermelhos, assemelhando-se a uma noite à beira-mar, Motail e Penny ficam presos à caixa, deixando escapar suspiros de admiração.

"Vai prejudicar sua visão se olharem muito de perto", adverte Mogberry.

Penny adoraria explorar com calma todos os setores sensoriais, mas os espaços dedicados ao paladar, à audição e a outros materiais estão do lado oposto.

Ao chegar ao setor do tato, próximo ao da visão, uma mulher parada em frente à tenda acena alegremente para Mogberry. Ela está de chinelos grossos e acolchoados e tem o cabelo amarrado no alto da cabeça.

"Olha só quem chegou!", diz Mogberry, cumprimentando-a calorosamente.

"Bem-vinda, Mogberry! Obrigada por vir até aqui."

"Conheçam Celine Gluck. Esta aqui é a Penny, que trabalha no primeiro piso da nossa loja, e este é o Motail."

"Olá, meu nome é Penny. Trabalho na recepção."

"Meu nome é Motail. Trabalho no quinto piso."

"É muito bom ter vocês aqui. Venham comigo. Chuck Dale e Keith Gruer chegarão em breve. Vamos entrar primeiro e esperar."

Vista de perto, Celine Gluck parece exausta, como se estivesse acordada há três dias e três noites. A cada movimento, um som desanimador vem das almofadas sob seus chinelos.

O interior da tenda para a qual Celine Gluck os convidou está muito limpo. Com exceção dos equipamentos de vídeo usuais e dispositivos não identificados de aparência rudimentar, é extremamente simples. Espaçosa o suficiente para acomodar com folga cerca de dez pessoas, ela é feita de um material límpido de tão claro, sem uma única ruga.

"Celine, você dormiu na empresa de novo?" Mogberry parece preocupada com a aparência da produtora.

"Só consigo pensar no novo projeto ultimamente. Ah, é mesmo! Mogberry, quer dar uma olhada no novo projeto comigo enquanto os outros dois não chegam? Por favor, quero sua opinião sincera."

Celine Gluck tira um bloco de fundo de uma caixa trancada. Depois, o coloca na lanterna ao centro da tenda.

"Este é o primeiro candidato para o novo projeto. Acredito que nenhuma explicação seja necessária."

Assim que ela opera o controle remoto, o bloco de fundo começa a derreter, colorindo a tenda outrora límpida com vários tons. Então, de repente, o interior da tenda fica escuro como breu. Em seguida, o som de armas sendo carregadas com munição ecoa em volta, e um flash de luz brilha diante dos olhos de Penny, como se alguém estivesse vasculhando o estúdio escuro pelo lado de fora. Naquele momento, uma voz alta diz "Lá estão eles!", e um esquadrão armado aparece de uma só vez.

Penny sabe que é apenas um vídeo, contudo, por instinto, sente a necessidade de se esconder e quase se arrasta para baixo da mesa antes de finalmente se recompor. Motail e Mogberry ficam sentados em silêncio, com expressões nada impressionadas.

"O que vocês acham?", pergunta Celine Gluck, observando com atenção as reações dos três.

Apesar de ser a primeira vez que se encontraram, Motail começa a fazer críticas de forma direta e incisiva.

"A urgência de sobreviver em uma vila invadida por inimigos... A tensão é sufocante quando as sombras dos inimigos aparecem do lado de fora da janela, fazendo você suar frio, porém você acorda abruptamente no momento mais crucial. E é quase idêntico a um sonho que saiu no primeiro trimestre do ano passado. A única diferença é que, em vez de alienígenas, agora é um esquadrão armado? Só para constar, há muitos sonhos semelhantes a esse no quinto piso. Por sinal, é no quinto piso que guardamos as mercadorias não vendidas."

Chocada com a honestidade contundente de Motail, Celine Gluck brinca distraidamente com uma caneta, seu rosto perdendo o foco. Talvez ela não tivesse funcionários tão honestos assim ao seu redor.

"Bom, e o que acham deste aqui?"

Celine Gluck tira outro bloco de uma caixa, coloca-o dentro da lanterna e aciona um controle remoto.

Dessa vez, o interior da tenda escurece como o céu noturno, e um meteoro em chamas voa direto em direção ao estúdio. O som do universo rugindo é tão realista que Penny se pergunta se deve sair correndo para o lado de fora da tenda, mas tenta manter a compostura. Mesmo em meio ao caos, Mogberry observa calmamente e faz anotações em um pedaço de papel, e os lábios de Motail se contraem, como se ele estivesse ansioso para criticar duramente.

"E agora? O que acha?", Celine Gluck pergunta a Penny dessa vez.

"Os efeitos visuais são excelentes." Ela está expressando seus pensamentos com honestidade.

"Acha mesmo? Obrigada, Penny!"

"Porém, tudo isso também já foi feito. A qualidade visual está cada vez melhor... Mas, em breve, também vai acabar no quinto piso...", murmura Motail. Embora não tenha feito o comentário em voz alta, é impossível não o ouvir em uma tenda tão pequena.

Penny cutuca Motail nas costelas. Uma desanimada Celine Gluck remove descuidadamente o bloco da lanterna, jogando-o de volta na caixa. Logo, a tenda fica límpida outra vez.

"Onde foi que erramos?"

"Parece muito focado em criar tensão." Mogberry começa a identificar os problemas de maneira objetiva, com base no que anotou em seu caderno. "Claro, os sonhos da Filme Celine Gluck são ótimos. Contudo, hoje em dia, os sonhos que dão uma sensação de fuga são os preferidos. Pensando nos clientes do terceiro piso da nossa loja, eles muitas vezes buscam sonhos que possam satisfazer o complexo de herói que alimentam ou garantir a sensação emocionante de jogar um jogo."

Naquele instante, um sininho pendurado do lado de fora da tenda faz um barulho estridente.

"Parece que os dois finalmente chegaram."

Logo que Celine Gluck se levanta, dois homens aparecem dentro da tenda.

"Chegamos. Não estamos muito atrasados, não é?", diz Keith Gruer, sempre com a cabeça raspada. Ele está acompanhado de um homem com cabelo na altura dos ombros, elegantemente penteado.

"Olá, Mogberry. Olha só! Você trouxe alguns funcionários da Grande Loja de Sonhos que ainda não conheci. Sou Chuck Dale. Crio sonhos sensoriais. Meu trabalho autoral inclui a série de Sonhos Estranhamente Vívidos aos Cinco Sentidos", diz ele, apresentando-se sem qualquer pudor.

Penny e Motail não conseguem segurar uma exclamação profunda, ainda que baixa. Mesmo que não tenha sido um aplauso estrondoso, é uma resposta suficiente, que diz "Sou seu fã". Chuck Dale retribui com um sorriso satisfeito.

"Ao contrário deste amigo aqui, prefiro infundir amor platônico em meu trabalho", alfineta Keith Gruer, entrando na conversa.

"Estamos num mundo onde o valor do amor puro e espiritual anda bastante baixo. Meu objetivo é da mais alta dimensão..."

"É porque você está categorizando o amor em dimensões nas quais nem mesmo o seu cabelo tem chances de crescer", diz Chuck Dale, penteando os fios para trás para se exibir.

"Mogberry, você tem algo a dizer? Sei mais ou menos por que estou aqui", Keith Gruer se dirige a Mogberry antes que ela possa falar.

"Sendo assim, nossa conversa vai ser mais fácil. A Viagem de Ônibus de Tirar o Fôlego provavelmente precisará passar por um recall total."

"É mesmo? Não há outro jeito?", questiona Keith amargamente enquanto se senta.

"Este é o momento para decidirmos o que fazer daqui para a frente."

"Parece uma boa ideia, já que nós três temos métodos de trabalho e preocupações semelhantes."

"Vocês três têm métodos de trabalho semelhantes? Para mim, parecem completamente diferentes", intervém Motail, intrigado.

"A semelhança está na nossa especialização no sentido tátil. Os produtores sabem disso antes mesmo de estrearem. Eles sabem para quais sentidos têm aptidão", explica Chuck Dale.

"Afinal, é quase impossível implementar com perfeição todos os cinco sentidos em um sonho. Isso ocorre porque há interação constante com os sentidos reais do sujeito que sonha. É por isso que a maioria dos produtores se concentra em um sentido específico, que deve ser o central, em vez de tentar replicar todos os sentidos como na realidade. Essa abordagem é mais eficaz. Os famosos produtores chamados de 'cinco produtores lendários' são conhecidos justamente porque se destacam em tudo", acrescenta Keith Gruer.

"Nós três aqui reunidos somos, de fato, os produtores mais talentosos no que diz respeito ao sentido tátil", diz Celine Gluck, cheia de autoconfiança.

Para Penny, qualquer um que consiga falar com tanta confiança sobre o próprio talento merece seu respeito.

"Então, é possível se concentrar mais no sentido tátil e, numa jogada ousada, omitir o cenário. Acho que o problema do seu sonho é que ele perdeu a sensação de imersão. Nisso, os outros sentidos começam a se tornar intrusivos. Você não precisa se concentrar apenas no fenômeno de acordar com uma dor no ombro. O nível de sensibilidade tátil já é baixo o suficiente", observa Mogberry, com tom seco.

"Você está querendo dizer que não se trata de criar o cenário de maneira artificial, mas de deixar que as memórias na cabeça do sonhador se tornem naturalmente o plano de fundo?"

"Sim, exatamente isso."

"Também acho que faz muito sentido. Uma boa integração com as memórias pode criar uma experiência de grande emoção. A Palpitação, em termos de valor do sonho, aumentará incrivelmente. Se tentarmos criar à força um cenário, como estamos fazendo agora, isso apenas aumentará as chances de um fracasso. Nem todos podem criar um cenário perfeito como Wawa Sleepland", concorda Chuck Dale.

"Se for do interesse de todos... posso fazer um teste rápido? Aproveitando que temos os testadores ideais aqui", propõe Keith, olhando para Penny e Motail enquanto fala.

"Eu também trouxe uma amostra." Chuck Dale tira uma caixa do bolso.

"Testadores... você quer dizer 'nós'?", pergunta Penny, apontando para ela e para Motail em vaivém.

"Isso mesmo. Eu primeiro, Chuck."

"Fique à vontade."

Keith Gruer se levanta e coloca um bloco de fundo na lanterna. O material dele não apresenta cor ou formato padrão. Mesmo quando a luz é ligada, ao contrário da amostra de Celine, nada acontece.

"Vocês dois, tentem tocar a ponta dos dedos indicadores um do outro."

Seguindo as instruções de Keith Gruer, eles lentamente juntam a ponta dos dedos, sentindo uma emoção que não experimentam há muito tempo se espalhar da ponta dos dedos para o resto do corpo. Penny tem uma sensação de formigamento, como quando, na época da escola, tocou sem querer a ponta do dedo do garoto sentado ao seu lado e de repente sentiu surgir, na ponta de seus dedos, um impulso de dar as mãos.

Quase simultaneamente, Penny e Motail se levantam das cadeiras, tremendo.

"O que você está fazendo?", grita Motail.

"Eu não fiz nada. O que você estava tentando fazer?", responde Penny sem recuar.

"Calma, vocês dois aí, não briguem. É que sou bom demais nisso. Que tipo de memórias vocês dois acabaram de reencontrar?", pergunta Keith Gruer, mexendo de forma desajeitada em sua cabeça raspada.

"Pensei em uma sala de aula dos meus tempos de escola", responde Penny, recuperando a compostura.

"Sério? Para mim apareceu o restaurante que frequento bastante", diz Motail, surpreso, olhando para Penny e para Keith. "Isso aqui foi muito bem pensado. Excelente! Se cada pessoa puder reencontrar uma memória que se adapte perfeitamente a ela, então não há necessidade de ficar obcecado em criar uma nova. É realmente fascinante. Como o simples toque de dedos pode evocar memórias tão diferentes?"

"É porque você tem memórias maravilhosas guardadas dentro de você. Não importa se são de experiências reais ou indiretamente ligadas a filmes ou livros. As memórias mais profundas sempre podem se tornar o plano de fundo para sonhos esplêndidos, quando necessário, desde que haja o estímulo certo. Como um toque na ponta do dedo, um cheiro específico ou um determinado som."

Penny acha incrível a ideia de que suas memórias armazenadas podem sempre ser evocadas como plano de fundo para sonhos quando for preciso. Ela nunca pensou nisso dessa maneira.

"Ok, agora é a minha vez. Basta tocar de leve com a ponta do dedo", diz Chuck Dale, inserindo sua amostra na lanterna.

No mesmo instante, Motail e Penny aceitam o convite de Chuck para mais um teste. Logo antes de a ponta de seus dedos se tocarem, porém, um segundo de hesitação passa por suas mentes. Dale é conhecido por criar sonhos peculiares.

Sabendo que nada do que ela imagina pode acontecer, Penny toca a ponta do dedo rechonchudo de Motail.

A emoção que começa na ponta dos dedos se espalha até o cotovelo e depois por todo o corpo, fazendo com que Penny sinta algo aterrorizante surgindo dentro dela. Apesar de as ações serem semelhantes às de antes, a sensação é totalmente diferente. É como se ela e o garoto estivessem prestes a se beijar, sem qualquer aviso prévio; uma emoção intensa, que quase faz Penny sair correndo da tenda. A expressão de Motail ao se levantar abruptamente da cadeira também é descontente.

"A julgar pelas reações de vocês, minhas habilidades também não enferrujaram", vangloria-se Chuck, satisfeito.

"Nunca mais me obrigue a fazer isso", diz Motail com o rosto todo vermelho, estremecendo.

Os três produtores e Mogberry continuam a discutir por mais algum tempo, falando sobre implementar ou preservar os cinco sentidos ou fazer com que o tempo real e o tempo dos sonhos fluam de maneira diferente.

De modo a ficar acordada em meio ao turbilhão de histórias complexas que ouviu e sentiu, Penny belisca a própria coxa algumas vezes.

"Bom, preciso relatar isso ao sr. DallerGut. Sendo assim, vou pegar esta amostra", diz Mogberry enquanto se levanta, empurrando a cadeira para trás. O barulho assusta Penny, que acorda num salto.

"A discussão acabou?", pergunta Motail, coçando a nuca com uma voz sonolenta. Está claro que ele também cochilou.

"O quê? Você ficou dormindo esse tempo todo, não foi?"

"Não, não. Ouvi tudo."

"Mentira. Se ouviu tudo, qual é o novo projeto que estes três aqui decidiram fazer?"

"Ah, bom, na verdade... os três estão fazendo isso juntos. Um sonho que mistura uniformemente emoção, estranheza e espetáculo... É um sonho em que você se aproxima da pessoa que ama durante uma crise, e ele termina com um beijo, tendo como plano de fundo uma situação de guerra, com granadas voando e tudo mais...?"

A julgar pela expressão surpresa de Mogberry, parece que a resposta inventada de Motail foi um tanto precisa demais.

"De qualquer forma, ouvi dizer que você é bom em ligar os pontos das coisas."

"Ok, é hora de voltarmos ao trabalho." Enquanto se levanta, Celine Gluck dá um bocejo demorado. "Nossa, estou exausta!"

"E nós precisamos correr para comprar os materiais e ingredientes da lista que Speedo pediu e voltar à loja", diz Mogberry enquanto arruma a bolsa com pressa. "Agora precisamos comprar os materiais sensoriais dessa lista, aí nosso trabalho de hoje estará concluído. Como os setores são espalhados, cada um cuida de um tipo. Caso tenham dúvidas sobre qualquer coisa, perguntem aos funcionários."

Mogberry anota os itens necessários em um bloco de notas e entrega a Penny e Motail.

"Quando tudo estiver à mão, nos encontramos no caixa da entrada!"

Eles então saem da tenda e se espalham em direções diferentes. À primeira vista, parece que Mogberry repassou muito mais itens para Motail e Penny comprarem do que para ela mesma.

Contudo, sem dar a Motail e Penny a chance de reclamar, ela acena e desaparece rapidamente entre as tendas.

"Vou lá para cima." Motail aponta para o canto da audição, localizado no topo. "Talvez eu consiga escorregar no caminho de volta..."

"Então vou por aqui. Até já", despede-se Penny, andando apressada em direção ao setor de outros materiais e ingredientes.

O setor de outros materiais e ingredientes tinha uma atmosfera que Motail adoraria. O espírito ali é livre, assim como no quinto piso da Grande Loja de Sonhos, mas parece que há poucos funcionários para o grande número de clientes. Pelo visto, os próprios clientes têm que encontrar e embalar seus produtos. Penny pega um carrinho de compras amarelado à disposição e começa a explorar com seriedade o setor de outros materiais e ingredientes.

Lá estão expostos itens cujo uso não é possível adivinhar à primeira vista. Os olhos de Penny se arregalam como os de um pirata que acaba de chegar à ilha do tesouro. Debaixo de várias ferramentas que parecem prestes a despencar se forem tocadas, Penny tenta não esquecer sua missão original, verificando rapidamente a lista que Mogberry escreveu.

"Vamos ver. Preciso comprar doze pacotes de Mentas Refrescantes e dois conjuntos de Centro de Gravidade Baixo."

Depois de passar por cestos com cheiro de mofo e carrinhos carregados com tambores de conteúdo desconhecido, Penny consegue encontrar os itens necessários. Ela descobre que as Mentas Refrescantes, tomadas logo ao acordar, podem ser usadas apenas após sonhos com menos de trinta minutos. Já o Centro de Gravidade Baixo tem uma bula com várias páginas:

> É possível acordar o sonhador instantaneamente, bastando inclinar seu centro de gravidade para trás durante o sono, mas isso pode levar o sonhador a fazer um barulho ridículo de surpresa ou expô--lo a hematomas e outros ferimentos graves, caso ele esteja sentado. Seu uso, portanto, é proibido para idosos. Além disso, é importante respeitar a quantidade recomendada [...]

Dentre os outros nomes da lista, o Pigmento Vívido é tão forte que apenas uma gota pode tingir um balde inteiro de água. Ao lado dele, há um Conta-Gotas. De acordo com a descrição do produto, a ferramenta é utilizada para sugar cores indesejadas ou ingredientes adicionados por engano.

Penny encontra uma fada Leprechaun grunhindo na frente de uma fileira de conta-gotas classificados por tamanho. A fada, lutando para apertar o cabo de borracha de um Conta-Gotas, grita com um funcionário quando as coisas não saem como planejado.

"Lembrem-se de fazer em tamanhos pequenos também! Nunca ouviu falar que nos menores frascos estão os melhores perfumes?"

Penny observa a fada Leprechaun com o coração apertado, com receio de que ela deixe um conta-gotas de vidro cair no chão. Não demora até que um som estridente venha de onde a fada está.

Para evitar a preocupação, Penny vai mais para o fundo do setor. Ela precisa encontrar uma fita cassete chamada Ruído Branco para Ajudar a Dormir. Embora pareça um item que poderia ficar no setor da audição, ela confia na observação deixada por Mogberry de que está no "setor de outros materiais e ingredientes" e se agacha para verificar a prateleira mais baixa. Quando encontra uma caixa cheia de fitas cassete, Penny comemora sozinha.

Depois de colocar a fita Ruído Branco para Ajudar a Dormir na cesta, Penny se levanta e percebe alguns conhecidos do outro lado do corredor. São Kick Slumber e Animora Bancho, que cria sonhos para animais. Eles não parecem notar Penny.

"O que você tanto está comprando, Bancho?", pergunta Kick Slumber, olhando para os materiais nos braços de Animora Bancho.

"Como não costumo descer muito da montanha, prefiro comprar a granel. Mas jamais poderia fazer essa compra farta sem o prêmio em dinheiro da categoria Mais Vendido do ano passado", responde Bancho com um sorriso gentil.

"Esta lente é um produto novo?", indaga Kick Slumber, levantando ligeiramente a bengala para apontar para alguma coisa.

De onde Penny os observa, não fica claro o que é.

"Ah, isso aqui se chama Lente Olho de Sapo. É a primeira vez que testo, mas supostamente reproduz o campo de visão de um sapo. Pensei em criar um produto com que um sapo possa sonhar. Sr. Slumber, você deveria testar também! Afinal, seus sonhos envolvem o sonhador se tornar um animal."

"Do ponto de vista de um sapo, provavelmente tudo seria cinza. É uma pena, mas isso não seria útil ao criar um sonho em que você se torna um sapo."

"Por quê?"

"Porque se você olhar o mundo pela perspectiva de um sapo no sonho, em vez de pensar 'Me tornei um sapo, e agora?', é mais plausível que você se distraia e se pergunte: 'Por que o mundo está desse jeito?'. Os aspectos sobre ser um sapo que as pessoas desejam experimentar se limitam a dar pulos altos com as patas traseiras ou mover-se livremente entre a terra e a água."

"Agora que ouvi de você, isso faz total sentido. No meu caso, tenho que implementar os sentidos dos animais como os de um humano, focando nos próprios sentidos dos animais. No seu caso, sr. Slumber, você deve se concentrar em criá-los com base na ideia que as pessoas têm sobre os sentidos sobrenaturais de um animal, em vez de implementar todos os sentidos reais que os animais têm. Eu tinha a impressão de que estávamos produzindo sonhos semelhantes, mas agora percebo que não."

Penny se move silenciosamente para o lado oposto, para não interromper a conversa deles sobre trabalho.

Num dos setores, ela vê pós coloridos divididos em sacos. Curiosa, Penny aborda um funcionário que passa por ali.

"O que é isso?"

"São pós emocionais", responde o funcionário enquanto luta para manter em pé um saco todo disforme.

"Isso são emoções transformadas em pó?"

"Sim. Os pós emocionais são muito mais concentrados do que sua forma original e são mais difíceis de controlar em quantidade em comparação com as formas líquidas, por isso são usados apenas para realizar sonhos. Você pode retirar o quanto quiser com uma colher de chá. Claro, o preço por grama varia de acordo com a emoção."

No fim das contas, aquele lugar lembra o mercado local que Penny costumava visitar com os pais nos fins de semana quando criança. Retirar um pouco de cada vez para pesar e verificar o preço evoca certa nostalgia.

Examinando os sacos, Penny chega à área com pós de emoções negativas. Como o lugar parece estranhamente silencioso, ela sente vontade de voltar e ir embora. Contudo, naquele momento, ela ouve vozes familiares sussurrando em um canto. São Maxim e Nicholas, o Papai Noel, que discutem secretamente perto do pó vermelho-escuro da Culpa. Eles estão falando sobre criar pesadelos.

"Estou feliz que a Culpa ainda seja barata. Eu precisava muito disso."

"Nunca imaginei que o negócio iria tão bem. Maxim, você se parece um pouco com o Atlas, mas é diferente. Prefiro mil vezes o seu estilo." Nicholas ri com vontade, batendo nas costas de Maxim com um baque surdo.

"Atlas"? É um nome que Penny já ouviu antes, mas não consegue lembrar onde. Para não parecer que estava escutando, ela deliberadamente agita um dos sacos para fazer barulho.

"Ha-ha! Olá! Que bom vê-los por aqui."

Maxim parece bastante surpreso ao encontrar Penny em um lugar tão inesperado, e acidentalmente derruba no chão o pacote de Culpa que carregava. Ao se abaixar para recolher o pó com as próprias mãos, ele de repente começa a agir como se estivesse de fato dominado pela culpa.

"Ah, droga. Eu deveria ter tido mais cuidado para não derramar. É tudo culpa minha. Eu não tenho salvação mesmo. Sou um idiota!", diz Maxim, atormentado, puxando os próprios cabelos. Penny fica sem saber como reagir.

"Mas veja só. O que você faria com toda essa Culpa?"

"Ah, isso é um... segredo da indústria. Desculpe."

Maxim parece dividido entre querer compartilhar e manter segredo diante da pergunta casual de Penny.

"Tudo bem se você não quiser responder. Deve precisar disso para criar algo novo. Vamos cuidar de limpar o que se espalhou primeiro."

"Ao manusear pós emocionais como este, é preciso usar máscara e luvas para não sofrer nenhum efeito adverso", diz Nicholas, tranquilizando Penny enquanto afasta Maxim de sua autocensura.

O Papai Noel então calça luvas e coloca uma máscara descartável para recolher do chão o pó de Culpa. Penny rapidamente calça luvas também e se abaixa para ajudar.

Mas quando Nicholas se abaixa, um maço de papéis cai do bolso do seu colete.

Venha descobrir o nosso sorvete de flocos de neve, que contém trinta emoções diferentes.
Temos também um biscoito da sorte que pode mudar a sua vida. (Disponível enquanto durar o estoque.)
"Fique de olho no food truck vermelho que aparece inesperadamente!"

Nervoso, ele recolhe os panfletos e os enfia de volta no bolso, limpando a garganta com um pigarro. Ele olha para Penny, para tentar descobrir se ela conseguiu ver alguma coisa. Embora suas ações pareçam suspeitas, Penny instintivamente finge não notar, mas sabe que aquele é o anúncio inserido no jornal gratuito que receberam mais cedo na lojinha de conveniência.

"A propósito... Srta. Penny, o que a traz aqui?", pergunta Nicholas, fingindo ignorância, como se nada tivesse acontecido.

"Vim para fazer algumas compras também. Não tive a intenção de interromper a conversa de vocês. Nossa, eu nem deveria estar aqui agora! Vou indo."

Pensando que Mogberry e Motail já esperam por ela, Penny sai em disparada. Como previsto, a gerente do terceiro piso está esperando na entrada.

"Motail ainda não voltou?"

"Ele ainda está lá fazendo aquilo." Mogberry apontou para o grande escorregador, de onde Motail descia naquele instante, com as mãos erguidas no ar.

"Motail, chega! Já é a quinta vez."

O funcionário do quinto piso caminha em direção a Penny e Mogberry com um sorriso largo.

"Este lugar é muito divertido! Mas, Penny, por que você demorou tanto?"

"Demorei um pouco para achar alguns itens. Também encontrei pessoas que conheço, o sr. Nicholas e Maxim."

"Nicholas? Ele não deveria estar em sua cabana misteriosa na Montanha de Neve de Um Milhão de Anos durante o período de entressafra?", diz Motail, puxando para baixo a barra da calça que havia se enrolado ao deslizar.

"Mogberry, o que você acha que Nicholas faz fora da temporada de Natal? Parece que ele está planejando algo com Maxim... Os dois estão criando um sonho novo?"

"Também não tenho certeza. Ouvi dizer que nos últimos tempos Nicholas tem ficado pouco em sua cabana e vindo frequentemente à cidade, mas não sei o que ele está fazendo com Maxim."

"Achei que não era o ambiente adequado para perguntar, mas agora vejo que deveria ter perguntado. Ele estava comprando muito pó de Culpa", diz Penny com curiosidade no olhar.

"Pó de Culpa? Para que ele vai usar isso?", pergunta Mogberry.

"É a cara de Maxim. Talvez eles estejam planejando criar pesadelos mais aterrorizantes este ano. Mas a combinação de Maxim, que cria pesadelos, e Papai Noel, que cria sonhos para crianças no Natal... será que o Papai Noel desenvolveu um hobby perverso de atormentar crianças? Não pode ser, né?", brinca Motail.

"Não?"

Penny se arrepende de não ter insistido na pergunta a Maxim.

6. PAPAI NOEL NA BAIXA TEMPORADA

No dia seguinte, Penny não consegue acordar cedo. O tempo ainda está bem quente. Como saiu de casa em cima da hora, precisa correr um pouco, mas, assim que o suor começa a se formar sobre a sua boca, ela diminui a velocidade e passa a caminhar mais lentamente. Talvez não tenha tempo para ler o jornal diário *Além da Interpretação dos Sonhos* na mercearia, porém conseguirá não chegar atrasada, mesmo andando sem pressa.

Como sempre, as ruas da área comercial estão limpas, sem um único vestígio de sujeira. No entanto, a parede que cerca a loja de sapatos das fadas Leprechaun e os postes elétricos ao seu redor parecem poluídos por conta do grande número de anúncios colados por ali. Um grupo de pessoas vestindo pijamas se amontoa para olhar um dos panfletos grudados na parede. Penny precisa ficar na ponta dos pés atrás deles para conseguir ler:

> *Venha descobrir nosso sorvete de flocos de neve, que contém trinta emoções diferentes.*
> *Temos também um biscoito da sorte que pode mudar a sua vida. (Disponível enquanto durar o estoque.)*
> *"Fique de olho no food truck vermelho que aparece inesperadamente!"*

Aquele panfleto é igual ao papel que caiu do bolso de Nicholas quando ela esteve no Centro de Testes. Será que Nicholas colou tudo isso sozinho? Por que ele decidiu, de repente, abrir um food truck? Os panfletos estão dispostos na altura exata dos olhos de um adulto. É um tanto esquisito ver um anúncio de sorvete, um quitute bem popular entre as crianças pequenas, colado justamente nessa altura. Não há como saber de quem foi essa ideia, mas, considerando as excelentes habilidades de marketing de Nicholas, ele não teria deixado passar um detalhe tão importante.

Olhando em volta, não há nada parecido com um food truck vermelho. Penny para por um instante, pensativa, e depois se vira para seguir seu caminho. Gotas de suor escorrem pelas suas costas. Ela quer esquecer o sorvete de flocos de neve, que não pode comer nesse momento, e se contenta com o ar-condicionado da loja.

Mas a Grande Loja de Sonhos não está tão fresca quanto ela esperava. A sra. Weather, que chegou mais cedo ao trabalho, já está na recepção.

"Sra. Weather, tem certeza de que o ar-condicionado não está quebrado?", diz Penny, enquanto prende o cabelo e se abana com as mãos.

"Ele quebrou de repente ontem à noite. O técnico deve vir agora à tarde. Até lá, não temos escolha senão deixar as portas bem abertas para ventilar um pouco. Estou preocupada com os clientes, na verdade."

"Inacreditável. Vou acabar derretendo antes do fim do expediente hoje."

"Tente ligar o ventilador de teto na velocidade máxima. A propósito, o Gabinete de Gestão de Reclamações Civis entrou em contato pedindo uma breve resposta sobre o status das reclamações que nos foram encaminhadas. Eu já avisei aos gerentes de cada piso para que preparassem os documentos com antecedência, então acho que estará tudo pronto ainda hoje. Você poderia passar em cada piso, agora pela manhã, e recolher esses documentos? Tenho um compromisso externo agora."

"Posso, claro. Mas aonde você vai?"

"Vou ao banco depositar o dinheiro dos sonhos", responde a sra. Weather, fingindo não perceber o quanto Penny está suando.

"O banco... Deve estar tão fresquinho por lá..."

"Não me olhe assim, Penny. Eu definitivamente não vou ao banco só por causa do ar-condicionado. O que posso fazer se preciso depositar ainda hoje, sem falta, toda essa quantia gerada pela venda de sonhos?", diz, antes de sair pelas portas escancaradas da loja. Seus passos parecem leves.

Penny então decide fazer o que a sra. Weather pediu antes que o número de clientes aumente na loja. Como não há queixas para o segundo piso, ela vai direto ao terceiro.

"Aqui está, Penny. Estas são todas as reclamações que chegaram para o terceiro piso. Elas foram resolvidas, ou ao menos indicamos qual direção seguir, e isso deve bastar para o Gabinete de Gestão de Reclamações Civis", diz Mogberry, entregando vários papéis a Penny. Como sempre, está tudo muito organizado, com clipes coloridos e marca-textos de cores diferentes.

Como era de se esperar, Speedo já se antecipou: está aguardando com os documentos devidamente separados no quarto piso.

"Já estou com tudo pronto há um bom tempo, desde o dia em que a sra. Weather pediu. Por que só veio me procurar agora?"

"Bom, então você já poderia ter levado diretamente à recepção... Não vai me dar os documentos que está segurando?"

"Estes aqui são meus, para arquivar. Já estou me preparando com antecedência para a negociação salarial do próximo ano. Sempre faço cópias de tudo."

Por fim, assim que Penny chega ao quinto piso e diz ao primeiro funcionário que avista que está ali para coletar os documentos, percebe que seus colegas e até Motail agem de maneira estranha.

"As reclamações ainda não foram resolvidas?", questiona Penny, levantando ligeiramente a voz, irritadiça com tanto calor. Nisso, os funcionários empurram Motail na direção dela.

"Penny, olhe bem para a nossa situação. Você acha que temos tempo para nos preocuparmos com coisas desnecessárias como essa? Como eu já disse antes, não faz sentido recebermos reclamações no quinto piso. Esta é a seção de descontos! Vendemos barato porque os produtos têm defeitos. Por favor, tenha paciência com a gente. Sou muito ruim em lidar com burocracia."

"Motail, você tem razão quando diz que está na hora de o quinto piso ter um gerente", diz Penny. Ao que parece, até mesmo Motail se sente inseguro em algumas situações.

De volta à recepção, ela percebe algo inusitado enquanto examina os documentos coletados. Além dos clientes que registraram as reclamações, há outros dois clientes regulares, o 330 e o 620, que recentemente deixaram de frequentar a loja. Mas, numa pesquisa rápida, Penny não encontra nenhum registro de reclamação por parte deles. Os dois só pararam de frequentar a loja, sem explicação alguma.

Enquanto se abana com uma mão, com a outra abre uma janela no Sistema de Pagamento dos Sonhos para procurar mais informações sobre os clientes misteriosos. O ventilador de teto está ligado na velocidade mais rápida, mas não é suficiente para vencer o calor escaldante. Penny sente tanto calor que não consegue se concentrar no que está lendo na tela. Enquanto considera se levantar para pegar água gelada na sala de descanso dos funcionários, os clientes no saguão de repente começam a apontar na direção da rua e saem correndo da loja.

"Olha, um food truck vermelho acabou de parar na frente do banco!"

"Será que é o food truck vermelho daquele panfleto? Vamos poder tomar sorvete de flocos de neve!"

"Por que todo esse alvoroço?", pergunta a sra. Weather, que voltava à loja naquele momento, surpreendida pelas pessoas bloqueando a frente do banco.

No seu horário de almoço, Penny corre para o food truck. Embora esteja sem apetite por causa do calor, tudo o que ela mais quer agora é comer algo refrescante. Quando chega perto da calçada, há o dobro de pessoas do que o usual por ali, todas reunidas próximo à faixa de pedestres.

Perto dos demais food trucks, que vendem comidas quentes, como sopa de cebola fervida no leite, apenas o recém-chegado exala um ar frio, o que acaba refrescando os arredores e causando inveja nos outros comerciantes, que mexem o leite de cebola com uma expressão azeda no rosto. Por sinal, como a sopa não estava vendendo muito, o líquido aos poucos foi grudando no fundo da panela, exalando um cheiro mais úmido e penetrante que o habitual.

Penny entra no final da fila do sorvete de flocos de neve. De imediato ela reconhece os dois homens que estão ocupados se movimentando dentro do food truck vermelho brilhante: Nicholas e Maxim. O Papai Noel está servindo o sorvete freneticamente em taças redondas de cristal e distribuindo às pessoas. Com o cabelo e a barba curtos e brancos e um avental ainda mais branco, ele parece um boneco de neve.

"São duas bolas de sorvete com 'emoção', certo?"

O jovem pega seu pedido e passa por Penny segurando duas bolas de sorvete azuis e brilhantes que parecem fofas como a neve. Antes de provar, ele tira uma foto. Assim que põe na boca a primeira colherada, todo o seu corpo estremece, o que o deixa impressionado.

"Uau, que delícia!"

De relance, é possível ver um refrigerador aberto cheio de garrafas cobertas por uma camada de gelo bem fina. Penny já experimentou essa bebida, gaseificada e com "dezessete por cento de frescor adicionado", na Montanha de Neve de Um Milhão de Anos. Será que Nicholas as trouxe de lá?

Dentro da cozinha diminuta, Maxim está parado ao lado do forno com uma expressão muito séria no rosto. Seu avental, a princípio preto, está branco de farinha. Com cuidado, ele tira do forno uma assadeira com biscoitos macios e douradinhos e muito habilmente introduz em cada um deles um pedaço de papel, que parece ter sido preparado com antecedência. É nítido que não é sua primeira vez fazendo aquilo.

"O que será isso?", sussurram as pessoas enquanto observam Maxim.

"Tenho certeza de que a espera de vocês vai valer a pena. Estes biscoitos da sorte serão distribuídos por ordem de chegada. São por conta da casa."

Maxim então posiciona um grande quadro de informações, bastante chamativo, junto à bandeja cheia de biscoitos.

> Biscoitos da sorte trazem mudanças positivas para você.
> Quanto mais você come, maior é o efeito.
> Mas, por favor, lembre-se de pegar apenas um por pessoa. Pense nos outros.
> [Atenção: a mensagem no biscoito da sorte só deve ser lida por você!]

Uma a uma, as pessoas que recebem seus sorvetes também começam a pegar um biscoito da sorte. Penny quer um, mas teme que se sair da fila do sorvete terá que encarar uma fila muito maior depois. Mentalmente, ela conta o número de pessoas à sua frente para ter certeza de que há biscoitos suficientes, e percebe que o primeiro da fila, escolhendo o sorvete com muita atenção, é DallerGut.

"Ei, sr. DallerGut!", grita Penny, em tom alegre.

Dando uma mordida em seu sorvete verde, DallerGut vai até ela, sem pegar um biscoito da sorte.

"Penny, este sorvete é delicioso! Agora, me diga se este food truck vermelho brilhante não é a cara do dono?"

"Não fazia ideia de que Nicholas e Maxim tinham começado um novo negócio. Você não vai pegar um biscoito da sorte? É grátis! Quero experimentar um."

"Penny, quando Nicholas distribui biscoitos de graça assim, você tem que estar preparada para ter seus sonhos perturbados. Em especial se forem biscoitos feitos com o Maxim... Talvez o sonho se transforme em algo bem intenso", adverte DallerGut de forma incisiva.

Dentro do elevador de um grande complexo de apartamentos, subiam um jovem casal e um menino que segurava uma caixa de transporte. O casal decidiu espiar pela portinha.

"Que gato mais fofinho!"

"Vocês gostam de gatos?"

"Eu gosto. São tão fofos! Eu adoraria ter um, mas nunca pude. Não se deve adotar um animal a menos que você tenha certeza de que pode cuidar bem dele", disse a mulher, gentilmente.

"É verdade. Minha mãe sempre diz que criar animais é uma responsabilidade muito grande. Nosso gato, por exemplo, foi adotado de um abrigo. Parece que o antigo dono o abandonou."

"Coitadinho! Quem faz uma coisa dessas?"

"Não é? O mundo seria muito melhor se existissem mais pessoas como vocês. Este é o meu andar. Tchau!"

Depois que o menino saiu, o casal começou a rir.

"Os pais dele devem ser muito chatos. Ter um filho não foi suficiente, e ainda arranjaram um gato", disparou a mulher, com o rosto completamente mudado.

"'Coitadinho! Quem faz uma coisa dessas?'", disse o homem às gargalhadas, repetindo exatamente o que a mulher havia dito.

"Não me provoque!"

Os dois tinham comportamentos e formas de pensar bem semelhantes, como se tivessem sido feitos um para o outro.

Algum tempo atrás, eles impulsivamente adotaram um gato. Mas quando se mudaram para o apartamento atual, abandonaram o felino na rua, sem qualquer culpa, como se o estivessem devolvendo à natureza. O olhar do gato parado do outro lado da rua era vívido em suas memórias.

"Tivemos nossas razões."

"Sim. Não sabíamos que você era alérgico a pelo de gato."

"Não tivemos muita escolha. Não sabíamos mesmo."

Eles sempre tinham uma desculpa na ponta da língua, para todo tipo de coisa. Porque a casa não estava preparada para receber um gato, porque dava muito trabalho, porque a vida estava corrida demais. Embora não aceitassem as desculpas das outras pessoas, sempre justificavam as próprias ações com qualquer argumento que seu senso de justiça encontrasse.

Para eles era fácil fingir gentileza. Fingiam como ninguém que eram atenciosos, que não gostavam de incomodar os outros e que amavam crianças e animais. Além da dissimulação, faziam tudo com a certeza da impunidade: certa vez desviaram dinheiro destinado a ajudar crianças em situação de rua, e nada aconteceu com eles. Não demonstravam sentir culpa por ganhar dinheiro daquela forma. Eles não tinham empregos de verdade e viviam confortavelmente com o dinheiro que roubavam, sem serem descobertos.

Quando vizinhos mais perspicazes se davam conta de como era a vida deles, o casal fingia que não notava os olhares de julgamento e, se as coisas piorassem, simplesmente se mudava.

"Ah, como é bom viver sem trabalhar! Recebemos uma bolada dessa vez. É como diz o ditado: o mundo é dos espertos", disse ele, deitado em seu quarto luxuosamente decorado.

"Você não tem pudor nenhum! Não sente nem um pouco de pena dessas crianças?"

"Senti tanta culpa que acabei comprando para eles um conjunto de material escolar de dez mil won. Eles até disseram 'Obrigado, tio!'. E aí a culpa passou."

A esposa riu muito com as palavras do homem, a ponto de quase perder o fôlego.

"Reputação e consciência limpa não compram um colchão tão confortável."

"Exatamente."

O casal, que partilhava do mesmo modo de pensar, caiu em um sono profundo, roncando suavemente sob o cobertor macio.

Em seus sonhos, o casal encontrou um food truck vermelho com muitas pessoas reunidas em volta e biscoitos da sorte de graça.

Embora não tivessem consciência disso, suas ações depois que adormeciam não podiam ser tão disfarçadas quanto em sua vida cotidiana. Nos sonhos, o casal revelava abertamente sua natureza mesquinha e egoísta.

Como se tivessem planejado com antecedência, um deles bloqueou com o corpo a bandeja dos biscoitos da sorte, e o outro começou a encher os bolsos com quantos biscoitos pudesse carregar, enquanto empurrava agressivamente as pessoas em volta.

Ignorando a expressão de desapontamento das pessoas ao redor ao verem a bandeja de biscoitos vazia, os dois sorriram satisfeitos enquanto enfiavam os biscoitos na boca, sem qualquer hesitação.

"Nossa, o que é isso?", espantou-se a mulher, notando tarde demais que havia um pedaço de papel dentro do biscoito que ela mastigava apressadamente. Tirou o bilhete da boca e o desenrolou para ler a mensagem.

– *Quem comete um ato ilícito não consegue dormir bem por uma noite sequer.* –

"Que baboseira é essa?", perguntou a mulher, franzindo a testa. "E quem se importa? Jogue isso fora."

O marido pegou o papelzinho da mão da esposa, amassou e jogou no chão. Em seguida, tornaram a enfiar os biscoitos restantes na boca, como se nada tivesse acontecido. Os misteriosos biscoitos da sorte, de coloração curiosa, salpicados com tons de vermelho-escuro, eram muito doces e saborosos.

Depois de comerem muitos biscoitos, não demorou para que os dois caíssem em um sono profundo.

No sonho, os dois foram perseguidos por um gato enorme. O bicho, que era do tamanho de uma casa, os ameaçava a uma distância de cem metros. À medida que o casal assustado dava um passo para escapar, o gato dava dez passos no encalço deles. Um hálito quente como fogo escapava da boca do felino, queimando a nuca dos dois.

No momento em que perceberam que o gato gigante se parecia com o animal que eles haviam abandonado, a criatura se transformou numa centena de crianças altas como pinheiros. Em círculo, com os braços em volta dos ombros umas das outras, elas cercaram o casal. Então o círculo foi se estreitando, como se quisessem transformar os dois em panquecas.

"Por que vocês fizeram aquilo? Acharam mesmo que ninguém descobriria? Por que fizeram aquilo? Por quê? Hein?"

O som das grandes crianças murmurando, com seus olhos vazios, era assustador. Cada vez que tentava escapar, o casal era aos poucos sugado pelo chão lamacento.

"Precisamos recobrar nossos sentidos! Isto é só um sonho. Não pode ser real."

Eles tentaram desesperadamente acordar, lutando para sair da lama e fincando as pontas dos dedos na palma das mãos.

Depois de um tempo, seus esforços funcionaram. Quando acordaram, olharam ao redor e perceberam que estavam em seu quarto.

"Ufa, foi só um sonho!", pensou o marido, soltando um suspiro de alívio.

Ele tentou olhar para a esposa deitada ao seu lado, mas não conseguiu virar a cabeça. Depois, quis chamá-la, mas os músculos de sua mandíbula não se moveram como ele gostaria, e seus lábios não se desgrudavam, como se estivessem colados. Não importava o quanto tentasse, o homem só conseguia emitir um som de murmúrio.

Incapaz de mexer a cabeça, tudo o que conseguia ver era a janela do quarto. Ele não se lembrava de tê-la deixado aberta, mas podia ver as cortinas balançando com o vento. Elas então tomaram uma forma assustadora, como os cabelos esvoaçantes de um fantasma, e o mesmo gato de antes tornou a aparecer. Apesar dos esforços dele para gritar, o som não saiu quando o gato gigante saltou e atacou o casal.

"Ahhhhh!"

Desta vez, os dois gritaram de verdade e acordaram do pesadelo ao mesmo tempo, tão suados que seus cabelos estavam grudados na testa. Com o coração acelerado, o casal se consolava, dizendo que tudo não passara de um pesadelo.

"Será que tivemos esse pesadelo por culpa? Não, não pode ser."

Quando adormeceram novamente, o mesmíssimo pesadelo se repetiu. Os dois tremiam com um medo que nunca haviam sentido antes. Não sabiam por quanto tempo aquele pesadelo iria se repetir e, ao contrário da realidade, em que poderiam fugir o quanto quisessem, não conseguiam se mover tanto quanto gostariam dentro do sonho. Fora que, por mais que tivessem dormido apenas cinco minutos, no sonho o tempo transcorrido parecia infinitamente mais longo. O casal ficou em claro naquela que foi a noite mais longa e assustadora de suas vidas.

O pesadelo não vinha todas as noites. Mas sempre que eles começavam a esquecê-lo, ele voltava. Os dois não podiam viver sem dormir e não podiam fugir para lugar nenhum enquanto dormiam. Muitas foram as vezes em que rezaram juntos antes de dormir, suplicando por uma noite tranquila. É claro que eles não tinham ideia de que seus crimes logo seriam revelados ao mundo e que a própria realidade se tornaria um pesadelo. Ao que parecia, o dia em que poderiam se esticar e dormir confortavelmente não retornaria tão cedo.

"Quer dizer que tinha Culpa naqueles biscoitos da sorte? Então foi por isso que você comprou tanto pó de Culpa quando nos encontramos no Centro de Testes!", diz Penny, um pouco animada demais.

"Shhhhh! Fale baixo, srta. Penny", repreende Nicholas. Ela e DallerGut estão ajudando Nicholas e Maxim a organizar a cozinha do food truck vermelho, já que o sorvete e os biscoitos da sorte acabaram num instante.

"Sr. DallerGut, você sabia que havia Culpa nos biscoitos, não é? Por isso não comeu", pergunta Penny.

"Sabia, sim."

"Mas e aquelas pessoas mais cedo, será que estão bem? Os dois pegaram todos os biscoitos da sorte sem saber de nada. Devem estar sofrendo com um enorme sentimento de culpa. Ah, bem que poderiam ter deixado um. Fiquei curiosa sobre o sabor e a mensagem dentro deles..."

"Se você está tão curiosa, experimente! Guardei alguns para provar depois e saber se ficaram bons, mas pode ficar com eles. Mas sugiro comer apenas um", recomenda Maxim.

O formato não era dos mais bonitos, mas a coloração dourada com leves tons de vermelho-escuro tornava os biscoitos tentadores. Quando Penny estava preste a colocar um deles na boca, DallerGut a impede.

"Agora não. É melhor comer mais tarde, quando já estiver em casa, depois do jantar. Pessoalmente, prefiro comer em um fim de semana tranquilo. Já experimentei muitos biscoitos da sorte quando Nicholas começou a prepará-los."

"E que tipo de culpa você sentiu?", pergunta Penny.

"Depois que comi, liguei para um amigo com quem não falava havia muito tempo, alegando que estava sempre ocupado. Acho que, lá no fundo, me sentia culpado."

"E esse sentimento de culpa causou alguma mudança positiva?"

"Até eu me surpreendi, mas o efeito foi superpositivo, muito além do que eu esperava. Foi incrível ouvir a voz animada de um amigo ao atender a ligação que adiei por tanto tempo! Eu fiquei muito feliz. Por dentro, estava com receio de ele reagir com frieza, mas a preocupação se mostrou infundada. Ele me atendeu calorosamente, como se tivéssemos nos visto no dia anterior."

"Uau, DallerGut! Seria ótimo se você promovesse com tanto afinco os biscoitos da sorte que preparamos", diz Nicholas enquanto bate a porta lateral do food truck.

"Isso nunca vai acontecer. Sou contra dar biscoitos da sorte gratuitamente às pessoas sem descrever em detalhes as precauções e os efeitos. Se continuarem com isso, poderão ser denunciados por violação da Lei de Divulgação de Informações."

"Estava demorando para você começar com seu blá-blá-blá. São só uns biscoitinhos gostosos misturados com um pouco de Culpa. Não são tão diferentes assim dos doces para dormir e dos biscoitos calmantes que você dá aos seus clientes. Todo mundo sabe que não é bom comer nada em excesso. Não deixa de ser responsabilidade de cada um se controlar. É por isso que não servimos os biscoitos a crianças pequenas. Além disso, recebemos todas as permissões para essa produção. Maxim até tirou uma licença de confeitaria por conta disso", rebate Nicholas, sério.

"Mas são biscoitos com Culpa. São diferentes dos Biscoitos para Estabilidade Mental e Física", diz Penny, guardando o biscoito da sorte que ganhou de Maxim no bolso do avental.

"O que há de errado em sentir culpa? Vocês estão querendo dizer que existem emoções inúteis no mundo?"

"Só estou dizendo que, se esses biscoitos contêm Culpa, você deveria usar isso na divulgação do produto. Sua abordagem está errada."

"Se anunciarmos 'Biscoitos da sorte que provocam culpa e fazem você refletir', somente as pessoas boas, e que não necessariamente precisam refletir, vão comer. Já as pessoas que de fato precisam refletir nem vão chegar perto."

Penny pensa nas duas pessoas que acabaram com os biscoitos da sorte hoje mais cedo. Se soubessem que aqueles quitutes os fariam se sentir culpados, com certeza não teriam se esforçado tanto para pegá-los.

"Veja o sonho de Yasnooze Otra. Está vendendo muito pouco, mesmo sendo um sonho tão bem produzido, certo? Quem vai comprar um sonho com o título Viver como um de Meus Valentões por um Mês? E eu é que não tenho noção de marketing?"

"Não concordo com isso. Acho que o sonho de Yasnooze Otra é maravilhoso", rebate DallerGut.

"É claro que você vai defender o sonho de Otra. Mas nem todo mundo tem tanta empatia quanto você", responde Nicholas com firmeza.

"Por que você está se envolvendo nisso, Maxim?", pergunta Penny. Ela está curiosa sobre a opinião dele, que ouve tudo em silêncio.

"Como sabem, estreei no ano passado com Sonho para Superar o Trauma. No entanto, em vez de um momento difícil pontual, existem pessoas que injustamente carregam consigo por toda a vida memórias cheias de dor. Acho que as pessoas precisam encontrar forças dentro de si, mas seria muito melhor se não precisassem passar por maus bocados para isso, em especial, nos casos em que a vítima e o algoz estão claramente identificados. Prefeririria muito mais que a vítima não precisasse fazer um esforço extra para lidar com isso, mas que fosse um esforço a ser vivenciado pelo algoz. Nesse sentido, eu gostaria, sim, que pessoas egoístas, negligentes e violentas pegassem este biscoito da sorte por engano."

"As coisas neste mundo nem sempre funcionam como o planejado, Maxim. Uma pessoa inocente pode acabar comendo isso", diz DallerGut, com a preocupação evidente na voz.

"Bom, existe alguém neste mundo que não tenha cometido nenhum ato ilícito? E não estou falando só de ir para a cadeia, por exemplo. Também é um ato ilícito ignorar o próprio coração. Até eu sou um velho cheio de atos ilícitos. Assim como você gosta dos Biscoitos para Estabilidade Mental e Física, DallerGut, eu também como frequentemente estes biscoitos da sorte cheios de Culpa. Reflito sobre o passado, quando vivia como Papai Noel e só dava atenção às crianças uma vez por ano, e passava o resto do ano só me preocupando comigo mesmo. O Natal é ótimo, mas quanto mais velho fico, mais vejo crianças que não conseguem aproveitar o dia a dia, muito menos dias tão especiais. Fica pior à medida que você envelhece. Houve momentos em que pensei: 'Não sou um herói para salvar o mundo, então o melhor é só ignorar que isso me incomoda e seguir com a vida'. Porém, viver assim não tem nenhuma graça. Por vezes, pergunto-me por que vivi tanto tempo. Ainda não sei. Mas se eu ficar trancafiado em uma cabana isolada, provavelmente seguirei sem saber, até morrer...", desabafa Nicholas sobre seus sentimentos mais verdadeiros, como se estivesse fazendo uma confissão.

"Penso da mesma maneira. Não que eu queira que existam apenas pessoas boas no mundo e que não haja dificuldades, mas é tão absurdo que coisas ruins e nada razoáveis aconteçam, a ponto de fazer você acordar no meio da noite com o coração palpitando, sem conseguir se livrar desse peso... Se pudéssemos eliminar apenas uma dessas coisas, não seria o mesmo que salvar a vida de alguém? Se assistir às notícias, você vai ver que existe muita gente que pratica o mal e segue vivendo sem qualquer remorso. Foi por isso que coloquei as mensagens que gostaria de passar a essas pessoas nos biscoitos da sorte. Por exemplo, algo como: 'Quem comete um ato ilícito não consegue dormir bem por uma noite sequer'", diz Maxim. Desde que o conheceu, Penny nunca viu Maxim falar tanto.

"E sabe o que mais? Um dizer como 'Quem comete um ato ilícito não consegue dormir bem por uma noite sequer' pode se difundir tão amplamente quanto 'Se você não for um bom menino, o Papai Noel não virá'."

"Entendo, Nicholas. Mas esteja preparado para as controvérsias. O que você faz como figura pública chama atenção. É difícil convencer completamente as pessoas que discordam de você com tanta relutância quanto eu com esse tipo de lógica", avisou DallerGut em tom ainda preocupado.

"Eu sei. Se o boato se espalhar um pouco mais, provavelmente terei que fechar meu negócio. Mas e se fosse minha intenção espalhar tal boato? Isso terá um efeito por si só, não? Essa é a minha escolha."

Nicholas abre um sorriso largo enquanto alisa a barba branca.

No dia seguinte, como é de costume, Penny chega cedo ao trabalho e está lendo o jornal diário *Além da Interpretação dos Sonhos* no depósito da Grande Loja de Sonhos DallerGut. Ela fica surpresa ao ver que um artigo sobre os biscoitos da sorte de Nicholas e Maxim já foi publicado.

O que há dentro do biscoito da sorte do Papai Noel na baixa temporada?

O criador de sonhos Nicholas, também conhecido como Papai Noel, tem andado em um food truck vermelho distribuindo doces para as pessoas. Segundo rumores, os biscoitos da sorte contêm Culpa, e dizem que dentro deles há frases inteligentes para enganar as pessoas e fazê-las sofrer sentindo-se culpadas. Seja qual for sua intenção, o Papai Noel não é um "paladino da justiça" que está acima de qualquer pessoa. Quem lhe deu essa autoridade?

De repente, Penny se lembra do biscoito da sorte que ficou intocado desde ontem. O biscoito no bolso do avental já está murcho e não parece mais apetitoso. Ela então o quebra e tira dele o pequeno pedaço de papel.

– A verdadeira felicidade é se espreguiçar confortavelmente e dormir um sono profundo. –

Penny não consegue decidir o que é mais confiável: o artigo no *Além da Interpretação dos Sonhos* ou o argumento de Nicholas. Apesar disso, ela concorda cem por cento com a mensagem do biscoito da sorte.

Reunindo coragem, Penny morde metade do biscoito. A textura não é tão boa, mas o sabor, levemente doce e um pouco amargo, é ótimo, então valeu a pena comer. Ela espera para ver que tipo de culpa a dominará. Por um momento, parece não sentir nada. Porém, a certa altura, cai sobre ela a sensação de ter um grande peso amarrado nos tornozelos, como se ela tivesse deixado de fazer alguma coisa importante.

De repente, dois números surgem em sua mente: 330 e 620. Penny não consegue acreditar que tinha ficado tão envolvida com o food truck vermelho a ponto de se esquecer completamente de seus dois clientes.

Ela se levanta e sai rapidamente do depósito da loja. No caminho, encontra DallerGut organizando algumas caixas, sozinho. De onde vem tanta força? Ele levantava caixas enormes com muita facilidade e as empilhava num piscar de olhos.

"Sr. DallerGut, o que está fazendo no depósito tão cedo?"

"Como você pode ver, tenho algumas coisas para arrumar. Chegou cedo hoje, Penny", diz ele enquanto limpa a poeira das mãos, batendo uma na outra.

"Sim. Eu tinha umas coisas para fazer pela manhã. Ah, é! A propósito, sr. DallerGut, aconteceu algo de que você deveria saber."

"O que é?"

"Talvez você já tenha sido avisado, mas dois de nossos clientes regulares não têm vindo mais à loja faz algum tempo. São os clientes número 330 e 620, e nenhum deles registrou uma reclamação."

"Fico muito feliz em saber que existem outros funcionários, além de mim, que se preocupam com eles."

"Então você já sabia, certo? Que alívio. O que devemos fazer?"

"Infelizmente não tenho poderes especiais para resolver questões como essa. Mas, a meu ver, organizar um evento poderia ajudar."

"Está falando daquele 'grande evento' que você mencionou um tempo atrás? O plano da Grande Loja de Sonhos para este ano... certo?"

"Exatamente. Progredi bastante nos últimos meses, e acho que agora já posso te mostrar."

Com a ajuda de um canivete, DallerGut abre cuidadosamente uma das caixas, e vários travesseiros e edredons saltam para fora.

"Quer abrir um negócio no ramo de roupas de cama?"

"Isso também seria interessante, mas iremos realizar algo ainda mais legal. Vamos organizar um festival que é a cara da nossa loja."

"Um festival?"

"Sim. Você já foi a uma festa do pijama?"

"Uma festa em que você fica acordado a noite toda de pijama na casa de um amigo? Só uma vez, quando era muito nova, e gostei muito. Não tinha pensado mais nisso, mas depois que cresci nunca mais recebi um convite desses."

"Pois pode ir se preparando. No outono, faremos uma festa do pijama em nossa loja. E ela acontecerá não só dentro da loja, mas em todas as ruas vizinhas."

Os olhos dela se arregalam ao ouvir as palavras de DallerGut.

"Penny, vamos dar a maior festa do pijama que você já viu na vida."

7. CONVITES NÃO ENTREGUES

Foi um fim de semana tranquilo. Penny mal conseguiu sair da cama por conta de uma dor nas costas, mas finalmente chega à sala.

"Ora, ora, você estava no seu quarto? Pensei que não tivesse voltado para casa ontem. Quase saí para procurar você", brinca o pai de Penny, que estava regando os vasos de flores na varanda.

Penny se joga no sofá e usa o dedão do pé para apertar o controle remoto e ligar a TV. Um âncora de aparência atarracada dá um resumo breve das notícias do dia.

"Houve um acidente na Área Industrial dos Sonhos, onde uma quantidade concentrada de Palpitação vazou de uma fábrica que produz extratos emocionais, e esse vazamento se espalhou até a costa. Como resultado, espera-se que as ondas perto da costa sejam maiores do que o comum até o começo da noite, por isso aqueles que planejam passear na praia devem ter cuidado redobrado. A próxima notícia é sobre Nicholas, o produtor de sonhos conhecido como Papai Noel, e Maxim, o jovem criador de pesadelos, que anunciaram o encerramento de seu negócio no ramo dos food trucks após polêmica. Nicholas disse que estava ciente da controvérsia sobre os biscoitos da sorte contendo Culpa e que tem planos de retomar os negócios em breve."

De alguma forma, Penny tem certeza de que Nicholas, que já devia ter previsto essa possibilidade de antemão, está agora mesmo em sua cabana na Montanha de Neve de Um Milhão de Anos planejando sua próxima operação com Maxim.

"Por fim, a última novidade é sobre uma festa do pijama organizada pela Grande Loja de Sonhos DallerGut, que acontecerá na primeira semana de outubro. Desde o início do ano, DallerGut estabeleceu contato com diversas empresas e produtores que participarão do evento. Várias figuras envolvidas no ramo dos sonhos estão prestando muita atenção a essa festa do pijama e ao desenrolar de sua organização. Até o momento, as empresas e organizações que supostamente participarão do evento são a Loja de Móveis Bedtown, a União Nacional de Food Trucks, o Centro de Pesquisa de Novas Tecnologias e o Centro de Pesquisa de Cochilos. Além disso, materiais do Centro de Testes da Área Industrial dos Sonhos serão largamente utilizados sob supervisão especializada. O festival acontecerá durante uma semana inteira, vinte e quatro horas por dia. A previsão é de que toda a área no entorno da Grande Loja de Sonhos DallerGut, em um raio de um quilômetro, fique congestionada durante o festival, então é aconselhável evitar, o máximo possível, o uso de sapatos fechados, dando preferência ao uso de pantufas durante a festa."

Era a tão esperada novidade da festa do pijama, sobre a qual Penny e DallerGut haviam conversado no depósito da loja no dia anterior. O âncora tinha uma expressão séria enquanto transmitia o restante das notícias, mas sua voz estava cheia de entusiasmo.

"Uau! Finalmente teremos uma festa do pijama! Querida, venha assistir ao noticiário", exclama o pai de Penny, que agora está removendo o limo dos azulejos do banheiro, segurando um borrifador.

"Puxa! Isso é verdade?", surpreende-se a esposa.

Os dois ficam na frente da TV, bloqueando a visão de Penny. Gotas de água caem da garrafa na mão do pai e da escova de limpeza na mão da mãe.

"Vocês dois tratem de largar isso e venham se sentar aqui. Desse jeito vão estragar a sala de estar."

"Penny, seu pai e eu nos conhecemos em uma festa do pijama", diz a mãe de Penny, indiferente ao que a filha havia falado.

"Esta não vai ser a primeira festa do pijama, então?"

"Aconteceu só uma vez antes. Deve fazer uns vinte e cinco anos, não é, querido?"

"Isso mesmo. Vinte e cinco anos atrás! Acho que foi mais ou menos uns cinco anos depois que DallerGut se tornou o proprietário da Grande Loja de Sonhos. Naquela época, uma verdadeira multidão se reuniu. Sua mãe morava em outra cidade, mas veio para a festa do pijama e acabamos nos conhecendo."

"Tenho certeza de que muita gente se conheceu assim. Pessoas de todos os cantos devem ter ido ao festival pelo menos uma vez durante aquela semana. Naquela época, não havia muito com o que se divertir. Acabei me apaixonando pela cidade assim que vi pela primeira vez a Grande Loja de Sonhos DallerGut. Não existia uma loja de sonhos grande assim onde eu morava."

"Uau! De qualquer maneira, essa é uma lembrança muito antiga. Já faz bastante tempo."

"Se o evento foi tão bom, por que será que não fizeram outras edições?"

"É exatamente isso que íamos te perguntar. A funcionária da Grande Loja de Sonhos é você."

"Só fiquei sabendo sobre isso anteontem, por acaso. Havia uma pilha de roupas de cama no depósito, e disseram que seria para decorar a rua inteira como se fosse um quarto."

"Sério? Espero que haja tantos food trucks quanto da outra vez. Costumavam polvilhar emoções caras nas sobremesas, lembra? Nunca me esqueci do sorvete de maçã polvilhado com canela energizada. Mesmo naquela época, seu pai era uma pessoa que, às nove horas, já estava dormindo. Porém, naquela semana, ele varou a noite por dois dias seguidos sem se sentir cansado nas manhãs seguintes."

"Vocês dois passaram duas noites inteiras juntos assim que se conheceram?"

Os rostos do casal ficam vermelhos ao mesmo tempo, e eles então voltam apressadamente aos seus afazeres, ele segurando o borrifador e ela, a escova de limpeza.

No dia seguinte, segunda-feira de manhã, a Grande Loja de Sonhos DallerGut está um tanto quanto caótica. Não é difícil identificar funcionários esbaforidos e em apuros por todos os lados. Eles não estavam em condições de responder adequadamente à enxurrada de perguntas dos clientes que comparecem à loja após assistir ao noticiário.

"A festa do pijama vai realmente acontecer?"

"Ah, sim. Talvez..."

"Tem algum sonho novo que será lançado especialmente na festa?"

"Bem, eu não tenho certeza."

"Como assim, você não tem certeza? É um festival organizado pela Grande Loja de Sonhos DallerGut. Estou economizando um dinheiro há algum tempo e pretendo usá-lo nesse evento. Por favor, me conte."

Mas os funcionários realmente não sabiam de nada.

"Teria sido bom se tivessem nos avisado com antecedência, não é? Na verdade, o sr. DallerGut ainda não saiu do escritório hoje...", reclama Penny para a sra. Weather, que mantinha uma expressão indiferente no rosto.

"É compreensível. O fracasso da primeira festa que fizemos, há tantos anos, foi muito amargo. Éramos tão amadores naquela época. Organizar um festival tão grande em uma única loja exige muito tempo e esforço. O prejuízo foi enorme, então não ousamos tentar de novo desde então. Eu não sabia que DallerGut estava preparando mais uma festa do pijama. Mas entendo que ele não quisesse que os rumores se espalhassem até que fosse certeza. É uma pena mesmo termos ouvido falar disso pela primeira vez através do noticiário."

"Então o sr. DallerGut também passou por maus bocados? Vocês dois são colegas de longa data."

"Naquela época, éramos ambos jovens e superentusiasmados. O DallerGut desde sempre se esforçou para fazer um bom trabalho administrando a Grande Loja de Sonhos, que herdou de seu antecessor. E ele não mudou nada de lá pra cá."

Assim que a sra. Weather terminou de falar, DallerGut, que estava em seu escritório, enfim aparece. Passa a mão no cabelo bagunçado e sorri, tímido, para os funcionários.

"Todo mundo estava esperando ansiosamente, certo? Lamento por ter causado tanta comoção sem avisá-los de antemão. Não estava em meus planos que vocês descobrissem tudo isso pelo noticiário. Sinto muito. Weather, preciso usar o microfone por um momento."

DallerGut vai até a recepção, configura a transmissão para que todos os pisos possam ouvi-lo e ajusta sua voz.

"Ah-ham! Todos conseguem me ouvir bem? Todos os funcionários, por favor, reúnam-se na sala de reclamações, abaixo do meu escritório, assim que o horário de almoço terminar."

Os funcionários terminam o almoço mais cedo e se reúnem na sala de reclamações. Vindos de todos os andares, eles estão sentados a uma enorme mesa redonda e usam broches gravados com o número do piso em que cada um trabalha. Com exceção do número mínimo de pessoal necessário para que a loja continue funcionando, todos os funcionários estão na entrada da sala de reclamações.

Esta é a primeira vez que Penny entra na sala de reclamações desde o dia em que veio acompanhar a solicitação de reembolso dos clientes pelo Sonho para Superar o Trauma, de Maxim, no ano passado. Ela conseguiu se acomodar bem, tudo graças às cadeiras extras que DallerGut trouxe. Porém, como a mesa é redonda, mas não suficientemente larga, os joelhos dos funcionários estão quase se tocando uns nos outros.

"Speedo, você sabe que está batendo na minha canela com o seu pé já tem um tempo, não é?", exclama irritado um funcionário do quarto piso.

"Ah, me desculpe. Se fico parado esperando assim, minha ansiedade ataca. E aí, vamos começar?", diz Speedo, apressando DallerGut, que está sentado à sua frente.

"Bom, acho que quase todos estão aqui. Esta reunião foi adiada até agora porque tivemos que fazer acertos finais com as empresas que irão nos fornecer os itens necessários para o evento. Sinto muito. Chamei vocês aqui para decidirmos a parte mais importante de todas. Ou seja, gostaria de discutir com vocês qual será o tema da festa", anuncia DallerGut, olhando demoradamente para os funcionários à sua volta. "Bom, apesar de nem todos os funcionários terem conseguido vir, quero ouvir as histórias dos veteranos de cada piso. Vamos decidir o tema a partir dessas opiniões."

Summer, do terceiro piso, levanta a mão.

"Sr. DallerGut, por que precisamos de um tema para a festa do pijama? A ideia de poder simplesmente rolar na cama de pijama já é um tema. Isso por si só já deixaria as pessoas felizes. O número de clientes na loja também vai aumentar bastante."

"Aprendi da pior forma a não organizar eventos com ideias simples demais. A primeira festa do pijama foi um fracasso total."

"Meus pais disseram que foi uma festa muito divertida. O que você quer dizer com 'fracasso total'?", pergunta Penny, também levantando a mão.

"Essa é uma boa pergunta", elogia DallerGut. "Apesar do investimento enorme, as vendas da loja não aumentaram em nada, e os clientes que participaram não retornaram mais. Esse foi o principal motivo para o fracasso total da festa. A primeira festa teve como único efeito o aumento do tráfego em frente à loja. E mesmo esse efeito cessou depois que a festa acabou, ou seja, as coisas voltaram à estaca zero. Então o que pensei foi definir um tema e preparar sonhos que se enquadrem nesse tema. Trata-se de criar sonhos que só poderão ser desfrutados durante a festa do pijama."

"Esses sonhos devem ser algo que até os clientes que pararam de visitar a loja possam sonhar sem ônus, certo?" A sra. Weather pinçou o ponto principal.

"Isso mesmo. Gostaria de que vocês me recomendassem sonhos que sejam possíveis de serem sonhados pela primeira vez em muito tempo, ou que são sempre bons de sonhar a qualquer momento."

"Se é uma questão de sonhos a que teremos acesso depois de muito tempo sendo desejados, os sonhos do segundo piso não seriam uma boa escolha? Os sonhos na seção 'Cantinho do Cotidiano' são aqueles com os quais estamos mais familiarizados..."

Assim que o funcionário do segundo piso começa a falar, o rosto dos funcionários dos outros pisos assumem expressões caricatas de tédio – em especial o de Motail.

"Ah, por mais que o nome seja festa do pijama, seria legal se fosse um sonho mais agitado e fantástico!", diz Motail.

"Então, qual sonho do quinto piso você gostaria de indicar? Tem alguma sugestão?", retrucou Vigo Myers.

"Você só pode estar brincando, não é? O quinto piso é a seção de descontos da loja. Estão fora de cogitação."

"Se o sonho precisa combinar com o festival, não seria o caso de considerar os nossos sonhos, do terceiro piso?", sugere Mogberry, confiante.

"Isso mesmo. Que sonho seria mais adequado para uma festa do que sonhar que está voando livremente ou que se transformou no protagonista de um filme? Na verdade, acho que discutir esse assunto é uma perda de tempo", diz Summer, reforçando as palavras de Mogberry.

"Se for para pensar dessa forma, os mais vendidos do primeiro piso não seriam a melhor indicação?", pergunta Speedo, jogando um balde de água fria na discussão. "Já que nossos sonhos para soneca do quinto piso não são adequados para a festa, prefiro recomendar os sonhos do primeiro piso."

"Acho que usar os sonhos do primeiro piso não é uma ideia nem um pouco realista. As quantidades de sonhos vencedores de prêmios ou mais vendidos são limitadas, então esgotariam muito rápido", diz a sra. Weather, balançando a cabeça e virando-se para Penny, que está sentada ao seu lado. "Penny, o que você acha?"

Penny olha fixo para um caderninho do tamanho da palma de sua mão que retirou do bolso do avental. Ela está consultando as anotações que fez enquanto lia *Além da Interpretação dos Sonhos*.

"Bem, se estamos falando de um festival, os sonhos seriam distribuídos para as pessoas, certo? Ao que me parece, os sonhos dinâmicos do terceiro piso seriam a escolha mais adequada, mas..." Penny relê, atenta, as "condições para um sonho bom" que transcreveu no caderninho:

> Ao selecionar um sonho para presentear em datas especiais, como Natal ou aniversários, será possível ser elogiado como uma pessoa atenciosa e de bom gosto caso se cumpra ao menos um dos seguintes critérios de satisfação:
> 1. Conteúdo que ainda tenha significado quando sonhado novamente após algum tempo, como um filme que vale a pena ser visto de novo.

2. Conteúdo feito sob medida para cada indivíduo sonhador.
3. Conteúdo que possa ser experienciado em sonhos, mas impossível de ser concretizado na realidade.

"Que tipo de sonho cumpriria os critérios de poder ser sonhado novamente depois de um tempo, ser personalizável e só poder ser vivenciado como um sonho? Existe algum sonho que atenda a todos esses critérios?"

Os funcionários cochicham entre si, entusiasmados.

"No segundo piso", diz Vigo Myers levantando a mão. "Os sonhos da seção 'Memórias' satisfazem todas essas condições. As memórias podem ser revisitadas várias vezes e, como cada pessoa tem memórias diferentes, elas são necessariamente personalizadas. E onde mais você poderia vivenciar memórias passadas, senão em um sonho?"

"Tem razão", diz DallerGut, assentindo com a cabeça.

"Então que tal escolhermos o tema 'Memórias'? Acho que eu poderia pedir aos produtores que conheço para que criem sonhos relacionados a memórias. Se isso for possível, não há necessidade de insistirmos nos sonhos do terceiro piso." Quando Mogberry diz isso, outras pessoas começam a concordar, uma por uma, e a maioria dos funcionários topa a ideia.

"Bom trabalho, pessoal. Com isso, o tema do festival está decidido: 'Memórias'. Todos poderão mostrar no que são bons. A partir de agora, não podemos perder uma hora sequer. Não temos muito tempo. Precisamos de uma quantidade enorme de informações. Se tudo correr bem dessa vez, este será um evento emblemático para a nossa cidade. Será um evento pelo qual todos irão aguardar ansiosamente. Imaginem só a rua principal, cheia de lojas de sonhos decoradas com todo tipo de coisas macias e agradáveis. Imaginem food trucks vindos de todos os cantos do país e pessoas vestindo seus pijamas novos saindo às ruas para desfrutar de uma noite luxuosa", diz DallerGut, abrindo os braços ao se levantar.

Depois que o tema foi decidido, a reunião flui num ritmo mais acelerado. Todos dividem as tarefas naturalmente, como se tivessem se preparado com antecedência para aquilo.

"Precisamos de informações sobre cada um de nossos clientes."

"Mas quem teria tantos documentos organizados assim?", questiona Penny.

"Acho que já foram todos muito bem organizados", responde Motail enquanto olha para os funcionários do segundo piso com uma expressão solene. Com Vigo Myers ao centro, eles discutem em uníssono o que vão fazer, seus rostos cheios de energia.

"Tenho uma análise das preferências dos clientes que compraram nossos sonhos. É o meu hobby."

"Muito bom saber."

"Também as organizei por mês. Além disso, listei quais cores de papel de embrulho vendem mais no outono. Gostaria de dar uma olhada?"

A equipe do segundo piso é mais organizada do que Penny esperava.

"Como você revisou tudo isso? Seria bem demorado revisar e elaborar uma lista de sonhos a partir dessas informações."

"Metade de um dia é suficiente. Já faz um tempo desde a última vez que pudemos mostrar do que somos capazes."

Tal qual uma hiena que encontrou sua presa, Speedo lambe os lábios com a vasta quantidade de dados reunidos pelos funcionários do segundo piso.

"Pessoal, esperem um minuto." A sra. Weather aguarda que os outros terminem de falar, e só então levanta a mão para atrair a atenção de todos. "Posso cuidar da decoração da festa?"

"Claro. Essa era nossa maior preocupação."

"Ah, sem problemas. Estou muito animada! Posso decorar a frente da loja e os becos em volta do jeito que eu quiser... Faremos uma festa inesquecível. A cidade inteira ficará cheia de coisas macias e fofinhas."

"Não se preocupe com o orçamento, Weather."

DallerGut estendeu um envelope polpudo. A sra. Weather recebeu o envelope com um olhar cheio de adrenalina, sem saber o que fazer.

"Este não é o momento para ficar parado. Você disse que preparou toda a roupa de cama necessária para a festa, certo? Sendo assim, eu cuidarei de comprar os itens menores."

Depois da reunião, os preparativos para a festa não pararam mais. Cada funcionário, de acordo com seu talento especial, foi fazendo seu trabalho com tranquilidade. A sra. Weather até mostrou para os demais um esboço da festa que vinha planejando. Penny ficou surpresa com as excelentes habilidades de desenho dela.

Speedo organizou a situação mais rápido do que qualquer outra pessoa e criou uma lista de sonhos perfeita com o tema "Memórias". Mogberry, com sua rede de contatos, recrutou novos produtores de sonhos, enquanto Vigo Myers selecionou cuidadosamente os sonhos-teste que iam chegando, um após o outro.

Àquela altura, o boato havia se espalhado tanto que, onde quer que duas ou mais pessoas se reunissem, a única coisa sobre a qual falavam era sobre a festa do pijama na Grande Loja de Sonhos DallerGut. O mesmo acontecia com os clientes da loja. Entre os clientes de meia-idade e mais velhos, alguns, como os pais de Penny, se lembravam da primeira festa do pijama.

"Que fantástico! Estou animado para ficar acordado a noite toda novamente, antes que eu fique velho demais para isso. Preciso me precaver e tomar bons suplementos vitamínicos até o período do festival."

"Desta vez, a Loja de Móveis Bedtown e a União Nacional de Food Trucks vão participar. Haverá também a apresentação de novos sonhos por produtores estreantes. Imagine só! Vai ter muita coisa para desfrutar. Esta é a primeira festa do pijama com tal magnitude. Estou tão animada!", diz Mogberry, andando de lá pra cá no terceiro piso enquanto conversa com os clientes, sem conseguir ficar parada.

À medida que a lista de empresas e organizações participantes foi sendo revelada, a expectativa das pessoas aumentou, ainda mais depois que surgiram os boatos de que sonhos com o tema "Memórias" estariam presentes nas mais variadas formas e criados pelos mais diferentes produtores.

"Meus filhos já estão fazendo uma algazarra pedindo pijamas novos", diz a sra. Weather.

"Eu também já pensei em algo. Se trouxer pijamas para o trabalho e me trocar assim que acabar o expediente, poderei sair para a rua e participar da festa na mesma hora, não é? Ninguém vai conseguir distinguir quem é funcionário e quem é cliente", responde Penny, igualmente animada. "O Centro de Pesquisa de Novas Tecnologias apresentará diversos produtos contendo as mais novas tecnologias, como numa feira de exposição. Talvez possamos experimentar o Sonho em Dupla, em que duas pessoas podem sonhar o mesmo sonho ao mesmo tempo."

"Infelizmente, ainda está em desenvolvimento. Não sei se será concluído antes de eu morrer."

Só conversar a respeito da festa do pijama parecia ser suficiente para deixá-las acordadas por duas noites seguidas.

"Sra. Weather, você está aí? Chegou uma entrega", grita um entregador carregando uma caixa grande, parado na entrada da loja, procurando pela sra. Weather.

"Uau, ficou pronto mais rápido do que o esperado!", exclama a sra. Weather, levantando-se rapidamente para receber o pacote.

"Sim. O proprietário imprimiu antes das outras encomendas. Estão todos ansiosos pela festa do pijama! Escreva seu nome aqui e assine."

"Por favor, diga a ele que eu agradeço demais por isso."

A sra. Weather abre a caixa num piscar de olhos com um movimento simples, como se já tivesse aberto milhares de pacotes antes.

"O que é tudo isso?", pergunta Penny.

"São os convites para a festa. Estes não podem faltar, não é mesmo?"

Você foi convidado para a Festa do Pijama da Grande Loja de Sonhos DallerGut.

Nos dias frescos de outono, na primeira semana de outubro, convidamos você para uma festa que vai durar dia e noite por uma semana inteira.
O tema da festa será "Memórias", e você poderá desfrutar o quanto quiser de sonhos relacionados a memórias.
Haverá também uma variedade de atrações e uma praça de alimentação com food trucks.
Esperamos ansiosamente que você venha nos visitar enquanto dorme, como de costume.

— Todos os funcionários da Grande Loja de Sonhos DallerGut —

"Encomendei especialmente para enviar aos nossos clientes regulares. Se distribuirmos os convites a partir de hoje, no pior dos cenários conseguiremos entregar tudo em até uma semana."

"Eles vão se lembrar que receberam o convite?"

"Mesmo que não se lembrem enquanto estiverem acordados, serão capazes de se lembrar da festa quando chegarem aqui, certo? E a diversão começa no envio dos convites. Minha festa já começou!", diz a sra. Weather alegremente, contando o número de convites.

"Ah-ham", pigarreia Vigo Myers, aproximando-se da recepção meio sem jeito.

"O que aconteceu, sr. Vigo?", pergunta Penny. Ele está olhando para o balcão da recepção.

"Será que posso pegar um convite?" Ele aponta para o pacote de convites com o queixo.

"Mas é claro!", assente Penny vigorosamente. Ela até já imagina para quem Vigo vai dar o convite.

Naquela tarde, quando a cliente número 1 visita a loja, Vigo Myers a aborda. Ele havia ficado o dia todo rondando o saguão do primeiro piso, escondendo o convite em suas costas. Assim que a vê, caminha desajeitadamente, com movimentos robóticos, em sua direção.

"Com licença, senhora."

"Pois não?"

"Este é um convite para a festa que nossa loja está organizando neste outono. Por favor, aceite."

"Uau, que tipo de festa?"

"Uma festa do pijama. Você vai amar. Não deixe de vir." Vigo espera em silêncio enquanto a cliente lê o convite que ele entregou. E quando ela sorri, acena e ameaça ir embora, ele fala mais algumas palavras, bastante nervoso. "É... bem... você pode não se lembrar, mas este não é o primeiro convite que faço a você. O primeiro foi muito desajeitado da minha parte. Desta vez, você só precisa vir para a festa como sempre vem. Não precisa usar roupas diferentes ou evitar os olhares das pessoas... Basta colocar um pijama e dormir, como faz todos os dias. Eu sempre quis fazer um convite como este."

"Mesmo? Bom, isso era exatamente o que eu planejava fazer."

Confuso, Vigo deixa a cliente número 1 para trás e sobe correndo para o segundo piso, como se estivesse fugindo. Quando ele cruza com Penny, ela consegue ter um vislumbre da expressão de alívio em seu rosto.

Mais tarde, Mogberry vai até a recepção com Summer.

"Sra. Weather, tive uma ideia para a festa. Que tal espalharmos tapetes dentro da loja e oferecermos um teste de personalidade gratuito baseado em *A história do Deus do Tempo e seus três discípulos*? É mais uma atração para os clientes aproveitarem. O que você acha? Provavelmente seria um sucesso de público, concorda?"

"Esse teste de personalidade já está datado. Era popular alguns meses atrás", Summer decide desencorajar Mogberry, com uma expressão um tanto entediada.

"Acho que é uma boa ideia", responde a sra. Weather, distraída.

"Viu só, Summer? Vamos fazer isso juntas, ok? Era o que estava combinado, não?", diz Mogberry, segurando o braço de Summer, que se vira e lança um olhar ressentido na direção da sra. Weather antes de elas se afastarem da recepção.

"Todos parecem muito motivados por terem algo novo para fazer."

"Verdade. Penny, está vendo estes convites? Não deixe de entregá-lo aos clientes regulares quando eles vierem, a partir de hoje. Por favor, me ajude nisso mesmo quando eu não estiver por perto."

Nos dias seguintes, elas conseguiram entregar os convites a quase todos os clientes regulares da Grande Loja de Sonhos. No entanto, Penny ainda tinha dois convites não entregues. Eram para os clientes número 330 e 620.

"Não podemos entregar convites aos clientes que não aparecem."

"Ainda há tempo, então tudo o que podemos fazer é esperar."

"Estou muito curiosa para saber por que eles não vêm."

"Você anda muito ansiosa ultimamente, Penny."

"É que sinto que eu poderia fazer mais para ajudar."

"Por que acha isso?"

"Hummm... Acho que me senti mais motivada depois que fui ao Gabinete de Gestão de Reclamações Civis e precisei encontrar o cliente número 792 e a cliente número 1."

"Nesse caso, parece que a política de DallerGut de levar funcionários que completaram um ano de serviço ao Gabinete de Gestão de Reclamações Civis é mesmo um sucesso." A sra. Weather se mostra satisfeita.

"Verdade. Mas talvez seja por conta do teste de personalidade também, esse que Mogberry mencionou. Fiz o meu no início deste ano."

"Eu também fiz. Tirei o terceiro discípulo. Ele era um mediador sábio, não? Quem você tirou?"

"Tirei o segundo discípulo. Você sabe quem são os descendentes do segundo discípulo? As outras pessoas não parecem saber muito sobre isso."

"É compreensível. Pena que ele já não está mais entre nós. Sempre preferiu levar uma vida mais sossegada."

"Sei que já ouvi o nome dele em algum..."

"É Atlas."

Penny finalmente se lembra de onde ouviu esse nome: primeiro na boca de Vigo Myers, depois na conversa entre Nicholas e Maxim diante dos sacos com pó de emoções no Centro de Testes.

"E onde esse Atlas está agora? E o que ele anda fazendo? Já ouvi pessoas falarem dele, mas nunca o vi antes."

"O Atlas..."

Assim que a sra. Weather começa a falar, DallerGut abre a porta de supetão. Ele parece estar prestes a sair, calçando os sapatos que costuma usar quando precisa resolver alguma coisa na rua e carregando um casaco fino pendurado no braço.

"Aonde está indo, sr. DallerGut?"

"Preciso passar num lugar rapidinho. Vou levar os convites comigo. Como era esperado, só sobraram dois."

"E vai com os convites para onde? Por acaso está indo ao Gabinete de Gestão de Reclamações Civis?"

"Eu sei onde os clientes estão. Felizmente, estão mais perto do que o Gabinete de Gestão de Reclamações Civis."

"E onde fica?"

"Pelo jeito a curiosidade da Penny não é só sobre o Atlas...", observa a sra. Weather, sem entender muito bem o que os dois estão dizendo. Qual é a conexão entre os clientes, os convites e Atlas?

"Quer vir comigo, Penny?", diz DallerGut.

"Mas para onde?"

"Saberá quando chegarmos lá. Agora, precisamos correr. Temos que pegar o trem."

"Vamos pegar o trem a esta hora?", indaga Penny, inclinando de leve a cabeça, fazendo seu cabelo curto balançar suavemente.

Pouco depois, Penny está no trem com DallerGut. O ar da noite de fim de verão parece viscoso, mas à medida que o trem acelera sopra uma brisa fresca, deixando a viagem mais agradável. DallerGut, que ainda estava fazendo mistério sobre o destino, finalmente abre a boca:

"Penny, tudo o que você vir e ouvir hoje não deve ser compartilhado com outras pessoas. Sei que você não faria isso, mas não custa frisar."

"O que quer dizer com 'vir e ouvir'? Não vamos apenas encontrar dois clientes?"

"Você vai entender quando chegarmos lá. Na verdade, não quero que ninguém saiba para onde estamos indo. Seria bom se pudesse permanecer como um lugar tranquilo, recebendo visitas apenas de quem precisa."

"De que lugar você está falando?"

"Já chegamos. Temos que descer aqui."

Quando o trem para, DallerGut se levanta imediatamente. Aquele é o ponto mais baixo da Descida Vertiginosa, onde ficam a lojinha de conveniência e a Lavanderia Noctiluca.

Penny acompanha DallerGut com uma expressão confusa no rosto. O caminho que eles tomaram leva claramente à Lavanderia Noctiluca.

"Sr. DallerGut, se o plano era encontrar com os clientes, por que estamos indo à lavanderia?"

Em vez de responder à pergunta de Penny, DallerGut cumprimentou o Noctiluca que estava parado na entrada do estabelecimento.

"Você chegou! Estávamos esperando. E vejo que não veio sozinho." O Noctiluca, cujo pelo é azul apenas na ponta da cauda, sorri meio malandro para Penny. Era Assam.

"Assam! Você realmente começou a trabalhar na lavanderia! Agora, por favor, alguém pode me dizer por que estamos aqui?"

"Você descobrirá quando entrarmos", Assam e DallerGut respondem ao mesmo tempo.

Penny está começando a se sentir um pouco incomodada com aquele mistério todo. Assam a conduz para o interior da caverna, seguindo DallerGut, que já entrou. A figura grandona de Assam e o corpo alongado de DallerGut bloqueiam parcialmente a entrada da caverna. Penny fica para trás e olha com desconfiança para o interior escuro da lavanderia. Na entrada da caverna, a placa de madeira improvisada com as palavras LAVANDERIA NOCTILUCA balança ao vento, como se fosse cair a qualquer momento.

"Pelo visto, esta não é uma lavanderia comum, não é?"

Penny parece ouvir um leve som de água esguichando e batendo dentro da caverna onde está localizada a lavanderia. Uma brisa fresca sopra, convidando sutilmente para o seu interior. Num dia quente como hoje, é uma verdadeira tentação.

Penny não tem escolha a não ser entrar na caverna, seguindo Assam e DallerGut, ainda sem compreender a ligação entre Atlas, o descendente do segundo discípulo, os dois convites que ainda não foram entregues e a lavanderia.

8. LAVANDERIA NOCTILUCA

DallerGut e Penny seguem Assam para dentro da caverna. A passagem é larga o suficiente para os Noctilucas passarem carregando uma grande quantidade de roupa nas costas sem nenhum problema. Ainda que já tenham dado alguns passos caverna adentro, o ambiente continua escuro, mas a cauda azul de Assam à frente deles brilha como uma estrela luminosa na escuridão. Penny e DallerGut caminham com cautela, sendo guiados pela pelagem azul do Noctiluca.

Um leve som de água batendo é ouvido ao longe.

"É como se estivéssemos entrando em um ralo subterrâneo, escavado por debaixo da montanha", observa Penny, que está logo atrás de DallerGut, nervosa.

Após mais alguns passos, seguindo o ritmo pesado do andar de Assam, uma luz fraca ilumina a passagem. As paredes da caverna são ásperas e irregulares, bem características de uma formação rochosa natural, mas parecem limpas como se alguém as tivesse polido intencionalmente. No entanto, não há luzes artificiais instaladas, apenas uma iluminação suave que entra pelas rachaduras das pedras.

Nesse momento, o local na parede da caverna onde os olhos de Penny estão focados escurece de repente, e uma sombra escura oscila. A sombra não era de Assam, DallerGut, Penny ou de quaisquer outros objetos ali. Assim que Penny percebe que se trata de algo estranho, as sombras hesitam por um momento e começam a se mover, subindo todas de uma vez pelo teto.

"DallerGut, Assam! Vocês viram isso que acabou de acontecer? Essas sombras se moveram sozinhas! Elas estavam se mexendo! Definitivamente, não fomos nós que as projetamos!", exclama Penny, assustada.

Assam se vira e sussurra um "Shhhhh!" baixinho, com a pata dianteira sobre a boca. "Não podemos fazer muito barulho aqui dentro. Entenderam?"

"Sei disso, Assam. Mas ver uma cena como esta, ainda mais pela primeira vez, surpreende qualquer um", diz DallerGut, ao que Assam acena com a cabeça, parecendo concordar.

Quanto mais fundo entram na caverna, mais frequentes se tornam as sombras, movendo-se como se fossem reflexos de água, e os mesmos ruídos distantes e monótonos continuam a ecoar em volta deles, aumentando e diminuindo de forma intermitente. Quando estão se acostumando com a melodia sem início e fim daqueles sons indiscerníveis, chegam a um ambiente mais claro e espaçoso, onde é possível ver as silhuetas de Noctilucas trabalhando.

"Ufa, finalmente chegamos a um lugar iluminado! Mas, Assam, por que temos que ficar em silêncio aqui? E o que eram aquelas sombras de antes?", pergunta Penny.

"É que esta não é apenas uma lavanderia, mas também um lugar onde muitas pessoas e sombras descansam", responde Assam, virando-se na direção de Penny.

"Como assim, 'descansar' em uma lavanderia?", ela questiona, confusa.

Então DallerGut, que estava andando à frente, para em determinado local e aponta para uma das paredes da caverna. Há uma frase familiar gravada ali, que DallerGut lê em voz baixa:

> *A situação do segundo discípulo e de seus seguidores não era diferente. Eles estavam tão inteira e exclusivamente presos às boas lembranças que não conseguiam aceitar a passagem do tempo, as separações inevitáveis e as mortes uns dos outros. Eles tinham corações tão frágeis para lidar com aquelas mudanças*

que suas lágrimas escorriam sem parar pela terra, o que acabou criando uma grande caverna.

É uma passagem da lenda *A história do Deus do Tempo e seus três discípulos*, sobre o segundo discípulo.

"Por que esta frase está gravada no caminho que leva à lavanderia? Será que... por acaso esta é a caverna da história, onde o segundo discípulo e seus seguidores se esconderam?"

"Perspicaz como sempre, Penny. Esta é a caverna de Atlas, descendente do segundo discípulo. O dom concedido pelo Deus do Tempo ao ancestral de Atlas foi o poder de se lembrar de tudo o que já passou, e esta caverna é a prova desse dom. Acontecimentos difíceis de serem esquecidos se reúnem aqui. Em outras palavras, aquilo a que chamamos de 'memórias'."

Desta vez, DallerGut aponta para a área ao redor do local onde as palavras estão gravadas. Pedras preciosas brilhantes, de tamanhos variados, estão esparsamente incrustadas nas paredes. A luz suave e aconchegante que ilumina a caverna emana de lá.

"Todas essas coisas que brilham como estrelas são memórias das pessoas. Difícil de acreditar, não é? Seria um exagero dizer que esta caverna foi criada a partir das lágrimas derramadas pelos descendentes do segundo discípulo. Mas é bem verdade que eles se estabeleceram nesta caverna e aqui permaneceram por muito tempo. Isso não significa que eles estiveram confinados aqui a vida toda. Porém, com Atlas foi diferente. Ele passou toda a vida dele nesta caverna. Até hoje", explica DallerGut, com uma voz suave.

Embora Penny esteja vendo com seus próprios olhos, o que DallerGut está dizendo não parece real.

"Penny, você consegue ver os cristais que estão firmemente incrustados? Em geral, muitas memórias tendem a se agrupar ao redor desses cristais. Uma memória tem o poder de sustentar outras memórias. Graças a isso, esta caverna é mais forte do que qualquer outra estrutura", diz Assam, orgulhoso.

É como se toda a caverna fosse o céu noturno e as memórias incrustadas nela fossem constelações. À medida que os três vão mais fundo, Penny não consegue tirar os olhos dos cristais de memória.

"Assam, mas por que fingir que este lugar é uma lavanderia?"

"Como assim? Não fingimos ser uma lavanderia. Somos de fato uma lavanderia."

"Mas você acabou de dizer que é um lugar onde pessoas e sombras descansam. Um abrigo, uma lavanderia, a caverna onde Atlas mora... O que é isto aqui, exatamente?"

"Você é tão impaciente. Saberá logo, logo. Venha, seja bem-vinda ao meu novo local de trabalho!"

Por de trás do grande corpo de Assam, é possível ver Noctilucas se movendo para lá e para cá. Cestos de roupa suja, feitos de palha trançada, estão postos aos seus pés.

O local a que chegam depois de atravessarem a longa passagem é um espaço amplo e aberto. É surpreendente que um espaço tão grande possa estar tão escondido. Sob um teto de pé-direito altíssimo, que faz com que os Noctilucas pareçam pequeninos, é possível ver grandes máquinas de lavar empilhadas em vários níveis. De um lado, há roupões e pijamas já bem secos pendurados em longos varais.

O barulho de água que os três estavam ouvindo aquele tempo todo é o som cadenciado da água batendo dentro das máquinas de lavar, que mais parece música.

Ao contrário de Assam, que tem apenas a cauda azul, a maioria das dezenas de Noctilucas por ali tem os pelos do corpo todo de um azul pálido. Com os cestos de roupa suja pendurados nas patas dianteiras e nas caudas, eles trabalham se alternando entre as máquinas de lavar e os varais.

Penny nota que não há uma única luz elétrica em toda a caverna. Os cristais de memória nas paredes e os pelos dos Noctilucas, que brilham como estrelas luminosas, conseguem deixar o ambiente suficientemente claro. Isso faz com que Penny se lembre dos adesivos em formato de estrela que brilhavam no escuro colados no teto do seu quarto, para os quais ela olhava todas as noites quando era criança.

"Pessoal, vejam. Assam trouxe visitantes!", grita o Noctiluca mais azul de todos ao avistar Assam e seus acompanhantes entrando.

"Ora, ora! Até que enfim. Não tinha certeza de quando chegariam", falou um homenzinho que parecia quase invisível em meio aos Noctilucas. O homem se agacha para pegar uma peça de roupa caída no chão, como se estivesse colhendo grãos, e a coloca de volta no cesto, depois endireita as costas e olha para DallerGut. Ele tem uma aparência simples e uma pele saudável e bronzeada como a de um fazendeiro.

"Vejo que você tem uma nova funcionária de confiança, DallerGut, a ponto de trazê-la até aqui."

O homem se aproxima, passando por DallerGut, e oferece a mão para Penny. A sensação dos calos duros em sua mão é desconfortável. A aparição daquele desconhecido deixa Penny um pouco intimidada, mas DallerGut sorri para ele.

"Bem-vinda. Você é a Penny? DallerGut falou muito sobre você. Assam também. E tem mais alguém que falou algo sobre você... não, melhor deixar para lá", ele se interrompe. "Esta é a caverna do segundo discípulo, que tem o poder de se lembrar de tudo o que já passou. Protegemos este lugar, onde as memórias das pessoas foram gravadas há gerações."

"Com licença, mas você..." Embora tenha tentado fazer uma pergunta, Penny já sabe a resposta antes mesmo de ouvi-la.

"Sou o Atlas, descendente do segundo discípulo. Você deve estar curiosa para saber por que este lugar se tornou uma lavanderia." Ele parece ler os pensamentos de Penny. "Vou mostrar uma coisa interessante para você."

Depois de um sinal de Atlas, Assam pega um roupão ainda molhado de dentro da máquina de lavar e o pendura no varal mais próximo da parede da caverna onde os cristais de memória estão incrustados. Então, a luz das memórias penetra o tecido como se estivesse sendo sugada pela roupa e, num passe de mágica, o roupão seca de forma instantânea. Penny observa tudo boquiaberta, fascinada pela cena sobrenatural.

"Se você estender as roupas perto das memórias, elas secam num instante, como se nunca tivessem sido molhadas. Os descendentes do segundo discípulo sabem há muito tempo que a roupa molhada seca fantasticamente com a luz de memórias. Então sugeri aos Noctilucas que trabalhássemos juntos, e eles não tinham por que recusar! Era muito demorado lavar e secar centenas de roupões de dormir todos os dias. Desde então, esta lavanderia se tornou um local de trabalho muito valioso para nós", Assam explica para Penny, fazendo uma cara orgulhosa.

"Agora entendi. Estou compreendendo aos pouquinhos. Mas, sr. DallerGut, você não esqueceu que precisamos encontrar os clientes para darmos os convites, certo? Tem certeza de que os clientes estão aqui?", ela pergunta a DallerGut, relembrando sem rodeios seu objetivo original.

"Os clientes estão aqui, sim. Certo, Atlas?"

Quando DallerGut questiona, Atlas aponta na direção da área onde uma enorme quantidade de roupões e pijamas está espalhada.

"É claro. Os dois clientes que você mencionou estão aqui. Vão em frente."

"Ótimo. Venha comigo, Penny."

Penny segue DallerGut, abrindo espaço entre as roupas espalhadas no caminho e adentrando ainda mais profundamente a caverna. Eles de repente chegam a um espaço reservado, escondido por toneladas de roupas. No lugar dos varais, pessoas de pijama descansam em redes penduradas entre vigas de madeira.

No meio da área onde as peças são amontoadas antes de serem lavadas está uma senhora idosa sozinha, sentada em silêncio, ouvindo o som das máquinas de lavar que giram atrás dela. Mesmo de longe, seu rosto é bem familiar, reconhecível à primeira vista.

"Eu sei quem ela é. Essa senhora vai à loja todas as manhãs e faz compras sem pressa, enquanto folheia os catálogos. Ela deve ser a cliente número 330! Ok, já encontramos um dos dois."

Penny está prestes a correr na direção da mulher, cheia de alegria, mas é interrompida por DallerGut.

"Antes de você falar com essa cliente, é preciso saber por que ela está aqui. Você lembra que começaram a usar este lugar como lavanderia depois de perceberem que a roupa seca facilmente à luz das memórias?"

"Sim."

"Há muito mais por trás dessa história. Atlas descobriu que essa luz também é bastante útil para fazer as pessoas se sentirem melhor. As memórias não só têm o poder de secar a roupa molhada, como também o poder de confortar os corações das pessoas que se afogam em apatia."

"'Pessoas que se afogam em apatia'?"

"Isso. Às vezes, por mais que não estejam cansadas, as pessoas não têm vontade de fazer nada, fecham os olhos e dormem. Quando dormem assim, elas não necessariamente querem sonhar, apenas se desconectar do mundo. Esses clientes muitas vezes andam sem rumo ou ficam parados na frente da nossa loja, sem nunca entrarem. Agora que ouviu isso tudo, você sabe quem os trouxe até aqui, certo?"

"Hummm... Só podem ter sido os Noctilucas."

"Exato!" DallerGut parecia satisfeito com a resposta de Penny. "Os sábios Noctilucas, experientes em observar clientes de fora e ir atrás deles. É por isso que Noctilucas mais velhos, com mais pelos azuis, trabalham na lavanderia. Eles têm o olhar apurado para reconhecer os clientes que estão apáticos e sem desejo de fazer nada."

"Entendi tudo. Então, como a cliente número 330 pode não estar se sentindo muito bem, talvez seja indelicado fazer um convite a ela."

"Acho que não. Penso diferente. A apatia é algo que todos nós experienciamos. Eu também passo por momentos assim. E, nessas situações, não deveríamos ser os primeiros a estender a mão? São nossos clientes regulares, afinal."

DallerGut se aproxima cautelosamente da cliente. A mulher o olha de lado, depois fecha os olhos e torna a se concentrar no som das máquinas de lavar.

"Aqui é muito tranquilo, não é? Também me sinto calmo quando ouço o barulho da água batendo nas máquinas de lavar."

"Isso mesmo... Mas o que você quer?"

"Deixe-me ir direto ao assunto. Vamos realizar um festival do pijama com o tema 'Memórias' na nossa Grande Loja de Sonhos. Viemos trazer um convite, pois gostaríamos de que você fosse e tivesse bons sonhos."

"Não estou interessada. Não quero fazer nada. Por favor, deixe-me em paz."

"Tudo bem. Todo mundo passa por momentos assim. Aliás, parando para pensar... somos muito parecidos com aqueles roupões de dormir enfiados nas máquinas de lavar, não é mesmo?"

A cliente encara DallerGut com uma feição intrigada, como se ele tivesse acabado de falar uma coisa sem sentido.

"Por mais que a roupa fique encharcada, ela seca de novo, e bem rápido, não é? Nós também ficamos, com frequência, encharcados com todo tipo de emoções. Mesmo assim, melhoramos repentinamente, como se nada tivesse acontecido. Você só está, no momento, imersa em apatia. Não seria bom poder se secar, caso esteja encharcada?"

"Como assim?"

Como a cliente demonstra interesse, DallerGut aproveita a oportunidade para refazer o convite.

"Tudo que você precisa é de uma pequena faísca: uma conversa telefônica com um amigo, um passeio breve lá fora. Pequenas ações como essas podem melhorar seu humor, não? Desta vez, acredito piamente que o seu humor possa melhorar bastante por meio de um sonho com o tema da nossa festa, 'Memórias'. Agora, o que acha de vir à festa do pijama e comprovar por si mesma o que estou falando?"

A cliente número 330 da Grande Loja de Sonhos DallerGut era uma mulher com seus sessenta e poucos anos.

Ela passou pela menopausa com mais facilidade do que outras mulheres há dez anos e completou com sucesso a sua vida profissional até a idade de se aposentar. Criou três filhos com o marido e casou seu filho mais novo no início deste ano. Depois da cerimônia, assim que a mulher voltou para casa e relaxou, sabendo que tudo realmente havia terminado bem, uma apatia inesperada a consumiu.

Quando olhava para trás, ela notava que cada dia era mais um dia em que ninguém a reconhecia, exceto ela mesma. O peso da constatação de que seus trinta e cinco anos de vida profissional tinham acabado e que em sua casa havia um ninho vazio a atingiu no peito como uma bigorna. As pessoas ao seu redor diziam que a única coisa que lhe restava era descansar um pouco. Ela não se sentia confortável com essas palavras. Para ser honesta, aquele era um sentimento amargo.

Quando recobrou o juízo, a mulher ficou contente ao perceber que chegou em uma certa idade sem uma doença mais grave. Mas ao lavar o rosto e se olhar no espelho, ela se sentia estranha, como se estivesse encarando uma amiga que não encontrava havia muito tempo por estar ocupada criando os filhos e trabalhando. Decidiu então trocar o espelho grande por um pequeno. Mas o rosto do marido, que envelhecia ao seu lado, era um lembrete diário dos vestígios do tempo.

Era difícil até mesmo fazer chá pela manhã ou levar o lixo para fora. Em alguns dias, ela tentava cozinhar vários acompanhamentos *banchan* ou cultivar temperos, mas sua motivação já não era mais a mesma.

"Para onde foi toda a minha vida?"

No passado, ela costumava trabalhar duro, sempre focada na linha de chegada – pagar a hipoteca da casa, formar todos os filhos na faculdade, casar o filho mais novo. Não seria exagero dizer que sentia falta dessa época, em que estava completamente focada nesses objetivos.

Agora, ela não sabia para que estava vivendo, ou quais dias e datas ela deveria aguardar ansiosamente.

A mulher, incapaz de superar a apatia e se forçando a dormir tanto quanto podia, agora caminhava sem rumo pelo mundo dos sonhos, como se estivesse perdida. Até que conheceu um Noctiluca coberto da cabeça aos pés por pelos azuis.

"Por acaso você não sabe para onde ir ou não tem vontade de fazer nada?", indagou o Noctiluca, como se entendesse exatamente como ela se sentia. "Gostaria de vir comigo? Conheço um lugar perfeito para pessoas como você relaxarem."

Assim que a mulher concordou com a cabeça, o Noctiluca a pegou com a cauda. Quando ela sentiu que estava prestes a cair, foi içada de novo e conseguiu se deitar nas costas do Noctiluca. Então, ele afagou a cabeça dela com a ponta de sua cauda.

O Noctiluca a colocou no trem e a escondeu sob uma pilha de roupa lavada. Como as peças cheiravam muito bem e estavam perfeitamente limpas, elas não precisariam ser lavadas tão cedo, de modo que ninguém a veria ou incomodaria.

E foi assim que ela seguiu o Noctiluca azul até a lavanderia.

Depois de entregar com sucesso o convite à cliente número 330, DallerGut e Penny agora se dirigem ao canto mais distante da lavanderia para encontrar o cliente número 620. Ali, num espaço com o teto ligeiramente rebaixado, há alguns sofás grandes.

Da mesma forma, falta iluminação artificial, mas muita luz vaza dos cristais de memória incrustados nas paredes da caverna. Três Noctilucas estão sentados dobrando roupas. Os sons deles brincando e rindo ecoam suavemente nas paredes da caverna.

"O cliente número 620 está ali."

"Sério? Onde?"

Penny precisou se aproximar mais alguns passos antes de conseguir localizá-lo. Ele está sentado entre os Noctilucas, ajeitando com grande atenção meias de dormir recém-lavadas.

"Olá, cliente número 620." Desta vez, Penny é quem puxa a conversa.

"Eu?", retruca o homem, que parece ter cerca de vinte anos.

"Sim. Você topa falar conosco por um momento? Acho que você pode fazer uma pausa", diz Penny enquanto olha para a pilha de roupas secas.

"Sinto que preciso dobrar roupas para me sentir vivo. Posso não ser capaz de fazer nada de bom no momento, mas quero fazer algo", responde o homem, sem parar de movimentar as mãos.

"Posso perguntar se algo está incomodando você?" Penny se senta ao lado dele.

"Nada de mais. Eu só estou muito cansado."

O homem era, ao que tudo indicava, um jovem dedicado. Ele tinha muitos amigos, que se espantavam com sua maneira tão simples de ver a vida, e seus calouros o admiravam como um verdadeiro exemplo a ser seguido. O homem acreditava que movimentar o corpo com disciplina era a única maneira de ir em direção ao seu objetivo sem se distrair – e, em muitos casos, seus pensamentos pareciam estar certos. Ele estava longe de ser uma pessoa deprimida, que não estava no controle da própria vida, ou alguém tão imerso em suas emoções que não conseguiria realizar as tarefas mais básicas. Na verdade, o homem tinha dificuldade de entender esse tipo de pessoa.

Sua fonte de motivação sempre foi a família. Ele os amava muito. Depois de adulto, tudo o que ele desejava era ter sucesso o mais rápido possível, para dar orgulho aos seus pais.

Ele queria comprar um carro novo para o pai, que trabalhou consertando carros antigos durante toda a vida, e dar um cartão de crédito com limite generoso para a mãe, mas o tempo não perdoa ninguém. Às vezes, pensava na idade que ele e os pais teriam quando finalmente fosse bem-sucedido.

Porém, nos momentos cruciais, a maioria das coisas não saía como o homem gostaria. Por mais que ele continuasse tentando, só com seu esforço ele não teria como passar em um concurso cuja relação candidato-vaga era superior a cinquenta para um, nem conseguiria criar uma vaga de emprego do nada.

Sempre que perdia uma oportunidade, ele era obrigado a adiar todo o seu planejamento futuro, e precisou fazer isso repetidas vezes.

"Experiências como essas serão úteis mais tarde. Enfrentar adversidades na juventude é um alicerce para o sucesso." Por algum tempo ele colocou frases desse tipo como papel de parede no celular, para inspirá-lo, mas isso já não funcionava mais. Hoje, acredita que só as pessoas que têm uma vida boa e confortável dizem coisas como essas.

O homem rapidamente perdeu sua motivação. Ele sentia que precisava de um tempo sozinho para reorganizar os pensamentos, e deitar-se com os olhos fechados era a maneira mais fácil de cuidar da mente. Algo dentro dele estava quebrado.

"Gostaria de poder reiniciar, como um computador com problema."

Ele adormecia e acordava repetidas vezes, como se estivesse reiniciando sua mente. Adormecer era fácil, já acordar exigia força de vontade. Antes que se desse conta, seu desamparo tornou-se tão grande que ele não conseguia fazer mais nada com base apenas em sua força de vontade. O homem sequer dizia a palavra "depressão" em voz alta, por medo de ser consumido por ela. Ninguém podia saber da sua condição. Com o passar do tempo, sua vontade de sair do sonho e viver uma vida de verdade parecia inalcançável. Mesmo sem conseguir dormir, ele continuava tentando, mantendo as luzes de seu quarto apagadas. O tempo que passava deitado, imóvel, foi aumentando gradualmente.

O homem contou sua história com calma e aceitou o convite sem hesitar. Mesmo enquanto falava, ele continuou ajudando os Noctilucas a organizar as meias de dormir, sem descansar as mãos.
"Dizem que fazer coisas simples, de maneira repetitiva, ajuda a superar a apatia", diz o homem, esforçando-se para soar confiante.
Penny é invadida por um sentimento de pena.
"É mesmo. Quando recolho a roupa do varal, percebo que coloco meus pensamentos em ordem. Por isso, eu mal podia esperar para crescer e poder trabalhar aqui", diz Assam, entrando repentinamente na conversa. Ele está olhando ao redor do homem com uma lanterna.
"O que está procurando? E de onde você surgiu?", indaga Penny, sem conseguir entender o comportamento de Assam.
Porém, naquele instante, a área sob os pés do homem começa a ficar escura como uma sombra.
"Olha só! Que coisa mais estranha debaixo dos meus pés..."
A sombra de repente se transforma em uma silhueta de forma humana. Depois, começa crescer e a cercar por completo o homem sentado no sofá. O breu parecia o estar engolindo e por um momento Penny fica assustada.
"Saia daqui, seu boboca!", grita Assam, apontando a lanterna na direção da sombra. Exposta à luz, a escuridão encolhe repentinamente e muda de forma, como se o homem estiesse segurando um bebê no colo.
"Ouvi dizer que esses bobocas gostam muito de pessoas, mas precisamos ficar atentos para que não assediem seus donos."

Depois da bronca de Assam, a sombra encolhe ainda mais e se acomoda aos pés do homem.

"O que é isso, Assam?", pergunta Penny no lugar do homem, que está com uma expressão atônita no rosto.

"Esta é a sombra noturna dele. Como esse homem está preso aqui, sem sonhar, ela conseguiu encontrar o caminho até ele. As sombras noturnas são inofensivas, mas podem ser muito pegajosas e acabar causando uma sensação estranha mesmo após um bom descanso. Por causa desse boboca, esse homem vai acordar se sentindo desconfortável de novo, embora esteja aqui para descansar e se sentir melhor", explica Assam, divagando sozinho.

Enquanto isso, a sombra sob os pés do homem desliza taciturna até a parede e se esconde na escuridão.

"Ainda assim, as sombras são muito mais fáceis de lidar do que os clientes que fugiam de mim para evitar vestir roupas. Como é bom envelhecer!", diz Assam, aparentemente muito satisfeito por estar trabalhando na lavanderia.

"Gostei bastante daqui. Seria bom se mais pessoas soubessem deste lugar e viessem para cá para descansar. Não acha, sr. DallerGut?", pergunta Penny, virando-se para ele.

Em silêncio, DallerGut balança a cabeça para um lado e para o outro.

"Não há nada aqui que possa dar lucro. Ninguém quer que os clientes se escondam nesta caverna sem comprar nada. Isso com certeza despertaria uma avalanche de críticas."

"Talvez o Gabinete de Gestão de Reclamações Civis seja uma das organizações que pensa assim?"

"Claro, mas eles só estão fazendo o seu trabalho. Como não podemos sobreviver sem vender sonhos, talvez eles fechassem este lugar às pressas ou tentassem nos forçar a vender sonhos que ficaram encalhados no estoque. Poucas pessoas sabem que, às vezes, esperar é a melhor saída", diz DallerGut, amargurado.

"Ou seja, basta que este lugar seja conhecido apenas por quem realmente precisa dele. Pelo menos é como o Atlas pensa. E não podemos deixar que as pessoas fiquem aqui por muito tempo. Não é um lugar para permanecer. Todo mundo precisa de um abrigo, mas não seria ruim se esse mesmo abrigo se tornasse confortável demais, a ponto de você não querer voltar para o lugar de onde veio?"

De repente, um grupo de sombras noturnas em forma de crianças tornou a bisbilhotar em volta das pessoas. Quem não conseguiu se desvencilhar das fofíssimas sombras bisbilhoteiras está com uma expressão meio sem graça no rosto, semelhante às caretas de quando se tem dificuldade em acordar pela manhã.

"Se não deixarem seus donos em paz agora, eles não serão capazes de criar as memórias de que vocês tanto gostam", adverte DallerGut. As sombras parecem entender as palavras dele, dispersando-se para longe no mesmo instante.

"É hora de irmos para casa. Penny, você terminou de entregar os convites, certo?"

"Sim."

"Então podemos ir embora juntos. Sr. DallerGut, você deveria vir conosco", diz Assam.

DallerGut, no entanto, está preocupado com os outros clientes dentro da caverna.

"Não há problema, o sr. Atlas está sempre aqui. Os clientes não ficarão sozinhos. Fora que, ao amanhecer, outros Noctilucas virão."

"Está certo. Acho que, por hoje, meu trabalho está concluído. Vamos nos despedir do Atlas e voltar para casa."

Eles voltam para a entrada da lavanderia. Os Noctilucas continuam andando cambaleantes e saindo da caverna em fila indiana. As máquinas de lavar haviam parado de funcionar, exceto por algumas poucas.

"Parece que há outros visitantes além de nós por aqui", observa DallerGut, apontando para a casa-caverna de Atlas.

Penny identifica algumas pessoas surpreendentes na direção em que ele apontou. Um homem cujas roupas não combinam em nada com aquele espaço chama sua atenção. Ele está com o cabelo preso em um coque, vestindo um sobretudo azul-marinho e uma faixa de seda fina em volta da cintura, acompanhado por uma mulher alta de cabelo curto e um terno ocidental feito sob medida. Penny se lembra de ter visto, certa vez, a imagem daquele produtor de sonhos em um artigo de jornal. Seu nome é Dozé.

Ele ficou conhecido por ser o produtor dos Sonhos de Encontrar com os Mortos e tinha a fama de raramente aparecer em público. Penny não consegue acreditar que ele está bem ali, na sua frente, acompanhado de Yasnooze Otra.

Eles estão papeando com Atlas e simultaneamente se viram e olham para DallerGut e Penny.

É a primeira vez que Penny vê o famoso Dozé de perto. Seus traços longos e penetrantes, assim como a sua aura incomum, contrastam com o estilo mais moderno de Otra, fazendo parecer que pessoas do passado e do presente saíram de uma máquina do tempo no formato de máquina de lavar.

Dozé olha fixa e silenciosamente para o rosto de Penny, e ela sente como se fosse petrificar com a energia que ele emana, talvez por conta dos preconceitos que ela nutre para com os sonhos que ele cria. Por sorte, Otra reconhece Penny e quebra o breve silêncio.

"Srta. Penny?"

Depois de pensar no que dizer, Penny finalmente encontra um assunto.

"Ah... hummmm... Vocês dois gostariam de ir à festa do pijama?"

É o assunto mais natural para uma conversa, pelo menos naquele momento.

"Ah, ficamos sabendo. Muitos produtores estão preparando sonhos com a temática 'Memórias'. Com certeza também será uma oportunidade para eles. Sr. DallerGut, Dozé e eu também podemos participar?", Otra fala com entusiasmo enquanto enrola as mangas de sua blusa fina.

"Será uma festa ainda melhor se vocês nos ajudarem."

"Se nossos ancestrais soubessem que haveria uma festa com o tema 'Memórias', teriam ficado muito emocionados. Somos pessoas que valorizam muito as memórias. Quanto mais elas vêm à nossa mente, mais fortes e sólidas elas se tornam. Ao final do festival, esta lavanderia vai brilhar ainda mais. E, é claro, as roupas também secarão melhor", diz Atlas, irradiando alegria, de costas para a sua casa-caverna.

"Sr. DallerGut, tudo bem se eu fizer lanternas com as memórias?", pergunta Dozé, que estava em silêncio até então.

Penny percebe que, além do jeito incomum de falar, a voz de Dozé soa muito antiquada, como se ele fosse alguém do passado.

"Seria ótimo coletar cristais de memórias dos mortos e usá-los como lâmpadas. Penso que combinaria bem com o festival. O que você acha?"

"Uma lanterna feita a partir das memórias de pessoas mortas... Se as pessoas de fora ouvirem isso, pensarão imediatamente em fantasmagorias", pondera DallerGut, desconfortável.

"O que são fantasmagorias?", pergunta Dozé.

"Ah, é um item único, feito com lanternas mágicas e que reflete muito quem você é, mas acho que não combina com o festival. Então... por que não criar um sonho que contenha memórias de pessoas que já se foram?", desconversa DallerGut, recusando sutilmente a oferta de Dozé.

"A propósito, imagino que o gerente do segundo piso, Vigo Myers, deve ter mexido seus pauzinhos para tornar 'Memórias' o tema da festa, certo? A determinação dele é algo de fato memorável", comenta Otra, mudando de assunto.

"Vigo queria esse tema também. Contudo, foi a Penny aqui quem habilmente nos conduziu a essa decisão."

"É claro! Maxim deve estar gostando mesmo da srta. Penny. Ora, estou me intrometendo no papo dos jovens sem me dar conta, não é? Não consigo evitar."

Penny piscou, sem saber como responder àquelas palavras repentinas de Otra.

"Maxim? Não faço ideia do que aquele cara anda fazendo." Atlas ri.

"Ele não sai de casa com muita frequência hoje em dia, não é? Não ver o rosto de seu único filho deve ser difícil para você, Atlas."

Penny ficou surpresa. Atlas e Maxim não eram muito parecidos fisicamente.

"Difícil? Pode ser. De qualquer forma, ele está se tornando uma pessoa muito melhor do que o próprio pai. E, como um pai, o que mais posso querer?"

"Sr. Atlas, você é o pai de Maxim? Então ele também cresceu nesta caverna?", pergunta Penny, em choque.

"Exato. E, graças a isso, pude acompanhar o crescimento de Maxim desde pequeno. Do Dozé também. Este aqui tem sido nosso esconderijo desde que éramos muito jovens. Atlas é como um pai para nós também", diz Otra enquanto abraça carinhosamente Atlas, que é muito mais baixinho que ela. "Atlas, o Dozé era tão fofo naquela época... não era? A maneira como ele falava já era única desde então."

"Acabei pegando esse jeito de falar porque estava sempre falando com os mortos que encontrava no dia a dia por aqui. E, desde muito novo, testemunhei várias mortes..."

"Já faz um tempo que não penso naquela época, mas sinto saudades. Sempre que venho aqui me perco em memórias como essa. Quando eu era criança, minha mãe e meu pai sempre me usavam como desculpa quando pediam dinheiro emprestado a outras pessoas, diziam que era muito caro me criar. Mas percebi que os outros pais não faziam isso. Mesmo quando alguém vinha à nossa casa e eu ficava feliz com isso, meus pais me diziam para fazer uma cara de coitada. Foi assim que percebi que eu ajudava as histórias dos meus pais a serem mais convincentes. E, ainda assim, eles sempre se arrependeram do dinheiro que gastaram comigo", confessa Otra, relembrando o passado como se o seu não tivesse sido grande coisa.

"Trazer à tona tais histórias pode fazer com que os mais jovens se sintam desconfortáveis. Eu sei também, sabia?", diz Dozé, olhando para Penny como se insinuasse algo.

"Opa, fiz de novo! Depois de lidar com um assunto bastante pessoal com a srta. Penny da última vez, me sinto mais próxima dela agora. Fora que a saudade do que nunca tive é muito mais inspiradora do que a satisfação com o que já tenho. Graças a isso, tudo melhorou, não é? Se for à minha casa novamente, você verá como tenho cuidado bem de mim."

Penny se lembra da grande mansão de Yasnooze Otra.

"É muito bom saber que você cresceu tão bem. Maxim passou a infância nesta caverna por causa de seu pai, e o Dozé também passou por várias dificuldades. E como a morte está sempre tão próxima à vida, eles sofreram muito pelo fato de terem testemunhado..." Atlas se interrompe, limpando os olhos com as mãos calejadas, enquanto olha com carinho para Otra e Dozé.

"Está tudo bem agora. Este é um lugar onde as sombras daqueles que não sonham mais podem descansar, e onde descansam os nossos corações, como as sombras. Leva tempo para uma árvore criar raízes. Assim como o inverno chega à floresta sem motivo, às vezes a dor vem e vai, mesmo que não seja culpa nossa. Ninguém sabe o que pode acontecer no primeiro inverno. Portanto, não sinta pena das pessoas que descansam aqui. Com o tempo, elas também irão encontrar paz."

Só então Penny se sente aliviada. Sua ida à Lavanderia Noctiluca, onde ela encontrou com clientes regulares da loja, tinha sido pesada até pouco tempo atrás.

Maxim, Otra e Dozé, que passaram a infância naquela caverna, vivem a vida de maneiras diferentes, cheias de resiliência. Os clientes que estão ali acabarão ficando bem, assim como eles. Enquanto conversavam por um longo período, as sombras noturnas que estavam observando à distância tornaram a bisbilhotar. Penny não quer afugentar as sombras fofinhas que sorrateiramente investigavam sem fazer mal a ninguém.

9. A GRANDESSÍSSIMA FESTA DO PIJAMA

O calor intenso havia ido embora por completo, e a brisa fresca do outono soprava pela manhã e à noite. Finalmente, o primeiro dia da festa do pijama amanhece radiante.

Os funcionários estão muito bem preparados e aguardam os clientes em seus respectivos lugares com o rosto transbordando animação.

"Muito bem. Ao abrir esta porta, a festa vai começar de verdade! Um, dois, três!", diz a sra. Weather, escancarando a porta de entrada da loja.

Uma onda de exclamações sai da boca dos funcionários diante da cena que se desenrola diante de seus olhos.

Penny está em pé na entrada da loja, com o coração cheio de emoção. A decoração preparada ao longo dos últimos meses, as barracas coloridas e os food trucks, vindos de todo o país, enchem as ruas de maneira extremamente organizada.

Os clientes saíram de casa de manhã usando chinelos ou meias de dormir. Ninguém está usando roupas casuais. No início, as pessoas que chegaram primeiro se sentiram estranhas por estarem de pijama, mas sorriam satisfeitas após observarem que todos à sua volta também estavam. Hesitavam, sem saber se podiam subir nas camas dispostas na rua. Até que um grupo de estudantes do ensino médio sobe em uma cama king size branca e começa uma briga de travesseiros. Esse é o sinal para que todos, ao lado de seus familiares e amigos, subam na cama mais próxima e comecem a conversar e a se divertir.

Penny está ansiosa para vestir o pijama novo que trouxe na bolsa.

"Mal posso esperar pelo fim do meu expediente. Quero tirar o avental, vestir meu pijama e sair correndo. Por que será que o tempo hoje está passando tão devagar?", resmunga Penny à sra. Weather na recepção.

"Eu também quero sair do trabalho o mais cedo possível, para aproveitar a festa com meus filhos. Mas por que você não vai dar uma espiada nos estandes com o Motail? Vá rapidinho e volte, ok?"

"Posso mesmo? Obrigada, sra. Weather!"

A sra. Weather sorri e chama Motail, que está grudado no vidro da janela do saguão do primeiro piso, olhando para fora.

"Motail! Não fique parado aí, vá dar uma volta com a Penny. Espero que não tenha acontecido nenhum incidente infeliz, mas se houver algum adereço quebrado, por favor, me avisem. Aproveitem para checar se os estandes estão precisando de alguma coisa."

"Isso é música para os meus ouvidos. De qualquer jeito, eu já estava prestes a dar uma fugidinha."

Intencionalmente, Penny e Motail não vão direto aos estandes dos produtores, mas caminham bem devagar, aproveitando para olhar e admirar a festa.

A expressão no rosto das crianças é especialmente alegre, pois ninguém as repreendia por estar deitadas no meio da rua, e agora têm uma boa desculpa para poder brincar com os amigos de manhã até tarde da noite.

Parecia haver pessoas vindas de outras cidades. Elas usavam máscaras de dormir de uma forma elegante, acima da testa, como óculos de sol.

"Não posso perder essa oportunidade", anuncia Motail, tirando de cada um dos dois bolsos laterais de sua calça um par de meias de dormir, que estavam enroladas. Ele as calça e desliza ao longo da rua, como se estivesse patinando no gelo, repetindo diversas vezes o mesmo movimento.

"Penny, vem comigo!"

"Você vai acabar caindo feio se continuar fazendo isso", ela adverte enquanto corre atrás do amigo.

"E o que é que tem? O pior que pode acontecer é cair em cima de uma cama macia. Há camas e cobertores por toda parte!"

Os dois logo chegam a um local onde estão reunidos diversos estandes de venda de sonhos com o tema "Memórias".

Eles se aproximam de um que é todo cor-de-rosa, com uma atmosfera que transborda amor. Só de olhar a decoração é possível adivinhar a qual produtor aquele estande pertence.

"Penny, Motail! Bem-vindos. Nosso estande é o que mais se destaca, não é?", diz Keith Gruer, com seu costumeiro cabelo raspado. Ele parece estar feliz em ver os dois, e não está sozinho. Celine Gluck e Chuck Dale, os outros dois produtores com um talento inato para explorar o sentido do tato, estão a seu lado.

"No final, vocês três acabaram trabalhando juntos! Que tipo de memória este sonho tem? Condiz com os gostos de vocês três?", pergunta Motail enquanto pega uma caixa de sonho no estande.

O papel de embrulho, de um rosa bem clarinho, quase branco, cria uma vaga sensação de devaneio quando combinado com a música lírica de fundo que toca ali dentro.

"O sonho que criamos para participar do festival se chama Memórias do Primeiro Amor."

"Então deve passar longe do gosto de Celine Gluck, não? A sra. Gluck prefere algo com mais emoção, lutas e perseguição, em vez de coisas mais tranquilas", arrisca Motail.

"Não se preocupe. No final, também acabei colocando meus gostos no sonho. Pode ser que você tenha um sonho mais emocionante do que suas memórias originais. Minha ideia é que o cliente reviva completamente as memórias, tal qual de fato aconteceram, ou que apenas complemente os sentidos mais desvanecidos, mas ainda preservamos a nossa especialidade, então prestamos atenção especial ao sentido do tato. Tenho certeza de que você sentirá que voltou àqueles tempos, sensorialmente falando", diz Celine Gluck, confiante. Ela está vestindo uma camisa rosa que combina com a decoração do estande.

Enquanto todos eles conversam, muitas pessoas se aproximam do estande.

"Vocês devem estar muito ocupados com essa multidão de clientes. Melhor irmos embora, ainda precisamos checar os outros estandes. Se precisarem de alguma coisa, vão à sede da Grande Loja de Sonhos a qualquer momento e nos avisem", diz Penny, dando um passo para trás para evitar o bando de clientes.

"Fiquem tranquilos, estamos bem. Se precisarmos de ajuda, avisaremos vocês", despede-se Chuck Dale com um sorriso encantador.

Assim que Penny e Motail saem, um homem de cerca de trinta anos faz uma pergunta a Chuck Dale, apontando para o produto exclusivo deles. "Meu primeiro amor vai realmente aparecer em meus sonhos?"

"Claro. Esta noite você será transportado de volta à sua juventude."

Com grandes expectativas, o homem escolhe seu sonho sem hesitar. E, no instante seguinte, cai em um sono profundo.

No sonho, o homem caminhava por uma ruela do bairro onde passou seus anos de ensino médio. Estava com o seu primeiro amor. Os dois, que moravam no mesmo bairro e estavam sempre juntos, caminhavam de volta para casa.

Ele olhou para a garota com os mesmos sentimentos que tinha naquela época. Podia sentir o ar frio noturno e a luz dos postes banhando e iluminando os dois enquanto caminhavam. A rua de suas memórias lembrava bem vagamente a original, com muitas partes diferentes, mas não o suficiente para quebrar sua imersão no sonho.

Os dois carregavam mochilas escolares e andavam bem próximos, de modo que seus braços podiam se tocar. Mesmo sem nenhum assunto em particular, não havia fim para as risadas e trocadilhos bobos entre os dois. O perfil da garota, que ele via com o canto do olho enquanto andavam, era adorável.

O trajeto da escola para casa levava cerca de dez minutos de ônibus, o que representava uma distância considerável para caminhar sozinho. Porém, quando iam juntos, conversando, parecia que essa distância se encurtava pela metade.

Como aquilo era um sonho, eles chegaram rapidamente na frente da casa dela. Um profundo sentimento de pesar pairava sobre os dois, e não desaparecia mesmo que eles dessem mais algumas voltas pela vizinhança, sem rumo definido.

Quando ela estava prestes a entrar em casa, com uma expressão de tristeza no rosto, uma forte onda de coragem floresceu no coração do homem de repente. Ele estava prestes a dar um passo em direção à garota para beijá-la quando a porta da frente se abriu e o pai dela apareceu. Ele ficou surpreso ao ver que o pai dela estava ciente da situação, a ponto de o seu rosto alternar entre vermelho e pálido de vergonha. Sem hesitar, a garota empurrou o homem, que saiu correndo pela rua em desespero.

Enquanto corria, suas sensações eram vívidas: o impacto das solas dos tênis, que usava nos tempos de escola, tocando o asfalto; seu fôlego enquanto respirava; a tensão de segurar a jaqueta do uniforme escolar e ajustar a mochila.

Até mesmo a vergonha que sentiu quando pensou que deveria ter se despedido dela de forma mais confiante, em vez de ter saído correndo, era a mesma que ele vivenciara à época.

O homem acordou naturalmente na manhã seguinte e ficou um bom tempo perdido em suas memórias, relembrando as cenas de seu sonho. Por ter sido baseado em memórias reais, não desapareceu como fumaça assim que ele acordou, como costumava acontecer com outros sonhos. Ele ficou surpreso por ter experimentado aquilo tão vividamente, superando as simples memórias. Achava até que havia se esquecido de tudo... A alegria de reencontrar de forma inesperada, em um sonho, tempos que nunca poderiam ser revisitados o acompanhou por muitos dias.

"Que presente! Onde posso encontrar outro sonho como esse, que desafia o fluxo impiedoso do tempo?"

No decorrer dos três dias seguintes, os estandes que se confirmam como os mais populares são o de Keith Gruer e seus amigos, com Memórias do Primeiro Amor, e o do Chef Granbon, que vende o sonho Sabor de Memórias Nostálgicas. A demanda é tão grande que até mesmo os funcionários da Grande Loja de Sonhos têm que ir lá para ajudar.

A maioria das camas e roupas de cama patrocinadas pela Loja de Móveis Bedtown são mantidas limpas sob a estrita supervisão da sra. Weather, exceto por uma antiga cama colocada em frente à loja de sapatos, que está sempre suja.

"Olhe só para isso. Tem uma pilha de cascas de uva e embalagens de biscoito em cima da cama. Os cantos do travesseiro já estão até rasgados. Se isso for obra das fadas Leprechaun, não vou deixar passar desta vez."

As fadas, que estão amontoadas na cama fazendo uma guerra com travesseiros minúsculos, do tamanho de uma unha, saem voando depressa para outro lugar quando Penny e Motail se aproximam.

A principal criação das fadas Leprechaun são os Sonhos de Voar no Céu, mas como ninguém tem lembrança de realmente voar no céu, nenhum de seus sonhos era elegível para a temática da festa. Como forma de transbordar suas frustrações, elas voam de cama em cama causando alvoroço.

Com movimentos rápidos, Penny sacode o cobertor e limpa o espelho decorativo da cabeceira da cama antiga com um paninho. Só assim Motail consegue admirar seu maxilar, visivelmente mais fino por conta da rotina de caminhadas não intencional dos últimos dias. Os dois já caminharam dezenas de quilômetros, inspecionando com muito rigor cada estande do evento e relatando a situação à Grande Loja de Sonhos.

"Penny, não acha que minhas feições estão mais definidas?", pergunta Motail. Sentindo-se particularmente mais confiante, ele está vestindo seu luxuoso pijama de seda recém-comprado. Durante todo o dia, caminha por aí atraindo a atenção de muitas mulheres, mas nenhum encontro romântico acidental, algo que ele tanto deseja, acontece.

Ao contrário de Motail, que aproveita a festa à sua maneira, a mente de Penny está num turbilhão cada vez maior de preocupação com o passar dos dias. Embora a festa se desenrolasse com sucesso e sem maiores problemas, os clientes número 330 e 620, que receberam seus convites em mãos na Lavanderia Noctiluca, ainda não apareceram. Se não retornassem até o final da festa do pijama, Penny teme perder esses clientes regulares para sempre.

Ao voltar para a Grande Loja de Sonhos, ela passa por crianças pulando muito em um colchão de molas que com certeza já viu dias melhores.

Quando chega ao saguão de entrada da loja, Penny se depara com convidados ilustres. Aganap Coco, Yasnooze Otra e seu aprendiz, Dozé, estão reunidos em volta de um carrinho cheio de caixas de sonhos, conversando com DallerGut.

"Não achei que conseguiriam criar sonhos de tanta qualidade em tão pouco tempo. Vocês são realmente incríveis. Estou em dívida com vocês."

"Foi tempo suficiente. Não sou uma produtora lendária por acaso, não é?", responde Yasnooze Otra casualmente, mas Dozé, ao seu lado, dá um leve pigarro, como se estivesse envergonhado.

"Como pode dizer algo assim sobre si mesma?"

"Autoconfiança está em alta hoje em dia. Não pega bem ter vergonha das próprias conquistas."

"Parece que você reencontrou mesmo a sua confiança, Otra", diz DallerGut, sorrindo.

"Se eu não tivesse dado a sorte de encontrar a srta. Penny aquele dia, talvez eu ainda estivesse enfurnada na Lavanderia Noctiluca, bebendo sem limites com o Atlas e me afundando em arrependimentos. Não teria sequer participado desta festa. E isso faria com que eu me arrependesse ainda mais, e por muito tempo. Graças a você, agora finalmente decidi a direção do sonho A Vida dos Outros. Assim que os preparativos estiverem concluídos, planejo lançar A Vida dos Outros (Versão Oficial). Até lá, espero poder contar com o apoio de vocês."

"Vou reservar o melhor lugar nas prateleiras do primeiro piso só para você."

"Obrigada por me convidar, DallerGut", diz Aganap Coco, que ainda tem as bochechas brancas como um bebê, segurando a mão de DallerGut.

"Como assim 'obrigada', Aganap? Eu é que deveria agradecer. É o mínimo, não é? Você produziu tantos sonhos. Temos que tomar cuidado com o excesso de trabalho, principalmente na nossa idade."

"Meu ideal de produtividade é o Nicholas, que tem quase a mesma idade que eu e está ativo e trabalhando em vários projetos. Ele apareceu bastante nos noticiários este ano, está tão cheio de energia ainda. Preciso ser capaz de, ao menos, acompanhá-lo. Quando me pediram para criar um sonho para apresentar no festival, aproveitei a oportunidade para colocar toda a minha energia nele, e fazia muito tempo que isso não acontecia."

"Que memórias vocês prepararam em seus sonhos?", pergunta Penny enquanto ajuda DallerGut a tirar caixas de sonhos do carrinho.

"Adivinhe."

"Acho que o sr. Dozé usou memórias de pessoas queridas que já morreram, mas não tenho certeza sobre o trabalho dos outros."

"Aganap decidiu presentear novamente os pais com Sonhos Premonitórios. Ela achou que seria uma boa ideia recriar a emoção de ter um bebê, mesmo para casais que já têm filhos crescidos. Nada melhor do que recriar a emoção incomparável de quando o casal encontra o filho pela primeira vez, não acha?"

"Mas e o sonho da sra. Otra? É sobre experimentar as memórias de outras pessoas, como fez da última vez?"

"Não é o tipo de sonho que pode ser criado em larga escala. Desta vez, não é um sonho a partir do ponto de vista de outra pessoa. Existe outro tipo de sonho que a Otra é muito boa em produzir: aqueles que condensam um longo intervalo de tempo para serem vividos em uma única noite."

No saguão do primeiro piso da loja, estão à mostra sonhos com o tema "Memórias" criados pelos produtores lendários. Como foram colocados lá em cima da hora e apareceram menos clientes do que o esperado, Motail sai da loja, confiante, voluntariando-se para trazer clientes. Ele começa então a literalmente "vender memórias", chamando a atenção de cada cliente que cruza o seu caminho.

"Senhor, por favor, me ouça por um instante. Existem três condições para um bom sonho. Primeiro, ele deve ter um valor possível de ser recuperado, isto é, uma variedade de emoções deve estar presente. Segundo, como um filme que vale a pena ver de novo, ele deve ser um sonho significativo mesmo quando sonhado diversas vezes. Terceiro, deve ser personalizado para cada sonhador. E você sabe qual é o tipo de sonho capaz de satisfazer todas essas condições?"

"Qual?"

"Sonhos sobre memórias, senhor. Memórias."

Em sua exposição, Motail habilmente retoma os pontos levantados durante a reunião que decidiu o tema da festa. Uma após a outra, as pessoas que estavam apenas de passagem começam a entrar na Grande Loja de Sonhos. Na verdade, parece que mais e mais gente está indo até a loja, por acreditar que há algum tipo de evento mais legal ali dentro, tudo devido aos gestos chamativos e ao tom de voz de Motail, e não tanto por se interessarem pelo que ele está falando.

"Suas memórias são preciosas demais para serem simplesmente esquecidas. Você será capaz de recuperar até mesmo as memórias mais longínquas. É a sua chance de voltar para o passado sem uma máquina do tempo! Venham para a Grande Loja de Sonhos DallerGut agora mesmo!", grita Motail, estimulando com sucesso o desejo de compra dos clientes.

"Será que devemos comprar um?"

As pessoas começam a fazer fila para comprar os sonhos feitos especialmente para o festival. Os pais jovens, com filhos crianças, compravam sobretudo o sonho de Aganap Coco, e os mais velhos escolhiam o sonho de Dozé, na expectativa de se reunirem com entes queridos de quem sentiam tanta falta.

No meio da multidão, Penny enfim encontra os rostos familiares que tanto ansiava rever: os clientes número 330 e 620, que conheceu na Lavanderia Noctiluca. Ela fica aliviada ao ver que eles levarão para casa a criação Yasnooze Otra. Naquela noite, terão um sonho maravilhoso, que condensa os últimos anos vividos como um filme.

A mulher, que havia caído em apatia após a aposentadoria, remoía em seus sonhos a rotina que já tivera.

Momentos como as manhãs em casa antes de ir para o trabalho, os cochilos no meio da tarde no fim de semana como se fosse possível compensar uma semana difícil, acordar no susto com o marido ao som das crianças procurando por ela – tudo tinha ficado no passado. Viu também o rosto da vizinha, que fazia uma barulheira quando tirava o lixo ao sair de casa para trabalhar, ao mesmo tempo que a cumprimentava.

Recordou também as vezes em que ela e o marido discutiam sobre os filhos e outros assuntos familiares, e depois se consolavam, rindo e chorando por acontecimentos ora felizes, ora tristes.

Quando o tempo estava bom, pensavam em alguma comida fresca para o almoço, mas se o dia estivesse nublado davam um jeito de aproveitá-lo do mesmo jeito. O cotidiano fluía suavemente, e ela era grata pelas flores do jardim, que desabrochavam a depender das estações, assim como os alimentos sazonais.

Apareceram em ordem cronológica momentos de conquistas e decepções na vida profissional, assim como histórias triviais compartilhadas com colegas.

A mulher dos sonhos tinha voltado a morar no apartamento de um cômodo, seu primeiro lar como recém-casada, e na casa verde de dois cômodos para onde se mudara após o nascimento do primeiro filho. Até mesmo as partes irregulares do teto que ela via enquanto estava deitada e os azulejos com padrões incomuns que ela admirava durante o banho voltaram à vida com nitidez.

Na verdade, o tempo para vivenciar cada cena era de apenas uma fração de segundo. Porém, como aqueles lugares em ela havia ficado por um bom tempo eram baseados em sua vida, a mulher adormecida conseguiu relembrar em seus sonhos muitas memórias relacionadas a todos eles.

"Querido, ontem à noite sonhei com a nossa antiga casa. A casa de dois cômodos em que moramos, com o portão verde, e no segundo piso morava o proprietário. Lembra?", disse a mulher ao marido assim que acordou. Ele havia acordado cedo e estava fazendo ginástica. Sob os cabelos tingidos de preto do homem, uma raiz branca despontava.

"A casa com portão verde? É claro que lembro. Lembro até do nome do dono da casa e do telefone do restaurante que fazia o frango frito que costumávamos pedir no dia do pagamento. Às vezes eu também sonho com a época em que morávamos lá. Você chorou muito quando nos mudamos daquela casa. Quando perguntei 'Por que você está chorando, se estamos indo para uma casa maior?', você sorriu para mim e, de repente, começou a varrer o chão de novo, depois se sentou e chorou mais ainda. Nosso filho mais velho se sentou ao seu lado e disse 'Mamãe, não chore', enquanto chorava com você. Quando estávamos fazendo a mudança, deixamos a porta escancarada, e parecia que a vizinhança toda estava chorando por algum motivo, pesarosa com a nossa partida."

O marido se sentou ao lado da esposa e riu ao recordar os velhos tempos.

"Não sei por que agi assim. Depois que todos os móveis tinham sido retirados, e só nossas vozes ecoavam pela casa vazia, tive uma sensação muito estranha e desagradável. Parecia que as lembranças de nossas refeições, das conversas com você, dos momentos de limpar, rir, chorar e pôr as crianças na cama foram embora com nossos pertences. Eu sou tão grata àquela casa. Passamos por tantas coisas ali. Acho que chorei porque estava grata por ela ter cuidado bem da nossa família até nos mudarmos."

"É mesmo. A propósito, você se lembra da primeira casa em que moramos? Era um pequeno quarto alugado onde morei sozinho quando era solteiro. Era um apartamento realmente humilde, só tinha paredes, teto e chão. Naquela época, senti vergonha de chamá-la para morar ali, mas na verdade também sinto falta daquela casa. Lembro de uma vez, no verão, em que nos deitamos nos lençóis recém-lavados e ainda úmidos, conversando sobre algo banal, e adormecemos. Não sei o motivo, mas gosto muito dessa memória", o marido continuou falando, com mais entusiasmo do que a mulher.

"Eu me lembro de tudo. Pensando aqui a respeito, quase não tenho memória do dia em que ficamos naquele hotel caro, exceto do café da manhã, que estava delicioso. Mas por que será que me recordo, como se fosse ontem, de fazer kimbap e panqueca de abóbora com nossos filhos em um dia completamente normal? Nossa, só de conversar com você, vejo que tivemos uma vida muito divertida."

"Sim. Nós tivemos uma vida muito divertida. Faz muito tempo que eu e você não aproveitamos a companhia um do outro."

"Fale a verdade, essa conversa deixa você entediado?", disse a mulher, brincando.

"Ai, ai, lá vamos nós. Entediado com o quê? Minhas memórias são suas memórias, e é por isso que eu gosto tanto delas."

Gentilmente, o marido colocou sua mão sobre a dela e a acariciou.

A vida deles sempre foi composta de 99,9% de cotidiano e de 0,1% de momentos diferentes. Agora que não havia mais situações especiais pelas quais esperar tão ansiosamente, os 99,9% da vida cotidiana eram preciosos demais. A mudança das estações, o caminho de volta para casa, as refeições que eles faziam juntos e os rostos que viam todos os dias.

Foi quando a mulher se deu conta de que ficar se perguntando para onde fora sua vida e quais alegrias o futuro lhe reservava eram perguntas para as quais ela já sabia as respostas.

O jovem cliente número 620 também visitou memórias do passado em seus sonhos. Ele estava no finzinho dos seus dezenove anos e considerava prestar outra vez o vestibular por estar insatisfeito com o resultado que havia obtido.

"Ah, deixa isso pra lá!", ele decidiu, inquieto, e foi ver o nascer do sol com seus amigos. Sem ter sequer levado um par de meias extra, passou dois dias acordado com eles. Cada instante daquele momento foi perfeitamente recriado em seu sonho.

Ele estava sentado, se mexendo de um lado para o outro no assento mais barato do trem, fazendo piadas bobas com os amigos e rindo enquanto observava as pessoas em volta. Até tentou tirar um cochilo antes de chegarem ao destino, sendo depois acordado pelo cheiro forte de óleo que emanava do veículo. Era tudo tão realista que ele não conseguia conceber que aquilo era um sonho.

O jovem e seus amigos esperaram o sol nascer, porém, sem aguentar o frio, se sentaram no chão do prédio e adormeceram. Quando acordaram e viram o sol já a pino no céu, ficaram desapontados, mas não deixaram de rir, e fizeram seus pedidos para um sol já amanhecido.

Diante da reprovação no vestibular, o momento que ele acreditava ser o mais importante em sua vida, o desejo daquele jovem de dezenove anos era muito claro: "Quando tudo acabar, um dia vou rir disso".

Relembrou a expressão no rosto de seus pais quando voltou para casa, perguntando se ele havia gostado da viagem, sem cobrarem mais nada dele. Foi uma recepção tão calorosa.

O homem acordou e não conseguia se lembrar de nada do sonho. Contudo, lembrou-se do desejo que fez naquela época. Sabia que seu desejo havia se tornado realidade. Um ano de estudos sem arrependimentos e bons resultados o levaram a ser quem é hoje. As experiências que pareciam amargas na época, em retrospecto, foram a base para moldar no jovem rapaz algo diferente das outras pessoas. Ainda que ele se quebrasse em pedacinhos diante dos desafios, recolhia seus fragmentos para ver no que ia dar. E, para enxergar esse resultado, ele precisava enfrentar as adversidades com toda a sua energia, restando-lhe apenas um desejo em mente: "Quando tudo acabar, um dia vou rir disso. E só depende de mim fazer acontecer".

A quantidade de memórias diferentes e únicas que apareceram nos sonhos das pessoas era proporcional à multidão de clientes que compareceram à festa do pijama. As lembranças estavam na cabeça de cada pessoa, em um cantinho empoeirado de sua mente, como um álbum de fotos antigo que permaneceria para sempre guardado a menos que alguém fizesse questão de folheá-lo.

Cenas como o primeiro encontro com um amigo próximo, em um momento em que essa amizade parecia improvável, ou o trajeto desagradável no transporte público depois de um dia difícil povoavam os pensamentos dos sonhadores. Apesar de terem memórias diferentes, todos ali tinham algo em comum.

Uma vez que uma memória se torna de fato uma lembrança, as fronteiras entre alegrias e tristezas banais se borram, e a lembrança se torna bela por si mesma.

"Essas memórias são definitivamente minhas, mas para onde elas foram e por que voltaram para mim no meu sonho ontem à noite?"

Depois que os clientes da festa acordaram do sonho, foram agraciados com um respiro para olhar para o passado pela primeira vez em muito tempo.

Passada uma semana, é o último dia da festa do pijama. Depois de confirmar que todos os clientes regulares já foram embora, Penny pode finalmente aproveitar a festa como todo mundo.

No estande de Sonhos Experimentais e Novas Tecnologias, diferentes pesquisadores expõem o que há de mais novo no ramo da criação de sonhos. Penny está tomando sorvete enquanto ouve uma jovem pesquisadora explicar calmamente o seu produto.

"O campo que venho pesquisando há anos é o que costuma ser chamado de 'um sonho dentro de outro', que estuda a passagem para o próximo sonho sem que o sonhador acorde. Além disso, estamos desenvolvendo uma tecnologia que permite que, caso acorde durante um sonho agradável ou algo inesperado aconteça, você poderá voltar a dormir rapidamente, em até dez minutos, e retornar ao ponto em que parou no sonho. Gostaria de testar? A experiência completa leva mais ou menos trinta minutos."

"Não, obrigada. Já tive experiências suficientes por hoje. Obrigada pela explicação."

A verdade é que Penny não quer desperdiçar o restante do festival dormindo em uma cabine por meia hora. Tentando descobrir o que fazer em seguida, ela nota um estande que vende apanhadores de sonhos de todos os formatos. Há dezenas deles em exposição, dos mais variados tamanhos. Esse artefato serve supostamente para filtrar pesadelos e só deixar passarem bons sonhos.

"Aquele ali, o maior, precisa estar conectado a alguma fonte de energia?"

"Sim. Este aqui é um excelente apanhador de sonhos, capaz de detectar com antecedência a energia dos pesadelos."

Assim que o vendedor liga o apanhador na energia, suas penas começam a rodar, fazendo muito barulho. Elas giram tão rápido que mais parece algo para espantar insetos.

"Isso é normal. Logo que ele detecta o menor indício de energia de pesadelo, emite um alerta sonoro bem alto."

Penny resolve comprar um apanhador de sonhos desses mais tradicionais. De repente, ela ouve um som de alerta ensurdecedor vindo do objeto que está rodando.

"Por que isso está acontecendo assim, do nada?"

O vendedor, sem graça, olha em volta. Maxim, que por acaso passava por ali com Nicholas, ficou tão surpreso que congelou onde estava.

"Ah, o alarme está tocando por causa do sr. Maxim. Me desculpe. Por favor, se afaste um pouco. Como você sabe, este é um objeto que sente a energia dos pesadelos..."

Envergonhado, Maxim dá alguns passos para trás, afastando-se do apanhador de sonhos que estava soando o alarme, e quase tropeça num tapete que há ali. Algumas pessoas não conseguem segurar o riso. Nervoso, Maxim cambaleia para trás e se agarra às penas do apanhador com a mão, e o objeto faz ainda mais barulho, como se estivesse gritando agoniado.

Penny se sente estranhamente desconfortável ao ver Maxim naquele estado. Só porque cria pesadelos não significa que ele deva ser tratado como um.

"Desligue isto!", grita Penny. Mas Nicholas, num movimento brusco, já havia feito o apanhador de sonhos parar, dando um chute em sua fonte de energia.

"Que pedaço de sucata!"

Maxim, de cabeça baixa, se desculpa pelo ocorrido, e logo em seguida desaparece como se estivesse fugindo.

Penny volta exausta para a loja, praticamente se arrastando. Ela comeu tanto que sente que seu estômago vai explodir, e está impressionada com a quantidade de pessoas que encontrou.

Summer e Mogberry ainda estão ocupadas fazendo testes de personalidade, usufruindo de uma inesperada popularidade, a ponto de os clientes terem formado uma fila extensa. Estão aguardando sua vez alguns funcionários do Gabinete de Gestão de Reclamações Civis, vestidos com suas roupas verdes. Eles conversam e riem, parecendo muito entusiasmados, bem diferente de como se comportam durante o expediente.

Desviando das pessoas que esperam na fila, Penny vai para perto de DallerGut, que está na recepção.

"Você também fez o teste de personalidade, sr. DallerGut? Aposto que você é o terceiro discípulo, acertei?"

"Claro que fiz. Mogberry me fez repetir o teste mais de cinco vezes. E sempre saía um resultado diferente."

"Sério? Que estranho! Eu tirei o segundo discípulo, e acho que, se repetisse o teste, o resultado seria igual. Sabe, embora admire o trabalho que o sr. Atlas e Maxim fizeram na caverna, ainda me pergunto se as pessoas que são como o segundo discípulo realmente têm características tão distintas em relação às demais."

"Por que está dizendo isso?"

"Maxim cria pesadelos que nos fazem lembrar de traumas passados. O sr. Atlas viveu em uma caverna a vida toda, cultivando memórias. Os dois trabalham com tanta convicção, mas de alguma forma parecem tão solitários", diz Penny, lembrando-se da situação que acabou de acontecer e da figura indefesa de Maxim frente ao apanhador de sonhos.

"A meu ver, a tendência deles de se concentrarem no passado não parece ter tanta relação assim com a solidão de cada um. Eu me lembro de ter ficado um pouco preocupado quando Maxim saiu da caverna e abriu a Oficina de Pesadelos. Tive a impressão de que ele se sentiria solitário no trabalho que escolheu. Contudo, como você bem pôde presenciar, ele se uniu ao Nicholas agora para fazer os biscoitos, então não trabalha mais sozinho e tem alguém com quem partilhar o mesmo objetivo. A mesma coisa vale para o Atlas, que se juntou com os Noctilucas. Graças a você, Penny, também não me senti sozinho este ano, já que partilhamos dos mesmos objetivos. Por sua causa, parece que recuperamos muitos dos nossos clientes regulares. Bom trabalho, Penny."

"Obrigada. Isso me deixa mais tranquila."

"E por falar em teste de personalidade, não faz sentido categorizar tão claramente sua propensão a isso ou aquilo com base em resultados tão superficiais. Não foi para isso que esse teste foi desenvolvido."

DallerGut tira do bolso externo do casaco uma caixa de cartas do teste de personalidade que parece nova.

"Você também tem uma dessas, sr. DallerGut?"

"Eu participei da produção, então ganhei algumas como cortesia. Para um item que vem de brinde na compra de um livro, é um produto muito bem-feito, não é? Agora, olhe o fundo da caixa, aqui."

Ele virou a embalagem e mostrou o verso para Penny.

Vivamos o presente para sermos fiéis à felicidade do agora,
aguardemos pelo futuro em nome da felicidade que ainda não encontramos
e remoamos o passado para enxergar a felicidade que só percebemos depois
de vivida.

"As cartas desse teste não são meras ferramentas para enquadrar as tendências de personalidade de alguém em um único perfil. Elas servem para testar com facilidade como alguém tem vivido o seu agora, ou seja, em que momento essa pessoa se encontra na vida. É muito natural que o resultado mude cada vez que o teste é refeito."

DallerGut tira as cartas da caixa. Sobrepostas, elas formam a imagem do Deus do Tempo segurando fragmentos do presente em seus braços. Por coincidência ou não, as cartas levemente brilhantes refletem vagamente a luz, como um espelho embaçado, iluminando Penny.

"Às vezes, penso o seguinte. Talvez os três discípulos não sejam três pessoas diferentes, mas sim três aspectos diferentes de uma pessoa que muda com o tempo. Por exemplo: desde o momento em que nasci, se pensasse algo como 'meu tempo é total, pois o Deus do Tempo sou eu', eu me sentiria incrivelmente especial, não é mesmo?"

"Uau! Sim, é realmente possível interpretar dessa forma."

Penny se sente confortada pela plenitude de ter um passado, um presente e um futuro.

"Isso vale para nós e para todos os nossos clientes. Há momentos para viver fielmente no presente, momentos para se apegar ao passado e momentos para avançar, mirando o futuro. Todo mundo passa por momentos assim, então o que nos resta é esperar. Ainda que as pessoas não sonhem agora, chegará um momento na vida em que elas precisarão sonhar."

"Sim, entendi o que você quis dizer."

"Sr. DallerGut! Todos os sonhos que foram feitos especialmente para o festival estão esgotados. Isso só aconteceu porque trabalhei duro para atrair os clientes lá de fora para cá. Não se esqueça disso durante a negociação salarial do próximo ano!", grita Motail ao longe.

"Motail ainda está cheio de energia. Um evento como este não trará todos os clientes regulares de volta assim, logo de cara. Ainda haverá muitas pessoas no Gabinete de Gestão de Reclamações Civis e na lavanderia. Mas temos todos os tipos de sonhos para preparar, nos restando apenas esperar. Isso porque..."

"Porque todo mundo passa por momentos assim. Certo?"

Naquele momento, um cliente que passava pela recepção cumprimenta Penny e DallerGut, a caminho da saída da loja. O cliente estava de mãos vazias.

"Senhor, você não encontrou um sonho que lhe agradasse?"

"Não foi isso. Sinto que está tudo bem se eu apenas dormir sem sonhar hoje."

O cliente abre um sorriso tímido.

"É mesmo. Também existem dias assim", responde Penny, despreocupada.

"Estou surpreso que uma balconista da loja diga isso. Achei que você tentaria me persuadir a ficar", diz o cliente, parando de andar e olhando para Penny.

"Não precisa ter pressa. Nós nos veremos todos os dias, não é mesmo?"

Penny sorri de orelha a orelha. Sua expressão é quase igual à de DallerGut, que está em pé ao seu lado.

"Caro cliente, a Grande Loja de Sonhos estará sempre aqui."

EPÍLOGO 1: CERIMÔNIA DE PREMIAÇÃO DE SONHO DO ANO

Desde a festa do pijama, o comércio como um todo experenciou um aumento sem precedentes de clientes. As vendas cresceram substancialmente, não apenas na Grande Loja de Sonhos DallerGut, como também em todas as lojas que participaram do festival.

Dentre elas, a que teve o crescimento mais significativo foi a Loja de Móveis Bedtown, produtora de camas e roupas de cama de luxo. Graças a ela, que generosamente forneceu camas novas, além de jogos de cama para serem usados como decoração, as pessoas puderam desfrutar do prazer de comer fatias de pão em cima da cama, deixando migalhas por toda parte, e pratadas de macarrão com bastante molho. Esses pequenos atos de rebeldia deixaram as pessoas muito felizes. A experiência divertida na festa naturalmente fez com que elas dessem preferência para os conjuntos de cama da Loja de Móveis Bedtown, e seus produtos muitas vezes se esgotavam assim que o estoque era reabastecido.

Enquanto isso, um tema muito discutido entre os funcionários da Grande Loja de Sonhos DallerGut era o recente aumento no número de vendas do segundo piso. Depois do festival, que ocorreu há cerca de três meses, as vendas ultrapassaram com folga as do primeiro piso.

O segredo para todo esse sucesso era o Serviço de Gravura Personalizado, ambiciosamente encabeçado por Vigo Myers e toda sua equipe do segundo piso. Quando o festival acabou, os funcionários de Myers quebraram a cabeça dia e noite levantando ideias para manter a popularidade do "Cantinho do Cotidiano", que não costumava receber muita atenção. Por fim, implementaram o serviço de gravura, feito na hora para os clientes que comprassem seus sonhos. Eles se equiparam com uma máquina de gravação a laser e, em vez do nome do produtor do sonho, gravavam o nome do comprador em um estojo de couro sintético.

"Como foram os clientes que selecionaram as memórias, é claro que são eles os criadores desses sonhos. Todos nós o somos. Sem vocês, que frequentam a loja no dia a dia, a produção de sonhos nem sequer existiria." Quando Vigo dizia isso, entregando a caixa do sonho com o nome gravado no couro sintético, os clientes saíam da loja emocionados.

"Se um comentário como esse tivesse sido feito por Motail, não teria o mesmo efeito. Mas, vindo de alguém como Vigo, que parece incapaz de dizer palavras vazias e mentirosas, a história é outra", disse Speedo, explicando sua teoria para a popularidade do segundo piso, e todos, exceto Motail, concordam.

"Vender produtos com uma abordagem chamativa é a especialidade do quinto piso. Pegue leve com a gente, sr. Vigo", pediu Motail, visivelmente descontente porque o número de produtos que chegava ao canto de descontos do quinto piso havia diminuído, como resultado da popularidade do segundo piso.

Mas esse não era o único segredo para o sucesso de vendas da seção "Memórias". Nos produtos de lá havia também um selo de certificação, explicando que os sonhos continham apenas ingredientes seguros, de modo que as crianças que iam ao terceiro piso para comprar sonhos dinâmicos ou mais estimulantes eram conduzidas pelos pais ao segundo piso.

"Por favor, mamãe, me deixe sonhar com o que eu quiser."

"O que acha de experimentar um sonho recomendado pela mamãe? Você já escolheu os sonhos que queria na última semana."

No jornal diário *Além da Interpretação dos Sonhos*, Penny leu uma reportagem especial sobre a nova tendência de comprar um sonho com seu nome gravado e presentear a si mesmo, como forma de comemorar o próprio aniversário.

Esse clima continuou até o final do ano. E mesmo entre as pessoas que se reuniram na Grande Loja de Sonhos DallerGut para assistir no telão à cerimônia de premiação de Sonho do Ano, as conversas sobre Vigo Myers e a seção "Memórias" não cessaram.

"Vi Vigo Myers sorrindo sozinho ao gravar o próprio nome no lugar do produtor em uma caixa dos sonhos. A ideia de fornecer um serviço de gravação para os sonhos na seção 'Memórias' provavelmente foi pensada para compensar o fato de que ele próprio não pôde se tornar um produtor", falou uma das fadas Leprechaun, que se aglomeravam como pardais, sentadas nos apoios de braço das cadeiras.

Penny, que estava sentada ali perto, mirou as fadas com um olhar de desprezo. Depois de ter aprendido bastante sobre Vigo naquele ano, ela se sentia muito desconfortável ao ouvir alguém falar uma coisa daquelas.

À medida que se espalhou o boato de que não havia lugar melhor do que a Grande Loja de Sonhos para acompanhar a cerimônia de premiação de Sonho do Ano, mais pessoas do que o habitual apareceram para assistir à transmissão no saguão da loja. Além dos Noctilucas, vários produtores, que geralmente não eram vistos na área comercial, também estiveram presentes.

Animais e clientes que transitavam por ali se reuniram em frente à entrada da loja, bisbilhotando o seu interior.

"Se quiserem, entrem para assistirmos todos juntos", disse DallerGut, prontamente convidando a todos. À primeira vista, não havia cadeiras suficientes para a quantidade de recém-chegados. O perspicaz DallerGut bateu palmas e anunciou: "Que tal tirarmos as cadeiras e nos sentarmos todos no chão? Felizmente, temos muitos tapetes".

Assim que ele terminou de falar, os funcionários se movimentaram rapidamente e abriram um grande espaço.

A sra. Weather reduziu o brilho das luzes e distribuiu as velas que sobraram da festa do pijama. O burburinho ia diminuindo à medida que a atmosfera se tornava mais aconchegante. Penny se sentou e esticou as pernas confortavelmente no tapete que dividia com Assam. Um gato alaranjado apareceu do nada, rastejando para o colo de Assam e se aconchegando ali.

"Ele parece saber onde fica o assento mais confortável."

Mas Penny estava distraída observando DallerGut, que tentava fazer com que a projeção aparecesse. Ele pensou um pouco, enquanto segurava dois cabos para conectar ao projetor, e surpreendentemente deve tê-los ligado de forma correta, já que uma imagem nítida apareceu no telão. A sra. Weather, que estava sentada ao lado dele, cumprimentou-o com um joinha.

"DallerGut, tem um lugar vago aqui. Sente-se."

A sra. Weather e DallerGut se sentaram no mesmo tapete onde estavam Dozé e Yasnooze Otra. O produtor dos Sonhos de Encontrar com os Mortos estava rígido como uma pedra, como se tivesse sido arrastado à força por Yasnooze Otra até ali, enquanto Speedo o incomodava, grudado nele.

"Sr. Dozé, onde você costuma comprar suas roupas? Se você soltar esse penteado, seu cabelo ficará comprido como o meu? Usar uma mesma cor de roupas é um conceito seu? Também gosto de usar as mesmas roupas repetidas vezes. Acho que temos muito em comum."

"As roupas que eu uso não são um conceito. Só uso porque gosto..."

Penny observou que Dozé se movia discretamente para ocupar todo o espaço vazio ao seu lado, temendo que Speedo se espremesse para caber ali.

Dozé e Yasnooze Otra não eram as únicas celebridades sentadas ao redor de Penny e Assam. Atrás do Noctiluca, estavam Kick Slumber e Animora Bancho, criador de sonhos para animais. Assam é fã de longa data de Kick Slumber. Bancho e os cachorros que sempre o acompanham estavam brincando no chão, e Assam fingiu fazer carinho neles enquanto olhava furtivamente para Kick Slumber.

"Aqui parece mais uma cerimônia de premiação do que lá no telão, Penny."

"Relaxe, Assam."

Assam respirou fundo e acariciou o gato sentado em seu colo.

"Como posso não ficar nervoso com esta situação? Você ainda consegue falar isso quando sabe quem está sentado atrás de mim?"

"Sim. Sei bem como você se sente."

Penny ficou surpresa com o fato de que Kick Slumber e Animora Bancho estavam ali na loja em vez de comparecerem à cerimônia de premiação. No ano passado, Bancho foi o vencedor da categoria Mais Vendido de Dezembro, e Kick Slumber foi o vencedor do Grande Prêmio do Ano.

"Pessoal, por favor, prestem atenção na tela agora. Vigo aparecerá em breve."

Os funcionários do segundo piso fizeram um alvoroço em comemoração.

A cerimônia de premiação estava a todo vapor. O anfitrião no palco anunciou o vencedor da categoria Mais Vendido do Mês.

"Agradecemos a todos pela espera. O vencedor do prêmio Mais Vendido do Mês vai para os sonhos da seção 'Memórias', do segundo piso da Grande Loja de Sonhos! Como os produtores são os próprios sonhadores, não pudemos determinar um vencedor específico. Em vez disso, o sr. Vigo Myers, gerente do segundo piso da Grande Loja de Sonhos, receberá o prêmio em nome de todos os vencedores."

Foi o resultado que todos já esperavam, devido ao notável volume de vendas. As pessoas na loja não ficaram muito surpresas, mas não pouparam parabenizações, brindando ou comemorando enquanto cumprimentavam os funcionários do segundo piso.

No telão, Vigo trajava o mesmíssimo terno que usava para trabalhar na loja, só que hoje também usava uma gravata borboleta no pescoço. Ele devia estar bastante nervoso, porque quase saiu do palco sem fazer seu discurso de agradecimento, mas foi impedido pelo apresentador.

"Você não pode ir embora assim. Um breve comentário de agradecimento basta. Aqui, pegue o microfone de novo. Pessoal, Vigo Myers parece estar nervoso. Por favor, vamos dar uma salva de palmas para ele."

Vigo voltou ao centro do palco. Ele coçou o bigode e pensou por um momento no que dizer.

"A rigor, este prêmio não é meu... Por isso me sinto um tanto envergonhado de expressar meu sentimento de gratidão aqui. Era meu sonho receber um prêmio na cerimônia de premiação de Sonho do Ano e, depois de muito anos de vida, finalmente consegui realizá-lo. Agradeceria sinceramente se vocês continuassem a demonstrar seu amor e interesse pelos sonhos comuns, mas especiais, que temos no segundo piso da Grande Loja de Sonhos DallerGut. Hum... Posso descer agora?"

Depois de seu breve discurso de aceitação, Vigo desceu rapidamente do palco.

"Como é que pode fazer um discurso de aceitação direto assim? De todo modo, ele estava com um humor muito melhor do que o habitual. Com certeza", disse Mogberry enquanto bebia cerveja sem álcool. Ela havia se agachado no tapete onde Kick Slumber estava sentado e acariciava os cachorros de Animora Bancho.

"Vocês dois não foram indicados por nenhum trabalho na cerimônia de premiação deste ano, nao é? Deve ter sido chato", ela comentou, encarando Slumber e Bancho.

A resposta de Kick Slumber foi surpreendente: "Nós levaremos o Grande Prêmio no próximo ano".

"Como assim, 'nós'? Vão criar um novo sonho juntos?", perguntou Penny, que estava ali ao lado.

"Isso mesmo. Nós dois estamos nos preparando para um novo projeto juntos. Não é mesmo, Bancho?"

"Sim. É uma grande honra. Kick Slumber criará o sonho em que animais poderão sentir, mesmo ele não sendo um animal, e eu criarei o sonho inteiramente da perspectiva de um animal. É a combinação perfeita para produzirmos um sonho em comum."

"E que tipo de sonho será?"

"Penny, você sabe algo sobre animais que, ainda que sejam animais, nunca viveram como um animal?"

"É um animal, mas não viveu como um animal... Como assim? Não entendi. Por que as pessoas sempre me fazem perguntas tão enigmáticas?"

"Ha-ha. Desculpe. A pergunta foi inesperada, não é? Vamos criar um Sonho para Amigos Presos no Zoológico. Esperamos que esses animais possam passar pelo menos um terço de suas vidas onde realmente deveriam estar."

"Uau, nunca pensei que um sonho assim pudesse existir! Se for de fato possível, os animais adormecidos no zoológico nunca poderão ser acordados por batidas nas janelas de vidro. Seria um desperdício acordá-los de um sonho que vocês trabalham tanto para criar", disse Penny, muito animada com os futuros produtos que chegariam ao quarto piso a partir do próximo ano.

A cerimônia de premiação estava prestes a anunciar o Grande Prêmio do ano, mas por algum motivo não havia tensão alguma no ar. Todos pareciam saber quem seria o vencedor.

"Assam, que tipo de sonho você acha que vai levar o Grande Prêmio este ano?"

"Você não ouviu os boatos?"

"Que boatos?"

"Dizem por aí que Aganap Coco se recuperou completamente e está de volta ao seu auge. Ou seja, não tem pra ninguém."

Assim que Assam terminou de falar, o anfitrião anunciou a vencedora.

"Este ano, o tão prestigiado Grande Prêmio vai para... Re-Sonhando Sonhos Premonitórios, de Aganap Coco!"

Em meio a fortes aplausos, Aganap Coco, elegantemente vestida, subiu ao palco escoltada por seguranças.

"Na festa do pijama deste ano, com o tema 'Memórias', Aganap Coco compartilhou com sonhadores que são pais um Sonho Premonitório que representava a emoção de quando se tem o seu primeiro bebê. Foi elogiadíssimo como um sonho que permite aos sonhadores reviver as intensas emoções de ter um filho. Para saber mais detalhes, vamos ouvir diretamente da vencedora, em seu discurso."

Aganap Coco ajustou a altura do microfone para se adequar à sua pequena estatura e começou a falar.

"Nunca me passou pela cabeça que esta senhorinha aqui receberia outro Grande Prêmio durante sua vida. Parece-me que ainda tenho um futuro brilhante à frente. Ao criar esse sonho, foram muitas as emoções de reviver tudo o que senti quando vi as duas linhas no teste de gravidez e recebi meu primeiro exame de ultrassom. Não seria ótimo se todos pudessem tratar as pessoas ao seu redor com a mesma emoção que sentiram quando se encontraram pela primeira vez? Eu também pretendo continuar a trabalhar feliz, sentindo a mesma emoção de quando comecei a trabalhar neste ramo. Aos produtores mais velhos de todo o país! Vocês estão se sentindo inspirados por mim? Espero que sim!"

Naquele momento, a câmera flagrou Nicholas se levantando na plateia e aplaudindo Aganap Coco de pé.

Ele raramente comparecia à cerimônia de premiação anual, porém, neste ano, estava lá vestindo roupas formais. Além disso, sempre que Nicholas era capturado na tela, Maxim, que estava sentado ao lado dele, também era flagrado e ficava todo vermelho.

"Acho que a madame Aganap Coco ainda está em seu auge", exclamou Dozé, batendo palmas admirado.

"Bom. Também não vou ficar para trás, certo? No próximo ano, vou mirar no Grande Prêmio com A Vida dos Outros (Versão Oficial)", disse Otra, de forma solene, enquanto ajeitava a gola do casaco.

O relógio marcava quase meia-noite. Esperando pela contagem regressiva, Penny desejava silenciosamente que, como disse Aganap Coco, pudesse continuar a trabalhar no próximo ano com a mesma empolgação que sentiu quando começou. Esperava poder assistir à cerimônia de premiação de final de ano com as pessoas reunidas ali na Grande Loja de Sonhos DallerGut no próximo ano também, e no ano seguinte, e por muitos e muitos mais.

EPÍLOGO 2: MAXIM E O APANHADOR DE SONHOS

A agitação de dezembro havia passado, e um novo ano começou. A temperatura caía dia após dia, e hoje até chovia granizo. Penny tirou as luvas de lã úmidas de neve. A ponta de seus dedos estavam tão frias que tudo o que ela queria era chegar depressa ao seu destino.

Ela andava de forma desajeitada, segurando desconfortavelmente uma sacola de papel do tamanho de seu torso. A alça, frágil, já tinha rasgado com o peso fazia um bom tempo.

Enquanto caminhava, Penny continuou a se perguntar se estava ou não sendo enxerida, mas, antes que ela se desse conta, chegou a seu destino, a Oficina de Pesadelos de Maxim. Na fachada, havia pilhas de folhas secas, como se não tivessem sido recolhidas desde o outono, que estavam congeladas, assim como muitos outros itens inutilizados espalhados por ali. Uma diferença notável eram as cortinas acinzentadas da janela, que antes eram pretas como a noite.

Penny estava parada na escada de entrada da oficina, tremendo de frio, mas incapaz de entrar. Ela pensava no que dizer quando encontrasse Maxim, até que a porta se abriu.

"Srta. Penny? O que está fazendo aqui?"

Maxim, que vestia um suéter cinza tricotado com lã grossa, ficou parado ali com uma expressão de surpresa no rosto assim que viu Penny.

"Ah, olá!"

"Já que veio até aqui, ao menos bata na porta, por favor. Por que está aqui fora no frio? Vamos, entre."

"Ah, está friozinho hoje, não é? Na verdade, não está friozinho, está muito frio. Fora que está nevando... Deve ser porque é inverno. O inverno é naturalmente frio, não é? Bem, de toda forma, só vim dar isso a você e depois vou embora."

Sem jeito, Penny estendeu a sacola de papel que estava segurando.

"Não sei o que você me trouxe, mas não posso simplesmente mandar uma visita embora congelando neste dia frio. Por favor, entre."

Maxim não forçou Penny a entrar. Porém, era evidente que, se ficassem parados ali, eles dois se transformariam em bonecos de neve. A neve já começara a se acumular sobre os pés de Maxim. Penny entrou toda desajeitada na Oficina de Pesadelos, arrependida de ter ido até ali de forma tão impulsiva.

O local parecia mais caótico do que antes, quando Penny fizera uma visita acompanhada de DallerGut. Parecia não haver lugar suficiente para guardar os materiais utilizados na criação dos sonhos. Uma nova prateleira tinha sido instalada na parede, e ainda assim não era suficiente, porque foram fixados ganchos nos espaços vazios logo abaixo, onde outros materiais estavam pendurados. Na mesa de trabalho, pequenos pedaços de massa-base de várias cores misteriosas, como se fossem planetas, estavam silenciosamente isolados em caixas transparentes, apenas esperando sua vez de serem utilizados.

"Por favor, sente-se aí. Vou pelo menos fazer um chá quente para você", disse Maxim, apontando para uma mesa de trabalho e uma cadeira.

Enquanto ele preparava a bebida, Penny refletiu por um momento se deveria ou não tirar os itens de dentro da sacola de papel.

"Aqui. Este é um chá de ervas que gosto de beber enquanto trabalho. Não tem efeitos especiais, mas é muito aromático. Enfim, o que trouxe você aqui? Imagino que os funcionários da Grande Loja de Sonhos não saiam por aí pessoalmente para desejar um feliz Ano-Novo a todos os produtores, afinal vocês são bem ocupados. Na verdade, confesso que fiquei surpreso. Você veio até aqui sozinha."

Penny olhou para Maxim, que tinha uma expressão gentil no rosto, e decidiu explicar o propósito de sua visita sem ficar pisando em ovos.

"Prometa que não vai rir ou tirar sarro de mim."

Penny respirou fundo e pegou algo de dentro da sacola. Um objeto grande, embrulhado com várias camadas de papel estampado, foi posto sobre a mesa.

"Isto é um apanhador de sonhos?"

"Sim, isso mesmo!"

Penny abriu um grande sorriso, aliviada porque Maxim tinha reconhecido o objeto. Ela hesitou em mostrar o apanhador de sonhos que havia feito com as próprias mãos porque estava um pouco rústico, mas ficou muito mais aliviada por saber que ele, até certo ponto, era ao menos reconhecível.

"Foi você quem fez, Penny?"

"Onde é que eu encontraria para comprar um apanhador de sonhos tão tosco?"

Penny sorriu timidamente enquanto mostrava a Maxim os detalhes das decorações penduradas desajeitadamente no apanhador de sonhos. Penas, contas e conchas decoradas até demais, todas entrelaçadas no anel circular feito de macramê. Era quase digno de pena ver que o anel circular mal sustentava as decorações que haviam sido penduradas de modo exagerado para encobrir a falta de habilidades manuais com nós e costura.

"É muito bonito."

Maxim olhava fascinado para o apanhador de sonhos, como se nunca tivesse visto nada igual antes. Sua expressão não podia ser uma encenação. Penny achou que ele daria boas risadas, dizendo que aquilo era um desperdício de materiais, mas ficou bastante surpresa com a reação inesperada dele.

"Mas por que você está me dando isto? Em especial, um item tão precioso, que você mesma fez."

E antes mesmo que Penny tivesse a oportunidade de esconder seu constrangimento, a pergunta que mais a preocupava saiu da boca de Maxim. Ela refletiu muito se deveria ou não visitar a oficina de Maxim, sem saber como responder justamente essa pergunta.

"Não tem um motivo específico. Bem, na verdade, tem um significado especial. Quero dizer, com isso, que você não deve se sentir pressionado. Na verdade, foi na festa do pijama... provavelmente no último dia. Vi você ficando envergonhado na frente daquele apanhador de sonhos. Então, ainda que não tenha propósito algum, nem seja lá muito agradável de se ver... De qualquer forma, pensei que um apanhador de sonhos que eu mesma fizesse poderia ser bom o suficiente, então aqui está..."

Penny falou com cautela, lembrando-se do apanhador de sonhos emitindo um som ensurdecedor quando sentiu a energia de pesadelo, e de Maxim em pânico, sem saber o que fazer.

Ele permaneceu em silêncio.

"Bem, se deixei você desconfortável, posso levar de volta. Eu só..."

Vendo que Penny hesitava, Maxim acenou apressadamente com a mão.

"Não, não é isso! É que nunca sei o que dizer em situações como esta. Nunca estive tão feliz quanto agora. Sendo assim, como posso expressar isso se nunca senti isso antes?", perguntou Maxim, sério.

"Por que tão... Enfim, você gostou do presente, certo? Que alívio."

Penny se levantou segurando o apanhador de sonhos e olhou ao redor da oficina de Maxim.

"Vamos ver, acho que ficaria bom pendurado aqui, neste gancho vazio."

Penny estava de costas para as cortinas blecaute cinza-escuras e apontava para uma prateleira alta com vários materiais pendurados.

"Agora, se você pendurar desse jeito... Parece bom, não é? Sr. Maxim, por favor, venha até aqui e dê uma olhada."

Assim como Penny, Maxim ficou de costas para a janela. Era possível enxergar, através do círculo do apanhador de sonhos branco, o local de trabalho de Maxim claramente à vista.

"Agora, os pesadelos criados aqui passarão por este apanhador de sonhos e sairão para o mundo como sonhos bons, que ajudarão as pessoas."

"Uau... É incrível mesmo."

Maxim se curvou um pouco para olhar o apanhador de sonhos, em uma pose pensativa. O silêncio preencheu a oficina, onde nem mesmo música ambiente tocava.

Penny não tinha mais nada a dizer. Ela também sentiu que fora uma decisão precipitada visitá-lo sozinha. Maxim ainda estava imóvel, tal qual uma estátua. Parecia que ele não diria mais nada, quando, de repente, Penny sentiu que precisava continuar a conversa de alguma forma ou simplesmente dizer "Desculpe pelo incômodo" e ir embora, apenas para dar fim àquela situação constrangedora.

Ela estava prestes a abrir a boca para dizer algo, mas surpreendentemente Maxim foi o primeiro a quebrar o silêncio:

"Srta. Penny, está satisfeita em trabalhar na Grande Loja de Sonhos?"

"Como? Por que isso de repente..."

"Só estou curioso. Eu gostaria de saber."

"Bem, eu realmente gosto de lá. Claro, há momentos em que me sinto cansada e estressada. Ainda assim, fico feliz por poder ver tantas pessoas vivendo suas vidas. E você, Maxim? Gosta de ser um produtor de sonhos? Ah, claro, acho que dessa já sei a resposta. Ouvi isso do sr. Atlas, lá na Lavanderia Noctiluca. Ele disse que você penou muito para conseguir ser um produtor de sonhos depois de ter ido embora da caverna. Deve ter sido algo que você só conseguiu realizar por gostar muito do que faz."

"Ah, então você ouviu isso do meu pai. Que vergonha. Mas, sim, você está certa. Criar sonhos é realmente fascinante."

"Então me permita mudar a pergunta. Qual foi seu momento predileto desde que você saiu da caverna?"

"Agora. Este exato momento é o meu predileto", Maxim respondeu sem hesitar, como se a resposta estivesse gravada em uma secretária eletrônica.

Penny ficou sem palavras e tomou um gole do chá, que ainda não tinha esfriado.

"A propósito, srta. Penny, acabei de pensar em uma maneira de expressar um momento de muita felicidade."

"E como é?"

"Vai soar muito como algo que um descendente do segundo discípulo diria."

"Tipo o quê?"

"Acho que hoje criei uma memória da qual irei me lembrar para o resto da minha vida. Toda vez que eu tiver um sonho bom no futuro, o pano de fundo sempre será este lugar onde estamos agora."

Penny não conseguiu se lembrar da última vez que algo a deixou tão constrangida. Como Maxim podia dizer algo assim? No entanto, ela parecia saber a resposta: admitir que passou duas noites sem dormir fazendo um apanhador de sonhos para Maxim talvez fosse ainda mais constrangedor. Penny se deu conta disso sozinha e caiu na gargalhada.

Então, naquele momento, o apanhador de sonhos preso a um gancho da prateleira girou no ar, emitindo um som estridente quando os penduricalhos bateram uns nos outros. Aquele era um efeito sonoro que combinava perfeitamente com a risada ainda constrangida dos dois.

Este livro foi impresso em agosto de 2024, pela Plena Print,
para WMF Martins Fontes.
O papel do miolo é Off White 60 g/m².